f(x)=殺人程序

張草 著

contents

序幕
x＝0雪筠 006
第一部　星期日／太陽日
x＝1飛鵬 010
x＝2國棟 041
x＝3曉柔 073
x＝4真心 106
x＝5美儀 138
第二部　星期一／太陰日
x＝6方瞬 172
x＝7天雄 205
x＝8玄祐 239
x＝9大年 268
尾聲
x＝10真如 304
【後記】本故事產生的諸因緣 327

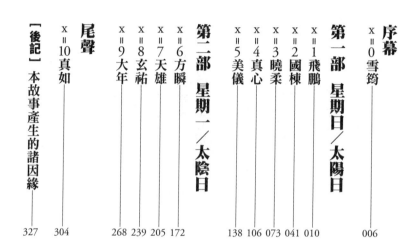

時間是一種溶劑
但是，有些記憶它溶不掉

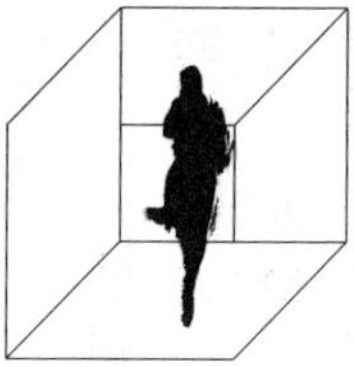

序幕

x＝0 雪筠

雪筠人如其名，長得白白淨淨的，皮膚不需許多保養，就總是毫無瑕疵的白皙。老實說，她的五官也不是挺美，沒有一對烏黑閃亮的大眼，沒有鼻樑高挺的鼻子，但所謂一白遮三醜，她只消燦爛的笑起來，就是人見人愛，沒有人不感受到她的魅力的。

但是，她死了。

一月，春天未至，冬天的寒風仍在肆虐時，晨跑的婦人發現她安靜坐在社區小公園的椅子上，兩眼失去張力的半合著，皮膚白得比平日更白，不過是完全失去血色的慘白。

晨跑的婦人覺得有異，因為她是認識雪筠的，這位十九歲的小女生總是很熱心幫助周遭的人，每個人都會記得她那沒有一絲心機的笑容。今天早晨的她一臉呆滯，但是，坐在椅子上的她不像在等人，也不像睡著了，而是……婦人有一番年紀了，親族的葬禮也參加過很多場了，雪筠的表情，就跟那些被瞻仰的遺容沒兩樣：沒有張力的表情肌，放空了的眼神……她死了。

婦人晨跑經過社區小公園時，望見坐在長椅上的雪筠，見她的臉斜斜面對公園內的花叢，原本只是想跟她打個招呼，因為她打從心裡喜愛這名熱心的可愛女孩。當她發覺雪筠可能已經死亡時，她心中產生一絲憐憫，於是大膽的湊前去，將兩指伸到雪筠鼻子前方，確定沒有鼻息了，再將同樣的兩指按壓在雪筠耳朵下方的脖子上，確認沒有脈搏了。

婦人大膽的進一步觀察：雪筠穿著長至膝蓋的白色大衣，腳穿長筒皮靴，脖子圍著羊毛圍巾，兩側垂下的長髮卷曲的末端也遮住了脖子，她還戴了羊毛手套和帽子，說明昨晚很冷，因為有氣象預報寒流會來襲，理應今早才會轉冷的，但寒流不會聽氣象預報的話，昨晚的確提早降臨了。她穿著這麼厚實的重重衣服，應該不可能是冷死的？但婦人看不見她身上有傷痕，也沒見血跡，或許是衣服擋住了也說不定。

婦人於是兩手合掌，口唸阿彌陀佛：「小雪，你等著，阿姨找警察去。」她輕輕拍了拍雪筠冰冷的手背，便奔跑向附近的派出所。她生怕別人也發現了雪筠，會對雪筠的屍體不敬，或是會破壞現場，心中可是焦急得很。

「這麼好的女孩，為什麼這樣歹命？」婦人邊跑邊想，「不能讓她受到屈辱！」

婦人離開小公園時，有一對冷漠的眼神目送她離去。

婦人穿著粉紅色的緊身褲，在灰色的清晨很容易辨認，他見婦人跑遠了，那抹粉紅色在視野中消失了，那人才踱步到社區小公園的外面，但嚴謹的不踏入小公園的範圍。他拉起大衣的高領，拉低帽子的邊緣，一方面阻擋寒風，一方面不讓人瞧見他的臉孔。

他手中輕揉著暖暖包，一邊感覺暖暖包傳進手心的熱量，一邊望著清冷的街道，留神公園對面的住家，有沒有人從樓上張望下來，有沒有趕路的學生揹書包經過。

哦，沒有！因為他刻意選了星期日的清晨，沒有學生也沒有上班族會早起的星期日清晨，他選擇這個時間，為的正是不要有太多人會接觸到屍體，只有晨跑族才有發現屍體的可能。因為，他也不想這位少女的屍體遭到瀆辱。

事實上，他之所以站在小公園外頭，就是要保護少女的屍體，在晨跑的婦人帶著警察回來以前，確保少女不要受到打擾。

他弓著從來直不起來的背，跟雪筠背對背坐著，想像著少女如同一具巨型的洋娃娃，優雅的坐在公園長椅上，背景是一片落了葉的樹叢，伴著冷灰色的底色，構圖淒美極了。回想昨晚，他好不容易將雪筠擺好在長椅上，撐直她的背，將她的手放在漂亮的位置，整理好她的衣服和頭髮，務使她早晨被人第一眼發現時，是美美見人的。

他望著空無一人的周圍，想著雪筠的靈魂，此刻是否正在困惑的望著自己的屍體，然後轉頭發覺站在小公園外面的他，走向他，凝視他……他感到背脊一涼，猛然回身離開，大踏步走進小公園旁的小巷，遠離現場。

同一時刻，晨跑婦人帶著警察，在街角轉彎處現身。

分秒不差。

因為他早就知道了。

知道一切。

第一部

星期日／太陽日

我們都是被囚禁在時間線上的旅人。

x = 1 飛鵬

上午十點，距離少女雪筠的屍體被發現已經過了四個小時，偶爾在灰濛天空中露臉的太陽，對溫度的提升一點幫助也沒有。

社區小公園外圍了很多人，打算在星期日上午出門的人們，被這突如其來的事件打亂了步調，紛紛停步詢問先來圍觀的人，是出了什麼事沒有？記者猛按公園旁邊住家的門鈴，在對講機上很客氣的詢問能不能進去？希望能從高處瞰拍到構圖不錯的照片，好在八卦雜誌全頁登出。

警方的黃色警戒帶包圍了社區小公園，不准任何無關人士進入，免得踩踏地面，弄損現場遺留下的微小線索。由於黃色警戒區內的人員不多，相較於圈子外的擁擠，圈子內顯得十分空曠，警方人員可以自在的活動。

一位初老的男子半跪在地面，端詳雪筠的兩隻手，一隻穿了羊毛手套，另一隻手套已經被先來的鑑識人員拿下，封存在長椅旁的一個塑膠證物袋內。他用戴了乳膠檢驗手套的手握著雪筠兩手，將兩手比對了一下，遂將另一隻羊毛手套小心取下，再把眼睛貼近她的手背，細看皮膚的顏色，看了一陣，最後男子乾脆脫下乳膠手套，用手直接觸摸雪筠的皮膚。

他是資深鑑識人員，今早本來約了唸大學的兒子去登山的，沒想到主任一通電話打來，說需要他出馬一趟。

他有預感，這個星期日的假期是要泡湯的了。

「剛才是誰檢查的？」

「老師，是我。」身旁那位二十多歲的年輕人慌忙舉手，他甩個頭示意年輕人過來，年輕人便趕緊跪在他身邊。

這年輕人習慣稱呼他老師，也對，年輕人是他一手帶進鑑識組的，跟過他冒著風雨檢驗屍體，經過了許多大大小小的刑事案件，可說是身經百戰，練就了很強的觀察力，漸漸已經能夠自立。所以若是年輕人要求他親自前來，他就有心理準備，要不是會面對難解的案件，就是有趣的案件。

「小吳，」他翻過屍體的兩手，讓雙手掌心朝上擺在大腿上，給年輕人看清楚，「兩隻都有。」

小吳神色凝重的皺緊眉頭，望著屍體兩隻手腕上深深見骨的切口：「很乾淨。」

「太乾淨了，連血跡都沒有，」老鑑識人員把鼻子湊近手腕的切口，用力嗅了幾下，「有用酒精清理過，很淡的氣味。」空氣很冷，通過鼻腔的冷空氣把嗅神經麻痺了，也刺激了鼻水分泌，所以鼻子比平常來得不靈敏。

兩隻手腕被切開這麼深的切口，衣服和地面竟連一點血跡也沒有，兩人心照不宣，這個社區小公園絕對不會是第一現場。

「我聽老師說過那個故事，所以才想……」小吳語帶保留。

是的，他是說過，所以這是個有趣的案件嗎？

他告訴過受他訓練的員警們，一個他在美國受鑑識訓練時聽過的案件，這具少女屍體令小吳聯想起那個案件，是當然的事。

老鑑識人員忽然間有個靈感：「小吳，周圍的照片，都拍下了嗎？」

「拍了。」小吳揚了揚掛在胸前的專業相機。

「我要你拍三百六十度，」他伸手在空中劃過，比劃他所要涵蓋的範圍，「四方要三百六，上下也要三百六。」

「馬上。」小吳興奮的站起來。

「把這女孩也拍進去，」他指指雪筠的屍體，「我要拍下她跟四周的相對關係。」

小吳忙著拍攝的時候，一位老刑警走過來問候：「老李，怎麼樣？」

老鑑識人員姓李，名飛鵬，跟打招呼的老刑警是同期，只不過在警察學校的訓練中，李飛鵬轉了個彎，轉去走刑事鑑識這條路，還被派去美國特訓，回國後又幫忙破了不少案件，所以在警界中很有分量。

李飛鵬告訴老刑警：「等小吳拍完了照片，先把這女孩帶回去……運屍車來了嗎？」

「在外頭，等你吩咐，就開進巷子來。」

李飛鵬點點頭：「現在，我不知道的還比知道的多，很多要帶回去了，才可以分析。」

老刑警猜他說的是溫度。

這位死者死在大寒天的外頭，照理說體溫會降得很快，但她又穿了很厚的昂貴大衣，連手腳都有保溫，只有一小張臉露在寒冷的空氣中，所以體溫的測量變得困難，對於死亡時間的推算也增加了許多變數，此時，大概只有死者的肛溫最能提供幫忙，不過他們總不能大庭廣眾的測量肛溫。

「那我現在叫他們開進來好了。」

「麻煩你了。」

老刑警擺擺手，便回頭叫屬下去呼喚運屍車。

李飛鵬站起來，輕輕拉開雪筠半合的眼瞼，用小手電筒照看她放大了的瞳孔，看看眼白上的血絲，此時，貼近雪筠鼻子的他聞到熟悉的氣味，是薄荷糖的人工香精味，不，還有一種……

「那邊的，」他指向另一位正在採集指紋的鑑識人員，「漢明是嗎？」

「偉明，老師，」那人糾正他，「有什麼吩咐？」

「採集死者的鼻黏膜，要化學分析。」

「是。」

李飛鵬不用分析也知道是什麼，但任何發現都必須要寫報告，所以程序還是免不了……這種氣味太熟悉了。

氯仿，這是那種氣味的正式化學名詞，民間直接音譯為哥羅芳，就是犯罪電影中用來倒在手帕掩去人家鼻子就會暈掉那種。

事實上，要是用量太多的話，可是會讓人死掉而不是昏迷的，以前中學上實驗課要解剖老鼠，就是把老鼠扔進放了氯仿的水桶裡去，然後將蓋子蓋上，等老鼠不再發出掙扎的聲音了，才拿出來切開胸膛，觀察心臟的跳動。

有時候，氯仿放得太多，老鼠的心臟早就不動了。

李飛鵬挺起身體，退後兩步觀看。

少女的屍體一如解剖板上的白老鼠，姿勢被細心的擺得好好的，像是準備要拍照的模特兒。她的背景被一片矮樹叢像兩手般環抱著，雙腳輕柔的放在能夠讓泥土呼吸的空心水泥磚上，腳邊還有大花盆，種植了較大棵的景觀植物，而她半合的雙眼彷彿等人等累了，正想小睡一下。

李飛鵬忽然一陣暈眩。

他當下以為是剛剛嗅到了一點氯仿的緣故。

不，他似曾相識。

Déjà Vu，法文，似曾相識，正式名詞是「既視感」。一種突如其來的熟悉感，明明是現在面臨的事件和場景，卻彷彿一切曾經經歷過，發生過，而現在又猛然想起。

李飛鵬穩住身體，直視長椅上的少女，那股熟悉感更加強烈了，不像是剛剛發生的，反而是打從很久很久以前，他就已經熟悉這一刻的存在了！

他走近少女，將她腳邊的大花盆推斜，伸手到大花盆底下，摸出一個沾了泥土的零錢包，可以兼放證件的那種。

老刑警驚訝的望著他。

李飛鵬打開零錢包，取出幾張證件：機車駕照、大學學生證、悠遊卡、書店會員卡，還有一張美妝店的集點卡。證件照片上的少女是死者沒錯，今年十九歲的大學生，比他兒子小兩歲而已。

他把證件連同零錢包一起遞給老刑警時，忽然覺得自己莫名其妙的好累，不禁連連打起呵欠來，他搗著嘴巴說：「她名叫莊雪筠……」

老刑警接過東西，說：「我們早就知道了。」他端詳證件上少女的笑容，清秀的淡淡微笑，像被攝影師逗得很高興似的，很討人歡喜，「這周圍看熱鬧的人之中，大概有一半的人認識她。」

「她住這附近嗎？」

「不是，」老刑警說，「但發現屍體的女人認識她，還告訴我，她是一位很熱心助人的好女孩。」

李飛鵬像神遊太虛一般，愣愣的望著老刑警。

老刑警按捺不住滿腹狐疑，他揮揮手中少女的零錢包和證件，咬著牙問道：「你怎麼知道這東西壓在花盆底下？」

「我就是知道。」他也不知道自己為何會知道。

「老李，最好是這樣，」老刑警繃著臉說，「要不是你我相識多年，我會懷疑你是兇手。」

圍觀的人之中，有個人在看見李飛鵬抬起花盆的那一刻，滿意的點了點頭。

看見了他需要看見的那一幕之後，便毫不戀棧的離開人群，他吃力的挺起緊繃的背部，不想給人注意到他的異常。巷口轉角有家快餐店，他打算在快餐店的早餐時間過去之前，去吃個乳酪貝果早餐。

張國棟驚醒時，全身泡在汗水裡頭。

心臟像個高速運轉的引擎般，激烈撞擊胸口，有如要衝破肋骨掙脫出體外。

他踢開棉被，像要溺水窒息的人一般用力喘氣，第一時間拿起放在床頭的手錶來看時間。

十點半，太晚了，鬧鐘沒響嗎？

他例常會在星期日早晨享用的快餐店早餐，已經剛剛結束供餐了，店員們一定已經取下早餐套餐的展示牌，換成平日供餐了。

待沉重的心跳稍微減慢下來之後，張國棟開始回想，是什麼原因令他驚醒？是因為惡夢嗎？如果真有作夢的話，他可是一點也想不起來。

天氣真的很冷，即使宿舍的窗口是緊閉的，寒意依然透過窗戶的玻璃一陣陣傳入。他知道他汗濕了的身體很快便會發冷，他打了個哆嗦，知道即使蓋回棉被也沒用，因為連棉被也是濕的。

他打算爬到床下去換件衣服。

下床之前，他掃視了一遍房內的室友，這裡一如尋常的大學宿舍，一房四人，每人分配到一個角落，上鋪是床，下鋪是生活讀書的空間。床位靠門那兩位，一位仍在呼呼大睡，發出安詳的打鼾聲，另一位是台南人，前天下午下課就跑回鄉下了，那傢伙幾乎每個星期都回台南，估計明早才回來，因為他要十一點才有課。跟張國棟同樣睡靠窗的那位也不在床上，被單如常一片紊亂，不知道是出去玩了還是只是走出了房門而已，國棟探頭望到對面床下的書桌，背包不在，嗯，是出去玩了。

張國棟爬下不鏽鋼梯子，走到床底下的位置，那兒是他書桌和衣櫃所在，他在床的下緣夾了一塊大布，以便能在需要時拉上，用來隔開外界，可以專心讀書，不需要時拉開，可以通風，同時跟室友們打屁聊天。

他拉起布幕，隔絕了冷空氣，才脫下被汗濕透了的衣褲，打開衣櫃，從一堆昨天剛晾乾尚未折好的衣服之中挑出一件厚T恤，旁邊是另一堆折得整整齊齊的衣服。自從他交上女朋友之後，才開始留意衣服上有沒有過度的皺痕，才開始養成將衣服好好折起來的習慣。

不過，昨晚他約會回宿舍之後，由於太晚太累，精神又一直不安，所以在刷過牙之後，在宿舍洗手間旁邊的室內晾衣場收起晾乾的衣服之後，才剛鑽進被窩就一覺睡到剛才起床了。

他老是覺得有些不對勁，卻又說不上來為什麼？

他找到書桌上的手機，還連接著充電器，手機當然已經充飽電，但他還是看了一眼確定，才拔開充電線，習慣性的看看螢幕上有沒有未接來電或是訊息，沒有，沒人找他。於是，他撥打女朋友的號碼，打算跟她道個早安，順便看看今天要不要去哪兒逛街？或許他的女朋友又要去哪裡當義工，他也會去陪她，自己也從旁協助，他覺得這還挺有意義的，比膩在一起卿卿我我還有意思。

女朋友的手機在那頭響了，他等待著，通常沒響幾下她就會接了，但今天，也響太久了，難道她也還沒起床嗎？不可能的，她習慣早起。

他等到那頭的鈴聲停止響了，發出轉接到語音信箱的聲音時，便掛斷了電話。等一等吧，女朋友通常會打回來的，不管有多忙，她很少不回電的。

果然沒等多久，手機響了，是她的號碼沒錯，就說了會打回來是吧？

他趕忙按下接收鍵，滿心期待聽見她甜美開朗的聲音：「喂？」

手機另一頭是一陣沉默。

他聽見另一頭的背景聲音，是室外空間，有汽車來來回回，有一些路人的細碎談話聲，還有手持電話的人帶有吸鼻涕聲音的沉重呼吸。

張國棟心裡涼了一截，他繼續對另一頭說話：「喂？喂？是誰？為什麼不說話？」一股濃濃的焦慮即刻包圍了他的心房，整顆心彷彿瞬間跌到了谷底，他加大了聲量：「你是誰?!」

對方終於說話了：「你是張國棟嗎？」是一把男人的聲音，輕輕柔柔，很和氣的聲音，但聲調中充滿了練幹，十分確定自己正在說的每個字。

「你怎麼知道我的名字？」

「手機螢幕上有顯示你的名字。」

當然了，問題是，那支手機正在誰的手上？「你為什麼會用這支手機？」他緊張得聲音發抖。果然起床時的那種不祥感覺是真的！出事了！

對方用字簡練的告訴他：「這支手機，現在是警方的證物。」然後，對方沉默了一陣，等他回應。

「小……小筠出事了嗎？」他的胸口緊繃得快要炸開了，淚水盈然在眼角打滾，覺得快要崩潰了！

「小筠是指莊雪筠嗎？」

「是，莊雪筠是我女朋友，你是警察嗎？」他已經受不了了，聲音開始哽咽，越來越大的聲量也吵醒了沉睡中的室友，睡眼惺忪的爬起床俯視他，看看發生了什麼事。

「我是刑事鑑識組的李飛鵬。」對方的說話變快了起來，「告訴我你現在的位置，原地不要移動，我們現在就派人去找你。」

王秉富在法醫室待了很多年，一直都沒提升到最高的職務。說來也是，法醫室又沒幾個職位，要等老大退休，才有機會當下任老大，要是有人捷足先登了，他就只好待在原地踏步直到退休了。

其實，王秉富也真的快退休了，再過不到一年，他就要離開這個鎮日與屍體為伍的工作了。他老早就開始計畫退休生活，在自己也變成屍體之前，他要去做一些完全遠離屍體的活動，比如做陶瓷之類的。

畢竟年輕時的一腔熱血，早就在三十多年的歲月中耗損殆盡了，每天只剩下公式化的解剖、寫報告、解剖、寫報告，實在是提不起多少熱情來的，所以當他看見李飛鵬今天那副為工作而熱情得脹紅了臉的表情時，心中某個隱蔽的角落，似乎也燃起些許青春的火苗來了。

今天是星期日，正好他值班。由於人死是不挑週休二日的，所以星期日也照樣需要有人值班，而事後他也慶幸有值這一天的班，因為他很少——不，應說是從來不曾——遇過這種案件，包括今晚他即將處理的屍體。

屍體一送進法醫室，李飛鵬也緊跟著進來，眼中閃著興奮的光芒，瞄了王秉富一眼：「告訴我全部你所看見的。」

「急啥呀？」王秉富不理他，自顧自去泡咖啡。他們是舊識，三十餘年來合作了無數案件，已然十分瞭解對方的個性，不需要什麼客氣了。

「你瞧個幾眼再說。」

聽見李飛鵬故意向他挑戰的語氣，王秉富狐疑的覷他一眼。

莊雪筠的屍體已經從運屍袋中取出，放置在光滑的不鏽鋼驗屍台上，屍體下方有斜面和出水口，讓血水和屍水可以自下方流走。屍體還穿著所有衣服，許許多多的線索仍然躲藏在衣服之下，等待著他們去發現。

王秉富一眼就注意到，兩隻手腕上都有深深的切痕，連骨頭都見到了，卻乾乾淨淨的不見血跡。他靠近觀察雪筠的手，問道：「這雙手，從一開始就這個狀態嗎？」

「不是，」李飛鵬搖頭，「兩隻手都是戴了手套的，那邊的袋子裡的就是，是我和手下拿下手套來的。」

王秉富將屍體的靴子脫下，裡頭很奇怪的沒有襪子，仔細檢視腳部，只看到被鞋子內側磨破的皮和磨粗了的繭，他只好搖搖頭：「沒有被繩子綁過。」

「所以可能沒有被倒吊起來過。」李飛鵬接口道。

「好，我想我明白你的意思了。」王秉富抿緊嘴唇，將屍體從從頭到腳審視了一遍，心中嘀咕了一下，才說：「給我一點時間，現在請你出去，我需要專心工作了。」

李飛鵬沒有多言，他知趣的離開法醫室，讓王秉富獨自面對莊雪筠。

現在，是他一個人跟屍體好好相處的時間了。

剛才說過，今天他是值班的，不用處理排了順序要檢驗的屍體，所以他可以跳過排序，花個一整天，好好的檢查這具屍體。首先，他必須檢查外觀，再除去所有衣服好檢查表面，然後才決定需不需要進入解剖程序。

他明白李飛鵬的挑釁，這女孩雙手手腕被切割得很深，但絕對不會是自殺，不僅是因為割腕自殺有其困難度——必須將肌肉末端粗硬的韌帶切斷，才能露出動脈，一般人很難自己辦到，更何況是兩隻手都有切口，她總不可能兩手互割吧？——最重要的是，現場和外觀上都不見有血跡！

放血！

這是最合理的解釋了！

他聽李飛鵬說過一個在美國受訓時聽來的案件，死者被倒吊放血，同樣是手腕被割開，身體內的血液從腕部流得乾乾淨淨。這案件後來一直沒結案，雖然警方判斷是邪教殺人儀式，但一直沒被證實，成了一宗懸案。

王秉富聯想到有些種族和宗教有一項嚴格的食物規定：肉類不得沾到血液。聽說他們規定屠宰牲畜時必須吊起來，快刀深插脖子，讓血水迅速流出，因此只有不食用的頭部受到沾污。他記得李飛鵬說過，美國那個是死者雙手腕部被割開後，兩腳被綁起來倒吊，好讓血水不會沾到身體的其他部分……顯然剛才李飛鵬就在暗示這個案件，王秉富也聯想到同一個案件，所以才會率先確認死者腳部有沒有被繩子綁過的傷痕，結果是沒有。

如果她被放血了，還會有屍斑嗎？

如果屍體長期呈現某個姿勢，體內不流動的血液就會沉聚在重力的方向，在皮膚表面形成褐斑，那就是「屍斑」，可以用來判斷死者最終的姿勢，甚至屍體中途被人換過姿勢，也有可能從屍斑的深淺判斷出死者先後的姿勢。

王秉富脫下死者衣服，在衣服表面噴濺血跡顯影液，結果仍然什麼血跡也沒顯示，整件衣服乾淨得像剛漂洗過的一樣，尤其他特別注意衣袖末端手腕所在的部位，以及羊毛手套的內側和外面，同樣都沒有血跡！難道這些衣服和手套都是死後才穿戴的嗎?!因為死後長期坐在椅子上，這些部位理應要有屍斑才是，但是……屍斑未免太淡太少了，很不明顯，表示死者被擺坐在公園的長椅之前，血液就差不多被放乾至淨了……

他翻起死者，查看背部，果然臀部和大腿後側有屍斑，否則的話，應該要在他解剖屍體之後，血液大量流掉之後，屍斑才會變淡的。

王秉富感到困惑不已：種種證據說明這不是一宗自殺案，只不過令人百思不解的是，兇手為何要大費周章去放血，再用酒精弄乾淨傷口，再冒著被人發現的危險將屍體搬到一個社區的小公園去，還得費時間幫死者擺姿勢呢？

他只是一位法醫，不需要管這些案件推理的工作，那些是刑警的事。

不過，他想，兇手做了這麼大的動作，附近總會有監視器拍到吧？

警方抵達大學宿舍時，張國棟正乖乖在房中等候。

兩位便衣刑警把車停在宿舍門外，一名留守車上，一名走到舍監的管理室去說明原委，在舍監帶領下，走到張國棟的宿舍去敲門。

張國棟打開門，看見門外的刑警一身輕便衣服，像普通路人一般，但一眼便瞧出是位受過嚴格紀律訓練的人。當刑警亮出證件時，張國棟說的第一句話竟是：「我還沒吃早餐，可以讓我到福利社買個麵包嗎？」

他看見刑警，反而鬆了一口氣。

原來他不曉得刑警何時會抵達，生怕警方屆時找不到他，誤以為他畏罪潛逃，所以一直忍著飢餓，等到警方上門為止，那時已經接近中午了。

便衣刑警一聽他的口音，脫口便問：「你是僑生嗎？」

張國棟輕輕點頭：「我是……」

「馬來西亞來的？」

張國棟靦腆的再點了點頭，完成他剛才被打斷的句子：「我是馬來西亞僑生。」

便衣刑警呼了口氣，他剛當刑警時辦過一件案子，有大學宿舍死了一個南部來的學生，他到宿舍去調查時，才發現原來住了這麼多來自香港和馬來西亞的僑生，兩地僑生口音有很大的差別，跟二十多位兩地僑生問過話之後，他已經可以輕易分辨出兩地的口音。

他知道這位大學生一定會好好合作，因為若是萬一出了什麼岔子，他的大學也唸不成了。

「我陪你下去，」便衣刑警說，「買了就走，好嗎？」

張國棟取了錢包，穿上一件厚外套，隨手從書桌上拿了機車鑰匙，便衣刑警伸手截道：「我們有車，你的機車不用了。」

張國棟愣了半晌，才說：「拿著的好。」說著還不放心的看了一眼仍在床上的室友，那位睡在門邊床位的室友見有警察來，早就趕緊拉上棉被，刻意發出打呼聲裝睡。

便衣刑警探頭看了看睡在上鋪的室友，顯然張國棟是不想他偷用機車，刑警聳了聳肩，招手叫張國棟出房外。張國棟小跑步走出房間，再回頭小心翼翼拉上門，將門把轉到底，輕輕合上房門，合完後才慢慢鬆開門把。

刑警把一切動作看在眼裡，心中不禁嘀咕：「他很顧及別人的感受，應該是挺會照顧別人的。」他忍不住想像，這男孩跟死者生前交往時，應該十分體貼女友吧？不知他對女友有什麼打算？有結婚的計畫嗎？將來畢業後有留在台灣的打算嗎？如果是的話，那麼他現在恐怕得改變計畫了。

便衣刑警三十多歲，是個幹練的黝黑漢子，見過不少罪犯，早已練就了看人的功夫。通常，觀察人家的眼睛，就很容易瞧出一個人是否心虛？心虛表示一個人有所隱瞞，但他瞧看這名僑生的眼神和態度，他沒有心虛，只是因為很擔憂而顯得神不守舍。

當然，他還看到了其他東西……

總之，他不是罪犯。刑警心中這麼認定著。

不過認定不代表肯定，他還需要確定。

宿舍沒有電梯，他們兩人小跑步走下樓梯。張國棟帶領刑警走到宿舍一樓入口邊的福利社，那裡其實只是一個商品擺放零亂的小角落，擺了幾個展示櫃，用一張木製書桌當成櫃台，一位年輕但看來飽經風霜的女子坐在櫃台後方，用一雙無神的眼睛瞄了刑警和僑生一眼，便拿起桌上的香菸盒在掌心翻弄，像是巴不得這兩人快快買了東西離開，好讓她可以出去哈一根菸。

張國棟拿了兩個紅豆麵包，又到冰箱去拿了一盒米漿，走到櫃台付錢時，突然想起什麼，回頭問刑警道：「我可以在你們的車上吃嗎？」

刑警點點頭：「拿根吸管吧，不然怕會濺到車子裡面。」

刑警帶他坐上警車，跟他一起坐在後座，張國棟一上車就撕開麵包的包裝袋，大口大口咬起來，沒兩下就解決了兩個麵包，隨即小心翼翼的打開米漿，插入吸管，很快的吸了幾口，讓紙盒中的米漿剩下半盒，如此即使車子行進中有震動，也不至於令米漿濺出來。

吃飽了之後，張國棟才從緊繃的情緒中稍微放鬆下來，剛才的茫然無助也變得比較堅強，他小聲的說：「剛才在電話中，他們沒告訴我清楚，小筠究竟怎麼了？」

刑警等了一陣，才反問：「誰是小筠？」他明知故問，好確認他們指的是同一個人。

「雪筠，莊雪筠。」張國棟慌忙修正，熱切的望著刑警。

「很抱歉，恕我現在不能討論案情，一切對話都必須記錄在案。」

「她死了，是嗎？」

刑警閉口不言。

「你們的各種反應都在告訴我，小筠已經死了，是嗎？」

刑警轉過臉去，抑制著回答的衝動。

豆大的淚珠忽然從張國棟的眼眶一顆顆溢出，他的情緒終於崩潰，淚腺瞬間決堤，他控制不住的放聲大哭，哭得全身抽搐，他用兩手緊緊抱著胸口，彷彿要避免自己的身體因悲痛而裂解掉，彷彿在奮力抑制著源源不絕湧出的傷痛。

在前方開車的年輕刑警打開置物箱，裡頭擺了一整盒面紙，他抽了幾張遞去後座，張國棟哭得視線模糊的淚眼看見了，伸手接過面紙，用力壓住眼睛，依然止不住暴湧的淚水。

陪伴他的刑警，剛才在張國棟打開宿舍房門時，就已經看見他眼中極力隱藏的傷痛了。「他一定忍耐很久了。」刑警心裡忖著，不禁想去拍拍張國棟的肩膀，但他忍住了差點伸出去的手，因為此刻並不是表現友好的恰當時刻。

李飛鵬在一身冷汗中驚醒。

汗水濕透了襯衫，從敞開的窗戶吹拂進來的冷風，令他不禁連打哆嗦，他立刻從沙發上彈起，跑去拉上窗戶。

他躺在法醫王秉富的辦公室中，辦公室仍舊是七十年代的擺設，沉重的實心木辦公桌，木框的拉窗，大概太久沒上油了，窗框卡在溝中，發出聲嘶力竭的摩擦聲，李飛鵬好不容易才把它關得只剩下一道小縫，僅容一點空氣流通。

他坐回沙發，微喘著氣，回想自己為什麼而驚醒？

他習慣性的在中午嗜睡，無論前一晚睡得有多好，或早上起床有多遲，只要中午時間一到，就開始眼皮沉重、腦袋昏沉，總要合個眼睛，哪怕是幾分鐘也好，也能令他恢復精神，要是沒休息一下，他整個下午都會精神恍惚。

這個習慣自小就有，原本他還自以為是不良習慣，以為這表示他不比別人強壯，怕午睡會被同僚瞧不起，後來讀過一篇文章，說某些人就是會在中午時分血糖降低，造成嗜睡，看了這篇文章，他才感到心中釋然，中午無論如何都要理直氣壯的睡上一覺。

他在等待王秉富檢驗莊雪筠的屍體時，正好午睡時間到了，覺得腦袋開始不靈光了，他於是老大不客氣的走去王秉富辦公室打盹。那辦公室平日有四、五人，今天空蕩蕩的，所以擺在辦公室一角的皮製長沙發不會有人佔用，李飛鵬很喜歡這種七十年代的老式皮沙發，它是貨真價實的牛皮，天冷時睡起來涼沁沁的很舒服。

李飛鵬躺上沙發時，下意識的去尋找沙發牛皮皺摺上一小片脫皮的區域，摸起來粗粗的，他每年總有幾次機會在這張沙發上小憩片刻，這片脫皮是他十年前某次午睡時發現的，自此以後，他每次逮到機會來躺一下或坐一下時，都會摸摸那片粗粗的地方，彷彿竊喜他跟沙發之間有一個共享的小秘密。

但是，今天他不知為何，精神狀況十分怪異，又興奮又委頓，腦袋瓜比平常來得更累更沉重，以致於他才剛躺上沙發，還沒摸到那一小片秘密，便馬上墮入黑甜的夢鄉了。

從淺睡邁入深睡的中間期間，他進入了所謂的「動眼期」，眼珠子在眼皮下不安的轉動著，通常這表示他正在作夢。

黑甜的夢境驟然變得黏膩，如同黑色的汁液，一點接一點侵入他的每一個孔洞，先從較大的孔洞開始，諸如鼻孔、耳道、肛門、肚臍等等，乃至於汗孔、毛孔、淚腺孔……全被濃稠的黑汁貫入，滲透深入他皮下的孔道，填據他的每一點觸覺，令他沒辦法呼吸，透不過氣，有如整個人被包紮得緊緊的，隨時要從裡面炸開的感覺。

夢境充滿驚恐，他完全看不見也聽不到，全身只剩下觸覺在運作，每一根末梢神經都被施予強大的壓力，身體彷彿被來自四面八方的一團團厚實肥肉壓迫著，身體的內部也有一股力量往內收縮，如同被人從裡面用力的搓揉，攪亂其五臟六腑，令他痛苦得連一絲掙扎也做不出。

惡夢的最後，黑色的汁液霍然敞開，浮露出一張清秀的臉龐，這張臉毫無肌肉張力，整副表情放空無力，除了死人之外，沒人會有這種表情。

那是莊雪筠的臉。

記者們總是喜愛詢問他們法醫界的老前輩，是不是有遇過死者託夢求助的事情？他年輕時也這麼好奇過，不過確實是沒有，這麼多年來他經手過多少死者，從來沒一個死者在他夢中出現過，他們早已化成他日常工作中的一份份報告書，不帶感情，只有責任。

今天，這個在法醫辦公室老沙發的一場午睡中，李飛鵬在他職業生涯中第一次夢到了死者，令他在極度恐懼中大叫著醒來。

他睜開眼睛，搜視周圍，花了好幾分鐘才抓回他仍然存在於現在的感覺。

「我是李飛鵬。」他莫名其妙的如此提醒自己。

他不知道這算不算託夢。

但是，夢中的那種恐懼，他完全明白是怎麼一回事。

因為，相同的情境在一本他從年輕時就十分熟悉的書中描述得非常清楚：

其死也苦，先是，如包於痲袋，細以厚褥，或如浸於泥漿，身感巨壓，如往內縮，不能呼吸如常，繼以劇痛，皮如活剝，骨如敲打，黑水蒙眼，茫茫不知所在……

這是被記載在他曾祖父遺留下來的一部手抄古書之中的文字，那本書自不知哪個朝代以來已不知被傳抄過無數次，被好幾十代人加注加點，寫滿了許許多多前輩們窮盡一生才下筆定論的心血經驗。

那本斑駁破舊的古書，封面上只簡單的寫了《游鶴筆記》四字，游鶴者，必定是這部筆記的第一位記述者。

這本書，不如它的另一本同類書籍《洗冤錄》來得有名，雖然同樣是古時身分地位低賤的仵作所著，但後者得到政府官方支持，大量製版印刷，所以廣為流通，而《游鶴筆記》只在仵作之間代代藉由傳抄的方式來流傳，每代增加補充內容，或標注心得，或糾正前人之誤，成為這個行業間師徒相承的信符。

李飛鵬就是因為小時候父親常對他講述這本書，又將曾祖父在滿清時代當仵作時所遭遇的案件說得活靈活現，讓小小年紀的他對仵作產生敬意，在他心中深植了當一位現代仵作的念頭，才會讓他在警察學校時，毅然決定改去走鑑識人員的路線。

他所記得的以上那段文字，被列在該書「流血致死」的條目之下，描述一個流血過多的人死亡之際所感受到的痛苦。所以，李飛鵬在夢中所感覺到的，正是莊雪筠步步邁向死亡時的感受。

那是死者為了想讓他知道，所以利用夢境來告訴他的嗎？

此時，從他年輕時便不斷困擾他的一個問題再度浮現：《游鶴筆記》的作者，是如何知悉死者在死亡之際的感覺的？

李飛鵬從沙發上爬起來，坐好身體，將大汗淋漓的背部靠到沙發上，把汗濕了的後腦勺往後睡在沙發邊緣，抬首仰視老舊發黃的防火天花板，回想方才夢中的情境。

感覺太過真實了，那種死亡迎面而來的逼迫感……可是，要是死者託夢的話，不是應該是像電影演的那般，見到披頭散髮的死者，在陰森森的迷霧中現身的嗎？總之，應該要直接見到死者本人才對吧？

他忽然想起今天早上，不知為何，他就是知道花盆底下壓住死者的證件。難道死者真的在企圖聯絡他？抑或他忽然產生了通靈能力？

不，不對勁。

怎麼想怎麼不對勁。

李飛鵬的腦中彷彿有一隻蜘蛛在靜悄悄的織網，令他的身體凝結在沙發上，有如一尊靜止的雕像，頭顱裡頭卻在進行著劇烈的活動，每秒有數萬次的微電流在腦神經之間來回流竄，直到他下意識摸了摸沙發上那片小瑕疵，心裡才忽然放鬆下來，恍若找到了一絲慰藉。

老刑警叫兩位年輕的屬下留守社區小公園，在鑑識人員收集完資料之前，不許任何人跨越用黃色塑膠帶圍成的警戒線。

離開之前，他看了看空空的公園長椅，剛才還很端莊坐在長椅上的少女屍首已經被運走了，空蕩蕩的長椅看起來有點冷清，帶點詭異，好像那位少女隨時會出現在長椅上繼續端坐似的。

老刑警甩甩腦袋瓜，驅走腦中胡思亂想的畫面，他常常都會這樣子，在犯罪現場遐想，想像犯罪發生的當兒，他在現場當一位目擊者的情況。他的想像非常逼真，彷彿真的看得到畫面，有時還令他自己以為是真的看到了。

他再仔細觀看長椅一陣，看見長椅上有一片橢圓形的乾燥區域，是方才少女臀部壓住的位置，在此範圍之外的原木表面都被露水打濕過了，顏色較深，這是否表示少女的屍體早在清晨以前就待在那兒了呢？

老刑警再甩甩頭，這次是把無關緊要的雜緒甩走，試圖理出一條較清楚的思路來。

他詢問了圍觀的民眾，里長的服務處在哪裡？然後離開社區小公園，往巷子交叉口的里長服務處走去。

老刑警還有五年就到退休年齡了，其實如果他想退休的話，早幾年就可以辦提早退休了。有時碰到提早退休的同僚，聊到退休後的生活，令他心中產生兩種矛盾的心情：他擔心退休後會不適應，畢竟他在警界混了將近三十年，不管在工作或在家裡，他的一舉一動都是以警察的行為為準則的，一旦辦理退休，他害怕會失去自我身分認同；但他也渴望計畫退休後的第二段生涯，因為在他心底深處，總是有一個聲音，呼喚他重拾過去年輕時的興趣，比如三十年來一直沒中斷進行的日據時代警察史研究，還有南部廟宇和乩童的研究，他猜想他應該會很快樂的。

老刑警姓高，名大極，字元臻。

他出身於南部的書香世家，祖父是有名的讀書人，在日據時代是鄉紳，父親保持了祖先的訓誡，孩子入學後要取「字」，以字表名，所以雖然在光復後才出生，老刑警從小就有名有字。

他老是覺得，他的本名會惹人訕笑，他的「字」則是既詩意又氣派，所以他想捨名不用，無奈以前要改變身分證上的姓名很不容易，手續繁雜，只好作罷。

年輕時，老長官依據證件上的姓名呼喚他大極、大極，叫久了還有人以為他叫太極，後來他也看開了，不理會了，不論大極或太極，他隨便別人愛怎麼叫就怎麼叫。

今天星期日，他正好值班，遇上了這等詭異的案件，不知道算不算走運，因為他心裡沒來由的興奮起來，年輕時的豪氣頓時衝上了腦門：「這個案子值得破！」待他來到里長服務處時，更加證實了他的想法。

里長收到命案消息，本來要去中部參加週日進香團的他，也立刻取消了行程，專門到辦公處等候配合辦案。他的服務處有分佈在整個社區的十八台閉路電視，記錄了各個巷口十字交叉處的行人蹤跡，他知道警方一定會找他調閱紀錄，以前在某個盜竊案中有配合過，所以這回他主動先去查看電腦硬碟中的紀錄，想說預先幫警方找出可疑的人物。

高大極抵達里長服務處時，卻看到一臉困惑的里長。

雖然覺得不對勁，高大極還是說話了：「你是里長嗎？」

「是。」里長忍住已經到達嘴邊要衝出來的話，恭敬的帶著公式化笑臉，遞上名片，也接過高大極的名片，瞄了一眼名片上的頭銜，好判斷一下對方的斤兩。他心裡默念了一下高大極的階級：「隊長……」

「你的小公園發生命案，我猜你知道了，所以我們要調看閉路電視，查看可疑人物……」

「我查過了，」里長忍不住衝口而出，額頭上開始冒出汗珠，「什麼也沒有。」

高大極愣了一下，才說：「什麼也沒有是什麼意思？」

里長從褲袋中掏出鑰匙，帶領高大極去一個上鎖的房間，慎重的打開門，裡頭馬上迸出一股悶熱的氣流。高大極瞧見兩台電腦螢幕在黑暗的房間中泛著藍光，螢幕上各有九個格子，顯示出社區各個角落的動態。

高大極在螢幕中見到兩個守住小公園的下屬，無聊的在小公園四處逛著，圍觀的人群也消去了，只剩下兩個婦女還在一邊指點一邊聊天，他認出有一個就是發現死者的晨跑婦人，她的粉紅色緊身褲十分搶眼。他看看螢幕格子中的時間碼，再對照自己的手錶，確定螢幕上顯示的是現在時間。

「你說不見了，是倒回去看過了是不是？」

里長點點頭，他滿臉困惑，面色有些蒼白，手心泛著汗光，高大極瞟了一眼，他相信里長的手心應該是冰冷的。

「倒回去給我看看。」

里長依言操作閉路電視，他用滑鼠點了點螢幕角落的一個方框，拉出時間線，直接點在某個點上，螢幕立刻一片花白，並躍出一個大格子，上頭寫著：「本時段無紀錄」。

里長再按下快轉，花白的螢幕轉到了某個時間點時，忽然又出現畫面了，高大極還看到自己，正站在小公園長椅旁邊指揮下屬，而李飛鵬在不久後才從畫面的一角進入，彎腰端詳坐在長椅上的死者。

「所以硬碟還在，沒被拿走。」高大極暗自鬆了口氣。

「可是，之前的資料，全都不見了。」里長顫抖著聲音說，「我的服務處沒有被闖入的跡象，門鎖沒被破壞……」

「立刻去買新硬碟更換，我要你繼續記錄，門鎖也換一把，不過先等待採證才換門鎖，你先別再碰門把。」高大極說得很快，又像在喃喃自語，因為他說的話追不上他的思緒。

「咦？」里長一時沒搞懂他的意思。

高大極清楚的一個一個字說：「馬上找人去買新硬碟更換，我要拿你的硬碟回局裡去，」他心想說不定局裡可以還原被洗掉的硬碟內容，「這裡已經變成現場了，我要找人過來採證，從現在開始，你什麼也別碰。」

「瞭解了，長官。」里長說著便步出房間，掏出手機，按了幾個鍵，然後跟手機另一頭的人說：「兒子呀？你曉得我服務處的閉路電視用什麼硬碟是不是？」

「叫他立刻去買，」高大極在一旁叮嚀道，「刻不容緩！」他知道被刪除的資料還有機會重建，而現在不斷輸入的新資料很有可能正不斷將先前的資料覆蓋過去，所以動作必須要快。

那他何不馬上拆下硬碟呢？因為現在正在錄下的畫面也十分重要，兇手總會回到現場，說不定現在的監視器正在拍下兇手的身影呢！

高大極拿起手機，撥給李飛鵬，要他叫鑑識人員留步，踱過來里長服務處採證。在等待另一頭回應時，高大極瞥了里長一眼，突然心血來潮，心想以他的履歷，如果退休後去競選里長，說不定會很受歡迎。

張國棟被帶進一間很普通的房間。

所謂很普通，是因為這間房間平淡得沒有任何個性，沒有足以分辨的特徵，隨便粉刷的白牆，暗沉沉的日光燈管，從建好這棟建築物至今都沒鋪過地磚的水泥地面，一張白色的長桌，兩張有深綠色仿皮椅背的折疊椅，有一張的關節還鬆了，坐上去會發出嘰嘰聲，另一張的仿皮椅背破開了，好像曾經遭受重擊，露出裡頭的膠棉來。

張國棟被吩咐坐在那張破舊有聲的折疊椅，之後警察便跑了出去，留下他獨自一人。

他不安的四下張望。

房間沒有窗戶，沒有空調，沒有空氣流動，只不過坐了一下子，便感覺到汗水開始滲濕裡頭的厚T恤了。

張國棟兩手扶著椅子，往後挪開折疊椅，想站起來走動一下，這時候，房門卻砰的一聲打開，一名他不認識的便衣警察大步走進來，冷冷的說：「坐下。」張國棟只好坐下。

那名便衣警察拿著一疊文件進來，用力放在桌子上，巨大的聲響令張國棟跳了起來，那警察正眼不瞧他一下，便頭也不回的走出去，重重關上房門。

張國棟乖乖的坐在椅子上，不敢造次，他擔心警察進來時發現他沒坐在椅子上，會不高興。

其實不需等警察進來，他相信牆壁面對他的那面鏡子背後就有人正在監視，電視上不是常常在演嗎？所以他的一舉一動都非常謹慎，以致最後連一動都不敢動。

他是僑生，離鄉背井，帶著僅足維持一個學期費用的現金來台，總是很擔心大學讀不完，不但回家愧對父母，也無顏在家鄉立足。他總是擔心太多，他擔心功課不好被三二（亦即三分之二學分不及格被退學），他擔心騎機車出意外會留下不良紀錄，當然他更擔心交通意外橫死路上，如今他最最擔心就是跟命案扯上關係，更糟糕的是，死者還是他的女朋友！

他知道，一旦發生命案，死者的夫妻或男女朋友往往被視為頭號嫌疑犯，他又可能是昨晚最後見到小筠的人，他猜想警方已經準備好把他定罪了，這次是水洗也不清了！

此刻，胸中有多種情緒混雜交纏在一起，令他難受極了。他對雪筠的愛意並沒因為她的死亡而消失，他依然感受得到強烈的愛戀之火；但他也深深的恐懼，很怕會被誣賴坐牢；他又感到非常困惑，很想查個明白，昨晚兩人互道晚安之後，雪筠究竟遭遇了什麼事？想到雪筠遭到不明人物殺害，過程中不知經歷到何種痛苦、屈辱、懼怕和無助，張國棟心中便禁不住燃起熾烈的怒火！

烈愛、恐懼、困惑、憤怒在同一時間侵蝕著他的心，他感到胸口緊繃，頭頂發燙，很想衝到外面去，馬上著手調查雪筠的死因。

他的視線驀然掃過桌上那堆文件，剛才警察拿進來重重摔在桌上那疊文件，剛才他一直沒去看、不敢去瞧的文件，因為他不想讓警方認為他不乖，會膽敢沒經准許就去偷看文件。

文件飄出印表機廉價墨水的氣味，顯然是剛印好的。

令張國棟視線停頓的，是文件最上面那張封面，上面印了「莊雪筠命案現場」幾個字，分明是故意要吸引他看的！

不理了！

張國棟將整疊文件拉過來，翻開封面，看到雪筠坐在長椅上，低垂著頭，從正面、側面、後面、斜下方等等每一個角度拍攝，各種手部、眼睛、耳朵、嘴唇的特寫鉅細靡遺，被像模特兒一般對待。

一邊翻看照片，張國棟的淚水和鼻水不停的流出，他用力拭走淚水，好維持視線清晰，來細看雪筠死後的每一張照片。這是他最愛的人呀！他從未如此深愛過一個人，他常常覺得雪筠的生命比他的生命還要重要，可是她卻比他先離去，而且還是被人殺害的！他憤怒，他由衷的憤怒！他的幸福被無情的剝奪了，永遠永遠失去了，他已經想像不到他的未來了，他跟雪筠未來的所有可能性都不再可能了。

「小筠！」他終於失控，對著那一大疊列印出來的照片嘶嚎，淚水揮灑到照片上，暈開了墨水。

他忽然睜大眼睛，抽出一張照片，湊近仔細看清楚，用手背拭去淚水，再三注視照片中的雪筠，激動的說：「不不不不不！」

接著，國棟猛然用屁股推開椅子，衝到牆壁上唯一的大鏡子面前，把照片壓在鏡子上，朝鏡子大喊：「我跟她分開時，她不是穿這件衣服的！不是這件！」

偵訊室的房門砰地一聲打開，那位到宿舍接他的便衣刑警走了進來，和氣的告訴他：「那面真的是鏡子。」

「衣服！」張國棟轉身面對刑警，淚流滿面的哽咽道：「小筠的衣服不一樣！」

「那又怎樣？她可能回家換過了。」

「不，你不明白，」張國棟兩眼血紅，像要吃人一般，「這件是她很喜歡卻買不起的大衣，我們昨晚才剛去百貨公司看過，我們是絕對買不起的！可是現在卻穿在她身上！」

刑警的腦中直覺當下掠過一個字眼：「禮物」！

這個時刻，李飛鵬正在法醫辦公室的沙發上大汗淋漓，對惡夢感到困惑；他的部下小吳和偉明已經回到鑑識組的實驗室，準備分類整理所有證物；而王秉富正在法醫室中檢查莊雪筠的屍體；雪筠的男朋友張國棟則在警察偵訊室中看照片，並將他的發現告訴載他來警局的便衣刑警；張國棟的南部室友今天提早回來了，正聽另一位室友說張國棟被警察帶走了；另外老刑警高大極仍待在現場附近，正在催促里長趕快換新的硬碟，一邊聯絡電腦組的人員，一邊在監督兩位鑑識人員收集里長服務處被人闖入的跡象；而發現雪筠屍體的晨跑婦人已經吃過午餐，要到鄰居去串門子，鄰婦正心急要聽她敘述今早的經歷。

至於兇手呢？他如期趕上了快餐店早餐的最後點餐之後，已經過了四個小時，現在肚子也差不多又快餓了，不過他不打算用正餐，他想回到昨晚那家百貨公司，他記得那家百貨公司地下層有一家他曾經很想吃卻不敢去吃的乳酪蛋糕店，名叫 Déjà Vu 的。

x = 2 國棟

張國棟並不是一開始就愛上莊雪筠的。

說真的，雪筠並不是大美女，不是會讓人眼前一亮的女孩子，但只要認識她的人，相處了一段時間之後，沒有不被她的魅力傾倒的。因為她隨和，總是很自然的去關心周圍的人，每個被關心過的人都會感受到從雪筠身上傳過來的溫暖。

國棟第一眼見到雪筠，便覺得似曾相識。

漸漸的，他越來越思念雪筠，變得無法自拔的愛上她。

他以前在馬來西亞唸中學時，成績不是頂好，因此欲申請到台灣唸大學時，沒辦法直接進入大學，而是像大部分僑生一般，被安排到林口山上的僑生大學先修班去讀了一年。那所在山頂上的校舍，平日沒什麼娛樂活動，所以唸書的時間比以往多了好幾倍，比在家鄉更能集中精神，心清淨了，也掌握到中學時代沒意識到的讀書方法，反而讓他從中找到了唸書的樂趣。

先修班畢業時，他以第二志願進到了想要的科系，雖然不是自己原本最想要的大學，但只要是國立大學，家裡有能力承擔他的學費，他就不苛求了。

說起來，他還得感謝這個第二志願，否則就會跟這個帶給他幸福的女孩錯過結識的機會了。

大學一年級時，國文和英文都是系上的必修課。他的同系同學大多數對僑生有一個粗淺的印象，認為僑生應該就國語沒怎麼樣然後英文超好，其實正好相反，他以前在馬來西亞唸的是由當地華人團體私營的華文獨立中學，以中文教學，有別於以馬來文為主的政府中學，而他在中學時代的英文考得並不怎樣，反而華文總是保持班上最高分。

再者，大學英文課的上課方式跟以前完全不同，所以他上得滿糟糕的。他以前就覺得自己英文不夠好，現在更是覺得自己差透了。

英文課是由幾個不同的科系混在一起上課的，雪筠是另外一個科系的，好幾次上課都正好坐在他隔壁，好幾次見到他上課時老是很困擾的神情之後，雪筠就對他伸出援手了。

國棟很訝異雪筠的英文那麼好，雪筠也很驚訝國棟的英文那麼不濟。

「考試我還可以應付，畢竟有規律可循。」國棟坦承道，「可是這種搞文學欣賞的，太自由的題目，我反而沒辦法。」他聽說台灣的學校要比較高年級才開始有英文課，不像他家鄉從幼稚園就有英文課了，人家說語言學習的關鍵年齡是九歲，照理他更早接觸英文，應該比台灣的孩子更強才是，所以他好奇的問雪筠，為什麼英文那麼強？

「我也是從幼稚園就開始上英文啦，」雪筠一臉促狹的說，精靈的眼珠子頑皮的溜去一邊，「我去上幼兒美語補習班，到了小學，還被迫講英文故事，又要讀英文文學，我還記得第一本英文文學就是夏綠蒂・勃朗特的《簡愛》，那是十九世紀的暢銷小說耶，根本看不懂啊。」她嗤了一聲，「然後是珍・奧斯汀的《傲慢與偏見》，十八世紀的，而且是很深入內心的愛情故事，更是有看沒有懂了。」

後來兩人交往了，國棟才知道，雪筠沒這麼簡單，不像她所自嘲的那般，她不但是校內英文演講比賽冠軍，還在網路上承接一些英文翻譯的零工，比如電影字幕或兒童繪本之類的。

雪筠把自己說得那麼不堪，只是為了讓國棟心裡好過一點，他們兩人一起搭捷運時，國棟明明看見雪筠用手機看的電子書，就是英文版的《簡愛》，還邊看邊眼睛發紅呢。

雪筠跟大部分台灣大學生一般，高中畢業那年就上大學了，而國棟在馬來西亞是十一月才畢業的，次年九月才到台灣上僑大先修班，所以當他倆在大學的英文課相遇時，國棟比雪筠稍長兩歲。女孩子一般都比男孩來得早熟，不論生理或心理皆是如此，因此國棟比她大兩歲，算是剛剛好。

國棟第一次大膽提出約會，是在考慮了很多個晚上，經歷了無數次自我否決之後，才決定要在下課時約她的。

那一天的英文課特別難熬，整堂課都沒聽進去一個字，彷彿腦袋瓜會把老師講的字自動過篩，全都留在耳朵外面了。

他提早抵達教室，坐在平常的位置上，如往常一般為雪筠留了個空位。從雪筠還沒進教室開始，他的心就開始猛跳了，沉重的心跳在整節課都未曾緩和過，即使到了下課鐘敲響的那一刻，他都還在考慮要不要臨陣放棄。

他自問會不會太魯莽了？像雪筠這樣好的女孩子，會看上自認長得其貌不揚的他嗎？況且他是個僑生，將來打算畢業後就回僑居地的，雪筠會接受這樣的他嗎？他害怕會被拒絕，然後雪筠會從此不理睬他，從此英文課的甜蜜幸福就會畫下休止符，但是，如果不說出那句話，他這一生都會後悔的！

「小筠！」他叫住了快要步出教室的雪筠，「你今天最後一節課是三點下課對不對？」他的心臟快要從嘴巴迸出來了！

「對呀，怎麼了？」雪筠轉過頭來，一雙烏黑的瞳孔閃著無邪的光芒，打量著他的眼睛，似乎瞬間就看穿了他的動機。

「我可以不可以請你吃頓飯？」終於說出口了！

雪筠的臉色變了一下，似乎有點驚訝，又帶點猶豫，但很快又轉為欣喜，她咬住嘴角，阻止自己笑出牙齒來，免得讓國棟太早洞悉她的內心。

但是，國棟把雪筠的表情解讀成準備拒絕他，於是趕緊補上一句，好挽回劣勢：「是為了答謝你！因為你的幫忙，我的英文才沒有考爛了！」

雪筠心裡雪亮，於是先退一小步，再進一小步：「請客就不用了，一起吃飯就好了。」

國棟記得自己有告訴過她，他是用父母的錢來唸大學，而父母其實收入也不豐，他想打工讀書，但僑生在台灣只許假期打工或校內打工，而校內的名額有限，他這學期就沒申請到……國棟擔心雪筠知道他沒什麼錢，所以才不要他請客。

他緊張得一塌糊塗的腦袋瓜一時沒搞清楚，雪筠不要他請客，卻邀他一起吃飯，已經是同意跟他約會了。

他要在好幾個月後才領會到雪筠的用心，畢竟女孩子的心思較巧，男人一般是不容易馬上弄懂的。

「不行，」國棟說，「我一定要請你的。」

雪筠咬一咬牙，出絕招了：「你要請，我就不跟你吃飯了。」

那頓飯最終是吃成了，雪筠還特別挑了去吃滷肉飯配苦瓜雞肉湯之類的，國棟曉得她是在為他省錢，心裡感激之餘，還暗暗發誓，他日如果兩人有幸結成連理，一定不能讓她吃苦！

但是，現在已經不可能了，所有未來的計畫，已經徹徹底底的不可能了。

現在，他居然在警察局的偵訊室中，面對著把他從宿舍帶過來的那位刑警，談論他跟雪筠的過去，而雪筠在不到二十四小時以前還是活生生的一個人，他還跟她吻別，她那嘴唇柔軟和甜蜜的感覺，依然殘留在他的唇上。

「我們交往了差不多一年，」大哭了一場之後，激動的情緒令他精神委靡，他疲憊不堪的跟刑警說道，「我們有計畫，將來畢業後要結婚的。」他的眼中已經找不到光彩，瞳孔像兩個深邃的空洞，似乎活著已經對他不存在意義。

「可是，我連一件像樣的衣服都買不起來送她！」國棟激動的兩手握拳，用拳頭抵住桌子，「警察先生！那人一定是個變態！他一定有在跟蹤我和小筠，所以他知道小筠喜歡那件衣服，他殺了小筠，然後幫她換上那件衣服！」他想到雪筠被陌生人脫去衣服，露出她通體雪白的肌膚，不知那人還對她做過什麼過分的事？想到這裡，他更是激動得幾乎要窒息。

帶國棟前來的便衣刑警向上級要求，由他來親自偵訊，因為他不相信國棟有犯罪，所以不希望別的同僚誤判，而且他早在帶國棟前來的途中，就想好了偵訊的方向，包括把死者的照片擺在國棟面前誘導他看，也是這位刑警的主意，不過卻是用來證明國棟並沒有殺死女朋友的動機。

便衣刑警用左手圈住嘴巴，掩蓋他嘟起來的嘴唇，每當他陷入沉思，都會不由自主的嘟起嘴唇。

他喃喃自語道：「說不定是禮物……」

「禮物？」耳尖的國棟抬起頭，緊皺的眉宇間冒著火光。

「沒沒沒，」刑警揮揮手，「只是揣測。」說著他眼神一轉，尖銳的望著國棟：「不然你以為呢？還有什麼人會送禮物給莊雪筠嗎？」

「她對每個人都很好，有時候，她服務的社區，有歐巴桑會送她水果，」國棟說，「可是這麼貴的衣服是不可能的！」

「告訴我，」他拍拍國棟肩膀，表示他是個可以交朋友的人，「你知道有任何人會憎恨莊雪筠嗎？」

國棟抬起頭，無神的眼睛像玻璃一般透明。

他搖搖頭。

「有任何理由，會有人想要她消失的嗎？」

這種問題？怎麼可能？國棟當下的反應是要搖頭，但只有一瞬間的遲疑，令他停下脖子的動作，睜大兩眼，凝神望住桌面，鎖起眉頭，默然陷入沉思。

辦公室的電話響了，尖銳的鈴聲穿透李飛鵬的腦袋瓜，把懵懂狀態中的灰色腦細胞震醒。

星期日是不會有人打電話來法醫辦公室的吧？除非是王秉富的老婆……王秉富有老婆嗎？李飛鵬發現自己不知道。他看了一眼，電話上有一排標示了地點的按鍵，有一個按鍵在閃燈，是內線電話，從解剖室打來的。

他接了電話。

「睡醒了嗎？你要不要過來一下？」電話那端不急不徐，沒有特別興奮，也沒有疲勞的感覺。

李飛鵬從褲袋拉出手帕，把眼鏡擦拭乾淨了，才推開辦公室厚重的黑木門，木門上鑲著的毛玻璃格格作響，強調著它存在已久的歲月。

李飛鵬步入陰暗的走廊，這裡平日就不光亮，何況星期日人手減少，只開了一兩盞日光燈聊以照明。其實，即使整條走廊的日光燈都打開了，這棟老建築物依然有一層揮之不去的陰沉，即使在夏天，走廊兩側的白色水泥牆依然會傳出陣陣沁涼的氣流。

李飛鵬一邊走一邊在觀看走廊兩側，原本不很寬闊的走廊，兩側擺了一些木櫥、大冰櫥、裝了舊文件的紙箱高高疊起，還有一台轟轟作響的機器，四周蕩漾著紙張的霉味、福馬林味、冰箱冷媒洩漏的刺鼻氣味，還有古老的灰塵氣味，酸酸的有點嗆鼻。

不僅如此，走廊上方還爬了五、六條粗細不一的水管、排水管、電線管等等，像不明生物般依附在天花板的角落，井然有序的一條條並列著，成為蜘蛛天天織網的好地方，在這裡織了一代又一代的蜘蛛家族，或許最容易逮到的食物就是蒼蠅吧？尤其是身軀笨重的綠頭蒼蠅。

李飛鵬對這裡很熟悉，他從在鑑識單位上班第一天開始就常常來往這裡，對這條走廊比家裡的走廊還要熟悉。

終於他來到一間沒有標示的門前，依然是鑲了毛玻璃的黑木厚門，跟走廊上的其他門一模一樣，不同的是毛玻璃後方透出的是很光亮的白燈。

他敲門之後就逕自打開了木門，迫不及待的先瞄了眼解剖台，只見莊雪筠的屍體已被王秉富用白布掩蓋，只露出一雙雪白秀氣的腳丫子。

「你有什麼發現了嗎？」李飛鵬才剛問，就被解剖室的冷氣吹得打了個哆嗦，心想今天本來打算跟兒子去登山，如果沒這個案子的話，現在他們應該是在下山途中吧？

「瞧。」王秉富指了指平鋪在桌上的大衣，還有所有擺放得整整齊齊的衣服、內衣褲、襪子等等，在所有衣服旁邊，還放了幾個透明的塑膠袋，已經標上號碼，「這是從她的大衣口袋拿出來的東西。」

李飛鵬低頭看仔細，有一小盒清涼薄荷糖，兩個綁頭髮用的毛線帶子，一黑一紅，最後是一張皺皺的發票，已經被王秉富稍微拉平。

「我不賣關子，直接告訴你吧。」王秉富說，「看見這張發票嗎？」

李飛鵬用指尖拎起塑膠袋，仔細看袋子內的帳單，是收銀機印出來的統一發票，由百貨公司的女裝部門開出來的，李飛鵬再看清楚，由不得吹了個口哨：「五萬！是哪件衣服呀？」

王秉富拿了把鑷子，伸到桌上那件大衣下方，夾出一張仍然連在大衣上的厚紙片：「連價目卡都還沒剪掉，衣服貨號有在，跟發票上一模一樣。」

「這女的這麼有錢嗎？」李飛鵬瀏覽桌面上的所有衣服，心裡計算著價錢，最後決定放棄，這項工作應該交由他老婆去做。

「你再看清楚，發票上的訊息可多呢。」王秉富說，「這件衣服是用現金買的，不是刷卡哦，上面還有還錢時間，收銀員的編號，你沒發現嗎？」

李飛鵬默默的拿起智能手機，用手機上的照相機拍下發票，然後打開手機中的照片集，尋找今早拍下來的照片，手指在螢幕上滑動幾下之後，他找到了莊雪筠的身分證照片，對王秉富說道：「台南人……來自一個小鎮。」

「還有，」王秉富不置可否的說，「我把她打開看過了，內臟果然沒什麼血，身上外觀也沒新的傷痕，她走得應該滿平靜的。」說著，他把一份夾在書寫板上填寫完畢的法醫解剖報告表單遞給李飛鵬：「給你先睹為快，我會另外弄一份複本。」

由於不是被當成嫌犯，便衣刑警放走張國棟了。

「要我們送你回去嗎？」

「不了，」國棟搖頭，「這裡搭公車還方便。」他可不想被同學們看到被警車送回宿舍。

更何況，他另有計畫。

刑警走到警局二樓，從二樓窗戶觀看張國棟，看他是不是真的去乘公車。

張國棟果然站在公車站等待，然後登上了一輛公車。

刑警馬上拿出智能手機上網，查看市內公車路線，看看國棟上的那輛公車經過什麼地方……有！不是宿舍附近，是另一個關鍵地點！果然他猜得不錯！

刑警奔跑下樓，到警局停車場去取了自己的機車，打算直接開去他猜測國棟會去的地方。

他有不好的預感，而且他的預感向來十分準確。

這位到宿舍去找張國棟的便衣刑警，姓林，單名一個「重」字，中學時代有個外號叫林沖，然後就有人順勢叫他「豹子頭」了。

基本上也沒叫錯，林重心思縝密、行事謹慎，行動但不衝動，小說中的林沖造反之前，也是事事退讓，直到被迫得無路可退為止，萬般無奈之下才造反的，所以兩者個性的確還挺相似。

林重的老家開設國術館，從小就看到遊覽車在家門邊來來去去，父親和伯父都會表演心口碎大石、喉頭彎鐵管之類的功夫給遊客看，父執輩在表演時，小小年紀的他就會拿著跌打膏藥向遊客們推銷，遊客們見他伶俐可愛，也會掏錢買上一兩盒膏藥。畢竟是家族事業，是養活一家人的技藝，他從小習慣了這種環境，也不覺得怎樣。

十歲開始，父親要他正式拜師，傳授他家中技藝，學習認藥製藥，認識經絡穴道，也開始舉重練身，學幾種武術套路，準備要為家庭上場掙錢了。

很久以後他才知道，他們家這套祖傳的叫「傷科」，看起來像中醫，卻為自謂正統的中醫所不齒，因為他們不去研究《黃帝內經》，不討論陰陽五行、溫病、傷寒等各種理論，而是靠著祖傳配方和手法，治療各種跌打內傷。

有人研究，「傷科」本屬中醫的「外科」，專門動手動腳的，歷史上有名的扁鵲開肚整腸、華佗開腦刮骨，便是這種。但後來由於歷代許多書生加入研究醫術的行列，他們論理而不動手，重內而不重外，因此理論派漸漸佔了上風，宣稱外科治療也可以交給湯藥和針灸處理，外科才逐漸退化成專治內傷的傷科，最終還被視為下等的江湖術士。

中學時代，林重已經練了一身結實的肌肉，在校內沒人敢欺負他，不過他也不欺負別人，很是溫和的他交了些朋友，不管是愛唸書的、愛玩樂的，甚至混黑道的好朋友都有，只是他從不加入他們，因為他必須在放學後馬上回家，幫忙接待旅行團送來的客人。

林重後來沒考上高中，不是因為他不愛唸書，而是家中也沒鼓勵。每天晚上，父親和伯父都在喝酒聊天，母親也總是低頭忙著照顧全家人，根本沒人過問他的功課，直到班上的好朋友都考上高中了，林重才驚覺，他的世界被分裂了。

這時候，他才開始認真考慮如何脫離這個環境。

正好家裡的生意變差了，停泊在家門外的遊覽車越來越少了，願意掏錢的客人也稀稀落落了，高職畢業後，他正好以此為藉口，向家人提出報考警察專科學校，不但不需要繳學費，還可以像他中學的好朋友一般真的讀到書。

警察專科學校也有學習武術，他從小有功底，學新的招式並不困難，還在校內和校外拿過幾次自由搏擊的好成績。

此時，林重開始回頭去研究傷科的歷史，研究他家族的淵源。

他知道，家中老祖父傳下那堆泛黃發霉的線裝書，他從小都沒見過父親去翻閱，其實就是他的寶庫！

老祖父遺下的許多書都是缺了封面、不見標題的，有的還脫了線，整本散開。他於是開始重新整理，將書本一頁頁掃描存檔進電腦，否則等到書本紙張碎掉，就更難保存裡頭重要的資料了。

這時候，他注意到一本薄薄的書，第一頁有朱色小字注寫了「論氣色」三個字。

那本小書開宗明義就寫著：「**凡傷者前來求治，未見傷處，先觀氣色。**」然後就是各種氣色的觀察法。

這有趣。

觀氣色，能在治療之前，預先知道患者的身體狀態，氣色好的容易救，則用簡易的方法醫治，氣色差的可能一開始就需下重手，才見生機。

他問父親和伯父知不知道這一條秘訣，結果是：他們在國術館專門為人治療跌打內傷，卻從未聽過這回事。看來，他們果然沒看過祖父的書，只是依賴以前祖父教導過的行事，抱著得過且過的心態，餬口而已，林重知道了之後，其實心裡還挺失望的。

於是，他開始每天盡量早些回家，好抓緊機會在旁邊觀察患者。他一步步驗證了祖父留傳的書果然所言不虛，有時他見患者氣色不佳，有外燥內虛之象，很容易被誤判為陽症，結果父親果然用藥不對症，病人反而久久不癒，當然會影響國術館的聲譽。

林重更進一步，將這方法用在旁人身上，結果發現了不可思議的現象。

祖父的小書明言，觀氣色只觀外表，當然只得皮毛，若要觀入骨髓經脈，就不能單靠肉眼，而是需要一些內修功夫，才能漸漸「開眼」。

怪不得有些書中列出的現象，林重怎麼也瞧不出來，原來尚需另一層功夫。

至於如何開眼，林重找到另一本小書，才有詳細的教程指導。

那本小書標題《明眼方》，乍看還以為是讓視力增強的藥方，但在一大堆傷科書籍中忽然冒出不相干的眼睛，這標題反而惹起林重的疑心，才發覺此書非同小可。

他開始依照小書的指導，每日睡前靜坐，眼觀鼻子數氣息；睡醒時也做一些調身、調息、調心的功夫，比如鳴天鼓、攪海、聽息之類的。林重日日不間斷的下功夫，漸漸發現自己的眼睛果然被「開啟」了，能看見一些過去即使近在眼前也會忽略的事。

比如，學校的射擊訓練，他在進入射擊場時看見某位同學眼白佈有血絲，走路時右手臂的擺動比左手臂小，他眼前馬上浮現出畫面：那位同學昨晚熬夜上網打遊戲，右手使用過久，今天在射擊時身體會不自覺的傾斜，今天的射擊成績果然不好。

他的觀察力變得更強了。

經過多年自我訓練，他幾乎能一眼看出疑犯是不是有什麼隱瞞？往往從疑犯的氣色變化，他就能事先猜出個大概，加上正確的偵訊方法，便能從疑犯的對話中抽出許多絲縷，再慢慢編織出事情的真相。

他詢問張國棟許多跟莊雪筠交往的經過，希望從裡頭理出些蛛絲馬跡，也等於是要國棟將所有甜蜜的記憶重新經歷一遍，化成片片痛苦，一層又一層沉重的疊在他即將碎裂的心上。問訊完了之後，林重見國棟也很疲倦了，身體已經再也無法負荷心理的壓力了，才決定放他回去。

「如果你想到什麼，」他遞給國棟一張紙條，上面寫了他的手機號碼，「比如誰可能傷害她，或有什麼可疑的跡象之類的，儘管隨時找我。」

國棟接過紙條，望了一眼上面的號碼，指著問林重：「這個是7還是2？」

林重湊近看了一眼，苦笑道：「是2，對不起字太醜。」

「我……」國棟咬了咬唇，不知該不該問這個問題才好，「我可以看小筠一眼嗎？」

林重一臉抱歉的搖搖頭：「她不在這裡，應該在接受法醫檢驗吧？」頓了一下，他再問國棟一句：「你見過她家人嗎？知道該怎麼聯絡嗎？」

國棟無神的搖搖頭表示不知道，無力的推開椅子站起來，拎起掛在椅背上的外套，安靜的步出偵訊室。

林重憂心的望著他離去。

剛才他一直在拖延時間，是為了爭取更多時間。

因為他看見國棟的整個背肩部都被一團黑氣包圍著，像被罩上了一個黑色袋子。他不斷拖延時間，為的是想看清楚那團黑氣，希望能看出個端倪來。

但他沒看出，他還看不出是什麼。

他過去有過類似經驗，一名嫌犯被偵訊後，因有重大嫌疑，所以被暫時拘押，沒想到，在等待保釋的時候，那嫌犯竟在牢中自縊死掉了。他只不過把自己的兩根鞋帶綁起來，圈在脖子上，一端綁在窗戶鐵條上，然後跪在地面，垂下頭，把自己慢慢拉扯，直到窒息為止。

林重這才恍然大悟，先前偵訊這名嫌犯時，老是看到他脖子上有一道霧濛濛的黑影，當時還以為是自己眼睛太疲勞了，原來竟是死亡的前兆！

後來林重也留意到某位同僚的大腿有一小團黑氣如影隨形，那位同僚就在當日突發的歹徒槍戰中掛彩了，傷口正好是林重看見的黑影所在，所幸沒傷及動脈，不過那位同僚有好一陣子只能待在局裡處理文書。

張國棟的背肩部被那麼一大團黑氣籠罩，令林重看了就心底發寒：他的背部會怎麼樣嗎？

所以他讓國棟離開之後，估計今天之內就會出事，他不得不跟蹤國棟！

他到停車場牽出機車，拿出手機上網，確認了國棟登上的那班公車的路線之後，便猛地踩下油門，朝公車的下一站飆去！

傍晚來得早，院子那棵老樹的樹蔭更加陰暗了，黑壓壓的一片葉影，壓得胡伯伯有些喘不過氣來，逼得他憶起以前年輕在大陸，被行經他村莊的軍隊拉伕，被人忽然用麻布袋蒙了頭，就被拖進大隊裡去當兵，從此再沒見過父母。

那種被布袋蒙頭的恐懼，成為他一生揮之不去的夢魘，只要有樹影爬在牆壁，或抬頭望見籠罩著整片天的大樹，他就會被嚇得跪倒在地，渾身顫抖，像孩子一般呼叫媽媽。

他在軍隊裡度過青春期，然後隨大隊渡海到台灣，第一次失去童貞是在軍中樂園，還染上性病，雖然用藥治好了，下體卻留下難看的疤痕，至今偶爾仍會癢會痛。他孤家寡人的過了一輩子，沒膽子去追求女人，也沒興致再碰女人，其實他也少用那話兒，後來也萎縮無法勃起，所謂用進廢退，正是如此。

從軍中退休後，年輕時跟日本人打仗留下的舊傷愈加惡化，造成他行動不便，因此鮮少出門，但是胡伯伯也不願住進老人院，憑著過去少花錢存下的積蓄，以及軍人退休金，租了間小破房，生活勉強過得去。不像他過去的同僚，有被女人騙光一生儲蓄的，甚至還有被買了保險金然後謀財害命的，他就沒這種煩惱。

但是，有一天，他數十年來平淡枯燥得不值一提的生活出現了一道曙光。

他老早被列為社工關懷的獨居老人，他的家總有一些大學生來來去去，定期噓寒問暖的，他也樂得有人造訪，可以陪他聊聊天。那些大學生是校內社工服務社的成員，他都會主動問那些大學生有關校園內的生活，試圖去想像那個他不曾接觸、也永遠不再有機會接觸的世界，但所謂隔行如隔山，無論那些大學生怎麼描述，他都無法真正體會到。

直到某一天，長期探訪他的男大學生帶了一個女孩來，說他今年快要大學畢業，往後會由這女孩接替他的關懷工作。

見到這女孩時，胡伯伯真的頓時眼前一亮。

因為她長得很白，又穿著白衣，在夏日午後的豔陽下，她白得清麗脫俗，胡伯伯心中一緊，平靜多年的心情竟平白出現了憂傷。

這女孩看起來好親切。

胡伯伯開始每個星期都會期待女孩的到來，期待跟她說話，希望瞭解她的一切。

起初，他以為他戀愛了。

他這輩子沒談過戀愛，談戀愛對他而言根本是不可思議的奢望，所以他無法分辨這種感覺是不是戀愛。

從此，每個星期的每一天都有了意義，他期待五天，快樂一天，惆悵一天，再期待……如此循環，成了他活著的動力！活了這麼多年，他終於找到活著的意義！

但是，快樂的日子並不長久，女孩的關懷訪問在秋天來臨時驟然而止。

那個星期，胡伯伯還特地早起，轉了兩趟公車，到中華商場買了有名的山東大肉包，準備在社工女孩來拜訪時，讓她填飽肚子，並且向她介紹他引以為傲的家鄉美食。

但是，中午過了，包子冷了，天色黑了，女孩還是沒出現。

胡伯伯任他飢腸轆轆，也沒吃他自己那一份包子，他原本打算跟女孩一起享用，配上新買的凍頂烏龍茶，他從來捨不得買來喝的，他還準備在女孩來訪時才打開茶葉的包裝，好確保茶葉處於最香最新鮮的狀況。

那天晚上，他心情很黑暗，像重錘般沉到了地底。天黑之後，他扭開老舊的七十燭光電燈泡，慢慢的啃掉了三個大肉包，然後肚子發脹不舒服了整個晚上。

苦悶了一個星期之後，才有人告訴他發生了什麼事。

來了個新面孔的大學生，告訴他是接替女孩的位置來問候他的。

「女孩怎麼啦？」

「上星期車禍，去世了。」新來的大學生輕描淡寫說，像是提起一隻螞蟻被踩死那麼輕鬆。

那天，胡伯伯根本沒聽進那新來的大學生所講的任何字，整個腦袋瓜像放久了的酥餅一樣，隨時要垮掉碎掉。

他好不容易熬到大學生離開，才鎖緊大門，昏昏沉沉走到屋子最後端的角落，窩在牆角哽咽痛哭，把一整個星期的鬱悶爆發出來。他從來不曾如此傷心，即使是當年被迫離開家人，也沒有今天來得傷心，哀傷撕裂他的心房，整個身軀像被挖空得只剩下一塊潮濕的皮囊那般痛楚。

他哭得以為自己快死了，後來才明白，得知那女孩死了，其實比他自己死去更來得痛苦。

他這才驚訝的發現，他果然不是愛上這女孩，而是他希望過這女孩的生活，期盼透過與她一遍又一遍的對話中，得知她生活的細節，想像自己成為她，想像自己能過著同樣的生活。

這感覺其實很詭異，他自己也覺得很困惑。

如今女孩死了，線斷了。

胡伯伯在沉痛了一個晚上之後，開始思考未來。

他是個好端端活著的人，而那女孩才不過活了短促的人生，在世間曇花一現，就被時間洪流沖刷掉了。而他還活著！他當然可以活得更好！

胡伯伯當晚好好睡了一覺，補充一星期來因失眠而流失的精神，次日起個大早，到公園去加入晨運的行列。

如是，他在不同的晨運團體之間穿梭，學會了一種又一種運動，從甩手功到太極拳，每日的運動令他身體的舊傷漸有改善了，他愈加勤奮的，甚至連交際舞也學會跳了，他以前在軍中學過基本武功套路，學跳舞就像學套路，沒啥大不了。

女孩的死給他帶來了極大的轉變，他告別過去昏沉的六十年，數十年只有「服從」的生活剝削了他的自主意識，而今他積極的生活，在人生的一甲子之際脫胎換骨，享受活著的樂趣。

他還算快樂的過了許多年，交了新朋友，學了新事物，也買了手機，可以約朋友去茶聚或出遊，直到他開始覺得關節不太順暢，當兵時的舊傷終於惡化為止，他才稍微減少活動。

平靜的生活過了近二十年，探訪他的大學生也換了一個又一個，他已臻高齡，覺得人生至此也心滿意足，卻不知暴風雨在寧靜的背後，已悄悄造訪。

那個如常的探訪日，大學社工來敲他的門，他估計這男孩拜訪了他三年，現是春天尾聲，應該又快換人了，依照往年的例子，說不定就是今天。

果不其然，那男孩帶來了一位女孩，他倆站在門外，背著光，胡伯伯一時還看不清楚他們的樣貌，只看到黑灰色的輪廓。

「胡伯伯您好，」男孩一邊打招呼，一邊收起手中的折傘，顯然外頭有下著小雨，「我今天帶了位新人來，以後要換她來照顧您了。」

「你要畢業啦？」胡伯伯溫和的問男孩。這男孩關心得不錯，每次男孩回鄉下，都會捎來一些新鮮土產，讓他的生活添些新意，說真的，還挺有心的。

「是啊，接下來要準備考研究所，會很忙，所以提早叫學妹接班了。」男孩滿臉抱歉，一面從背包中取出羊羹和茶油剝皮辣椒，「我們花蓮的特產，知道胡伯伯最愛這口味了，一樣給您配茶喝，一樣給您配白飯吃。您牙齒不好，我都挑軟的土產給您。」

「有心，」胡伯伯還真有些捨不得他，「我會很珍惜的慢慢享用的。」

「呵呵不行，」男孩笑笑說，也有些傷感起來了，「羊羹保存期限短，不能放太久的。」

男孩身旁的女孩也收好雨傘了，她理一理長髮，撥走髮尾上的水珠之後，朝胡伯伯立正，斯文的鞠了個躬：「胡伯伯您好，我還是新人，接下來有什麼照顧不周的，還得請胡伯伯多多包涵。」

「你好客氣呀。」胡伯伯慈愛的望著她，「妹妹什麼名字？」

「我叫莊雪筠。」女孩抬起頭，那雙彎彎的眼睛接觸到胡伯伯的視線時，胡伯伯感覺自己震了一下，差點從椅子上滑下來。

他的頭忽然作暈，手心竟然泌出了一層冷汗。

林重完全沒猜錯！

事實上，這還算是滿簡單的邏輯，張國棟嘴邊一直在掛著那件衣服的事情，心中一直在回想著昨晚最後的細節，所以他必定想回到這地方來！

林重將自己隱身於車陣之中，慢慢轉動油門，讓機車緩緩滑行，眼睛直盯下了公車正準備穿越斑馬線的張國棟。

對面就是那家百貨公司。

如今華燈初上，天色壓著一片橘黃，將百貨公司表面的白磚染上一層油油的黃汁，有如一根聳立天際的冰棒。

林重趕緊找地方停靠機車，視線都不敢離開國棟，他見國棟匆匆跑進百貨公司大門，便加緊腳步尾隨，生怕在偌大的百貨公司之中找不到國棟，別說不知道他會跑去哪一層樓，每一樓井然排列的專櫃也跟迷宮沒兩樣。

沒想到，林重衝進百貨公司大門時，還差點撞到國棟，原來國棟仍然站在門口，被兩側進出的人潮夾著，正猶豫的望向裡面。

林重看見包圍著國棟肩膀的烏雲，像颱風般繞著他的胸部和背部緩緩打轉，林重只是稍微靠近，甚至聽得到烏雲發出細微的流動聲，像在對國棟低語。

一旦國棟起步走向裡面，他背上的烏雲便被他拖著走，如同掛在肩上的半透明章魚，伸出八隻觸手在空氣飄動。

張國棟猶豫了一陣，走向電扶梯，在電扶梯上站著的顧客間隔之間穿梭，他似乎突然想通了什麼，忽然急著想上樓去。林重緊跟上去，他瞟了一眼掛在電扶梯上方的指示牌，看見標示女裝在二樓和三樓，佔了兩層樓。

林重一面跟監，一面從褲袋摸出手機，打電話給隊長。百貨公司裡的手機訊號比較弱，尤其在電扶梯上，林重走到樓層平地後，手機上的訊號強度才達到兩格，勉強接通了。

「喂喂，高老大？」林重壓低聲音，把手機貼近耳朵，不想被國棟察覺他在跟監，「高老大嗎？我是林重。」

手機那一頭傳過來的聲音像泡泡破裂般斷斷續續，彷彿有人被捏著脖子說話：「林……滋滋……林重嗎？」

「是，林重，我不在辦公桌，有鴨子在路上。」他用約定的暗語談公事。

「哪隻鴨子？」聽不清楚。

手機「噹」了一聲，有一則簡訊傳來，林重趕忙打開，是隊長的簡訊：「哪隻鴨子？」是的，這樣才不會有遺漏的文字。

林重斷了通話，改成無線上網傳簡訊：「張國楝，今早女死者男友，無嫌疑，有線索，在百貨，昨晚約會地，死者身上衣在此買，非他們買，可能兇手買。」林重盡其簡略的輸入文字，讓隊長盡快瞭解狀況。

張國楝繞了個圈，又登上通往更高一層的電扶梯。

林重加快腳步跟上電扶梯，焦慮的看著手機上的訊號強度歸零，他巴不得馬上抵達上一個樓層，那邊的手機訊號應該夠強，但是電扶梯上站了許多人擋路，張國楝站在梯級上，雖然沒迅速移動的跡象，但林重生怕他隨時衝出去令他跟丟了。

手機叮叮兩聲，有訊息！林重趕快打開，是圖片，隊長傳圖片給他？他按下打開圖片，但是訊號太弱了，即使圖片檔沒多大，也沒辦法快快打開。張國棟到達樓層了，他飛快的踏出去，林重一下失去了他的蹤影，而前方尚有五個人擋在梯級上。

「他娘的！」林重一聲咒罵，伸手輕輕推開他前面的胖女人，「對不起借過！」

胖女人很不高興，一張臭臉馬上迎面而來：「推什麼推？」還用她的蝴蝶袖頂了林重一下，順勢擋住他的去路。

林重湊近她耳邊，低聲說：「拜託，我是刑警在辦案。」

「刑警又怎樣？」女人不明事理的放大聲量，林重登時火大，用拇指從後面用力按壓她的一節腰椎，胖女人發出一聲怪叫，整個人歪倒。林重用了家傳推拿手法，只不過家傳的是推正脊椎，他是將女人的椎骨瞬間移了一下，再利用韌帶的回彈力讓椎骨放回去，不過已經足以讓胖女人痛得倒地了。

他從胖女人挪出的空間穿過去，一路推人，一邊說「抱歉」、「借過」，好不容易上到樓層，他立刻環顧尋找張國棟的蹤影，找不著？會不會再上樓去了呢？他彎去看望往上的電扶梯，沒見國棟的身影，樓上是男裝，應該不是國棟要去的地方。他擔心方才胖女人那一聲怪叫，已經被國棟發覺他跟監了。

有，看到了！國棟剛剛從一堆專櫃之間走出來，又拐進另一個專櫃區去，林重正好瞧見國棟背上那團膨大的烏雲拖著條尾巴，消失在一片廣告板後方。國棟大概也在尋找昨晚看衣服的地方，畢竟男人對衣服的感覺不比女人，說不定他昨晚沒留神，今天也忘了真正逛過的是哪個專櫃吧？

林重奔跑過去，一邊瞄了眼手機上剛剛顯示完畢的照片。是一張發票，一張皺皺的發票。

「怎麼回事？」他拉近手機，什麼都看不清，可能是拍照時手有震動，只有發票頂端的標誌還猜得出來，正是這家百貨公司的商標，「莫非……？」

隊長又傳簡訊來了：「死者袋中找到。」

林重感到背脊發寒。

他跑到國棟消失的廣告板，從板後窺看，果然國棟有在！他正在瀏覽一排掛在衣架上的衣服，都是昂貴的女性大衣。林重乘機低頭打簡訊：「照片不清」。

隊長大概也注意到了，簡訊才剛傳出去不久，又有一則圖片傳過來了，是一張十分清晰的發票圖片，顯然是用掃描的。

林重把手機貼近眼睛，從這張單純的發票上尋找線索。

他越看就越忍不住興奮的微笑。

好不容易，高大極終於回到他的辦公室座位了。

這張桌子是他的指揮中心、他的整理檯，也是他平日打盹時枕著手臂小睡的甜鄉。現在，他開始將所有收集來的證據攤在面前，準備好好整理一番了。

於是，高大極拿起辦公桌上的電話聽筒，按下分機號碼，問問里長服務處的硬碟處理得怎樣了？哦，有許多檔案被抹除了，正在試著救回，硬碟容量很大，得花點時間。

他拿起手機，看到李飛鵬傳來了許多圖片，有女死者手腕傷口的近拍照、大衣的照片，然後大衣邊緣還掛著價格牌，有價格牌的近拍照……原本靠在椅背上的高大極不禁坐正身子，忖著：「為什麼還掛著價錢？為什麼還掛著價錢？」接下來更怪異的是，大衣的發票也有，李飛鵬在發票的照片下註明了：「在大衣口袋找到，衣服是剛買的。」高大極不自覺的緊蹙眉頭，把他的思緒鎖在眉頭間的摺皺深處。

他殺、新衣、詭異的現場、監視器硬碟被刪除，這絕對不單純，最糟糕的是，高大極完全想像不出對手的模樣。平常的案件，他都能從各種蛛絲馬跡建構出犯罪者的大概模樣，通常捉到罪犯時，都跟他想像中的「印象」相差不遠，比如說……對方是個嗜咬手指甲的焦慮中年未婚男子，或是個看起來未經世故其實城府深沉的少女之類的。

但是這名兇手在他腦中只有一團模糊的人影。

他打電話給李飛鵬，問他在何處？「李大哥，你傳來的發票，很多細節看不到，可以想辦法拍得更清楚嗎？」

「你很急嗎？」李飛鵬問他。

「看情況。」高大極說，「還不清楚上頭有什麼訊息呢。」

兩人談了一陣，高大極剛掛斷與李飛鵬的通話，手機竟緊接著響起，這次是他的屬下林重打來的，林重不是回到局裡了嗎？記得是偵訊死者男友的，什麼時候出去了？

他接起手機：「喂？」雜訊很多，根本聽不清楚。

嘗試一番後，高大極掛斷手機，改成用文字通訊，高大極一看林重傳來的內容，頓時興奮起來：「證據走在同一條線上了！」他馬上把發票的照片傳給林重。

林重是個聰明的年輕人，高大極老覺得他對辦案有一種特殊的嗅覺，常常有跟周遭不同的觀點，但麻煩的是，他太愛在沒有支援的情況下獨自行動，如此總有一天會碰上危險的。高大極惜才，他心想有機會一定要提拔這名年輕人。

林重回訊了，說照片解析度不夠，他需要發票上清晰的文字。

就如同串通好似的，林重才剛要求更清楚的照片，李飛鵬的新照片就傳來了，顯然經過軟體加強畫面，連細小的字都很清晰！高大極立即將照片轉發給林重，然後自己也將照片拉大，細看上面的字。

他平日公務繁忙，很少陪太太，但也有陪太太逛百貨直到百貨公司關門休息為止的經驗。百貨公司跟其他店鋪一樣，都在十點鐘送走客人，在那以前還會播放費玉清的送客音樂，叫客人們知趣，想買快買，否則明日請早，因為售貨員也要下班回家呢，不然也要去約會或陪孩子的。

但是，發票上由機器標示的售出時間是十點十五分，百貨公司早就打烊了，而且是現金付款，售貨員代號５５０２。

有了這些資料，已經可以循線追下去，直指兇手的方向了！

高大極按捺不住興奮的心情，屁股再也留不住在椅子上，恨不得馬上跑到百貨公司去，親自處理那條線索，念頭既起，腳下立即行動，但辦公桌上的內線電話響起，又將他拉了回來。

「隊長嗎？」電話另一端傳來電腦組人員興奮的聲音，「我們救回一些畫面了！」

「有看到人嗎？」

「有！」電腦組人員用促狹的聲音說，「你會很意外的。」

呵，好險。高大極心想。幸好遲一步離開辦公室。

胡伯伯心神不寧。

他罕見的失眠，眼睛睜得大大的，盯著床頭天花板角落上的蜘蛛網，數著上面捕捉了多少隻蟲子，大部分蟲子都乾枯了，體液老早被吸乾了，有一些被蜘蛛用網子包紮起來，儲存起來以供下蛋，其中有一隻特別肥大的新鮮蚊子，搞不好是剛剛叮過他那隻。

他抓抓手臂上被蚊子叮過的地方，起床開燈，滴了點百花油到痕癢處，又倒了杯燒酒小酌，希望可以幫助入睡。他回到床上，又睜了一個小時的眼睛，於是他終於決定爬起床，走到櫥櫃去，取出一個鐵皮盒，那種以前人家送禮糕餅包裝的精美鐵皮盒，上面有零星斑駁的鐵鏽點綴。

這鐵皮盒，大約每三年才會打開一次，平常他是不會想到去碰的。

他用了一些力氣，才將鐵皮盒的蓋子扳開，他翻過蓋子，看看因受潮而生了一層鏽斑的邊緣，便將蓋子擱在一旁，然後取出盒子裡頭的一疊照片。

這些照片全是他跟大學社工的合照，自從第一位社工卸任時開始為他拍照，他便在每一次社工交替時，要求新任和卸任社工三人一起合照，如此他只消將照片排列起來，便能依著照片中的人物排出順序，還可以看到每一位來關懷拜訪的社工從初來報到時的青澀，到離去時的成熟。

胡伯伯沒有家人，更甭論家人的照片。

這一疊照片，對他而言，就像他的家庭照一般。

將照片如火車車廂般排列，可以見到同一個人出現兩次，美中不足的是，其中有一個女孩只出現過一次。

他把照片的順序排好，再重新疊好之後，覷了一眼時鐘，心裡默算了一下，距離早晨莊雪筠會來關懷拜訪的時間還有多久，才安心的重新爬上床去。

這一次，他很快就入睡了。

一直睡到莊雪筠來敲門，他才驚醒，跳起來去開門。

莊雪筠一如往昔，整個人看起來乾乾淨淨的，像剛漂白上漿過的新衣服，臉上如常掛著親切的笑容，令胡伯伯看了就退縮，猶豫該不該將心中的想法告訴她。說不定，一旦告訴了她，莊雪筠會回去報告，說這老人家的精神有問題，要換人來關懷他，他從此會被貼上標籤，永遠被這個大學社工團體歧視，被當成怪老頭。

他決定不經意的開始導入主題。

「我還以為你不在家呢？」莊雪筠放下背包，立刻幫忙收拾廚房，雖然胡伯伯已經收拾過了，可是莊雪筠總是可以整理得更整潔，「你很晚睡嗎？」

「嗯。」

「胡伯伯平常不晚睡的呀。」她一面收拾，一面關心，「失眠嗎？」

「不是，有心事折騰。」他老實說了，「你別忙，請坐，陪我聊聊。」

這倒是不尋常，胡伯伯話很少，大部分時間都在聆聽，會主動要她坐下聊天，還是頭一遭。

她拿起熱水瓶搖了搖，聽見裡頭快空了，便拿起水壺裝水，待將水壺放到瓦斯爐上燒水了，她才坐到折桌旁，看到胡伯伯已經拿了一個鐵皮盒在等待。

他開門見山，把照片從鐵皮盒拿出來，一張張排在桌上，莊雪筠不明白他想幹什麼，便仔細端詳起照片上的人物，不過一會兒，她便明白了：「啊，是我的前任們。」

「是的。」胡伯伯排好了照片，覺得好累，便站起來去看燒水，打算沖泡米漿當早餐，「你仔細瞧，看看會瞧出什麼？」

胡伯伯打開糙米粉的袋子，掏了幾匙到海碗中，倒點冷開水溶化了，等熱水燒開，便可以直接沖下去，調成一碗細滑可口的米漿了。

「有一個人才出現了一次，」莊雪筠說話了，語氣有些困惑，「為什麼呢？」

「她死了，車禍。」

有些照片已泛黃老舊，越老的照片，褪色越嚴重。莊雪筠拿起那張照片，移到窗邊有光線投照進來的地方，照片表面缺少當初那層鮮豔的色澤，變得黯淡無光，照片中的人物也隨之變得稀薄，像浮在照片上空，顯得很不真實。

胡伯伯看著水壺的蓋子開始作響了，繼續說：「她死的時候才十九歲，她在深夜騎機車，轉彎時，被捲入貨車輪下，太大意了。」

莊雪筠盯著照片中的女孩，聲音有些顫抖了：「很可怕耶，一定很痛。」

「她死的那天，是七月三日，美國國慶前一天，所以我記得。」

「是哪一年的事？」

胡伯伯聽見她的聲音，可以想像她身體在發冷，不禁心中感到抱歉，但他還是回答了：「十九年前。」

莊雪筠忽然陷入了沉默，胡伯伯關了瓦斯，將滾水沖進海碗，一面擔心的聆聽背後的靜默，生怕雪筠突如其來的奪門而出。

胡伯伯將米漿擺在桌上，坐在雪筠面前慢慢的喝起來，不敢抬頭正眼望向雪筠。

良久，雪筠終於開口：「為什麼？……你要讓我知道什麼？」

胡伯伯感到心中放下了一塊重鉛，頓時鬆了一口氣：「我不知道是什麼，但是當我第一眼看見你的時候，腦中馬上浮現這女孩的臉孔。」

「你認為……？」

胡伯伯慌忙擺擺手：「我什麼也沒認為。」

雪筠想了一下，才問：「我們長得像嗎？」

胡伯伯搖搖頭：「但是，你們倆給我的感覺，活脫脫是同一個人。」

雪筠靜靜的把照片放回行列之中，然後拿起背包，掀開蓋子，從內袋取出一個小皮夾，用來裝很多證件那種。她從中抽出一張卡片，舉到胡伯伯面前，道：「你看。」

是她的身份證，上面寫得很明白，她的出生日期是七月四日，十九年前。

這個時刻，法醫王秉富跟資深鑑識人員李飛鵬正在法醫辦公室中，泡上一盞陳年普洱茶，享受甘香渾厚的發酵滋味，王秉富告訴李飛鵬，這塊普洱茶餅被製作時，他還在襁褓中呢！所以價值真正不菲。如今退休在即，也該享用它了。而在百貨公司跟監死者男友的便衣刑警林重，正走近張國棟，準備告訴他一句話；把照片傳給林重的隊長高大極，正興匆匆的前往電腦組辦公室去看監視錄影畫面。另一方面，胡伯伯的生命，正處於危險之中。

x＝3 曉柔

上午八點半，曉柔睡眼惺忪的爬起床，並不像平日那般立刻下床，反而把被單拉上膝蓋，在床上呆坐了滿久，似乎在等待著，預感有什麼事快要發生。

她身邊的男人還在打呼，睡得正沉，枕邊丟了個打了結的保險套，飄著乳膠和蛋白的混合氣味。曉柔摸摸下體，摸到自己的陰毛，於是她拉起被單找了一下，總算在男人的鼠蹊部找到夾在那兒的雪白內褲，不過已經沾上男人的精液，所以該換一條新的了。

下體沾了保險套的潤滑液，陰毛都被沾黏成一片乾掉了，曉柔想想還是洗個澡好了。她走進浴室，打開熱水器，拿起花灑沖走睡了一晚後殘留在皮膚上的疲憊感，沖走陰道昨晚被激烈抽送後的腫脹感，她在溫暖舒服的熱水中陷入冥思，腦裡的思緒飄渺，忽然間，她發現她記得昨晚男人插入她體內的感覺，卻想不起床上那男人的臉孔。

他們同居了五年，自從青澀的三專時期鬧了家庭革命後，她就一直跟他在一起，怎麼會想不起他長得什麼樣子呢？

他們合租一間小套房，五坪附浴室那種，所以曉柔只消推開浴室門，就可以看見睡床了。她推開浴室門，看見他轉過身去了，臉孔側向她看不到的方向，她再凝望了一陣子，仍然記不起他長得什麼模樣。

她納悶的推回浴室門，將沐浴乳擠到海綿上，搓揉了一下，用滿滿的泡沫擦洗身體，洗到肚子的時候，她遲疑了一下：這個月的月經遲了三天，是不是該去買驗孕棒了呢？不，再等吧，經期偶爾會不準的，等到超過一個星期了再說吧。男人都習慣快射精了才戴上保險套，她記得這個月有一次還沒戴套就射了，不過那時候是安全期，應該不會出事吧？

沒洗多久，她擦乾身體，看看時候不早，她趕緊吹乾頭髮，穿上兩件式的制服，再將長髮綑成一團，用髮網包好，剩下的十五分鐘剛好夠她化個職員手冊中的標準化妝，然後就得趕乘捷運上班了。

她整理了一下擱在床頭的手提包，確認裡頭該帶的東西一件沒少，

忽然，她想起男人昨晚交給她的一樣東西。

她到梳妝台去找了一找，看到壓在一疊帳單信封下的黃色牛皮紙信封，她拿起鼓鼓的信封，裡面沉沉的裝了一疊厚厚的東西——是錢！她昨晚數過了，五十張一千元紙鈔，五萬元整，新舊紙鈔皆有，裡頭新的紙鈔新得連邊緣都鋒利得能割傷人，而舊鈔則舊得像淹泡在水中的鹹菜，連摸起來都像長了層黴一般潮濕。

這一疊錢，指定要在今晚下班後，以百貨公司職員的名義，以員工價買下她服務的專櫃中那件很貴的白色大衣。

男人還特別叮嚀，下班後要馬上把衣服帶回來，因為他必須立刻交給託他買衣服

的那個人，然後還可以再得到一筆酬勞呢！

曉柔的腦袋並不很精明，但女人的嫉妒心還是令她懷疑，什麼人會託她男朋友去買這麼貴的大衣？要送給什麼女人呢？會不會其實是她男朋友另結新歡了，要借她的員工身分拿折扣呢？

她雖然心裡頭酸溜溜的，依然將信封塞進了手提包，並提醒自己下班時一定要記得做這件事。她經過男人身邊時，刻意再望了他一眼，男人的臉被蓋在頭上的小枕頭遮住了，曉柔試圖想像男人在枕頭下方的容貌，仍舊一點也想不起來，她覺得實在不可思議。

今晚男人會得到一筆錢嗎？如果是真的，他一定會買啤酒回來，然後跟她做愛吧？

曉柔出門上班，合上門之後，還轉了轉門把確認上鎖了。

接下來的一切如同寫好的劇本般進行：走路去捷運站、用悠遊卡進站、候車、上車找座位……上班刷卡、等客人上門、整理貨品、記錄貨單……這種日復一日重複不休的劇情，認真寫起來還真不少。

不過今天不太一樣，曉柔必須徵求主管同意，以員工價買那件貴死人的大衣，而她向來很怕跟主管說話，因為她總認為只有犯了錯才會被主管找來說話。不過如果沒完成男人交代的任務，可能下場會更為不堪，所以她在中午硬著頭皮跟主管提出了要求。

「是你要的嗎？」主管一雙犀利的眼神上下打量她，似乎在想這女孩薪水不高，怎麼捨得買這麼貴的衣服？

「是的，」她不得不撒謊，否則她擔心主管會不准許，「我想要很久了，存了很久錢……」她楚楚可憐的樣子令主管很快同意了，畢竟主管也是女人，女人懂的。

曉柔興高采烈的完成了任務，在下班時開了貨單和發票，把收銀機的錢點算完畢交給主管，便拎著裝了白色大衣的百貨公司大紙袋，匆匆跑去乘捷運回家了。

只有在這趟回家的路上，當她手中提著印有百貨公司名稱的大紙袋時，她可以假裝這是她買的昂貴衣服，然後其他一同乘搭捷運的女人們一定會羨慕的偷瞄，猜測紙袋裡頭是什麼衣服，她不禁愉快的想像著她們的表情。

短暫的快樂在抵達租來的套房時畫下休止符，曉柔一打開房門，就聽見男人從浴室傳出的聲音：「你好慢回來哦，買了嗎？」

「買回來了，你看看對不對？」她把大紙袋擺在床邊，期待他的讚美。

「我相信你！」他在浴室裡大聲說道。

曉柔走到梳妝台去歇妝，她拆下耳環，拿下隱形眼鏡，此時她聽見男人推開浴室的門，跑過來匆匆從後面摟了她的腰一下，隨即走去提了大紙袋要出門，而曉柔正好視線一片模糊，剛取走隱形眼鏡的眼睛溢出淚水，完全還沒來得及看清楚這位跟她睡了五年的男人，就聽到他合上門離開了。

她無奈的嘆了口氣，戴上細框眼鏡，開始收拾紊亂的房間。

昨晚的啤酒空罐還在相同的位置上，多了一個便利商店微波爐便當的空飯盒，想來是男人的午餐（或晚餐），預計收拾完畢，男人就該帶著消夜回來了。

她聽到門口打開的聲音。

「你回來啦？」她低著頭問，沒瞧看門口。

她想起來了，剛才忘記告訴他，大衣的收據放在大衣口袋中，要記得拿出來給託他買的人。

曉柔還沒開口，竟覺得頭忽然暈了一下，暈得非常厲害，整個人差點向前仆倒在床上。

待她神志回復後，才轉頭看了眼門口。

門口是關著的，一如從來沒打開過。

原來男人沒回來嗎？

事實上，曉柔再也沒見過他。

高大棰的心跳變得很快，不只是因為他走得很快，也是因為他心情十分興奮的緣故：究竟他們從復原的硬碟中，揪到什麼有意思的畫面，敢拍胸膛保證他會「很意外」呢？

他在警界混了這麼多年，黑白兩道都有朋友，每天過耳的大小消息不知多少，見過的世面和畫面比電影不知精采多少倍，還有什麼能令他覺得意外的嗎？

「嚇我吧。」一進入電腦組的機房，高大棰就興匆匆的大聲說道。

電腦組有好幾部電腦，大部分都非常老舊，又大又笨重像箱子般的早期電腦螢幕堆在角落，而電腦組人員展現給他的是最新、速度最快的機組，大型的ＬＥＤ螢幕上顯示了九個格子，畫面模糊不清，時而還會閃爍灰色沙粒，那是剛被救回來不久的畫面。

電腦組人員只有一位，他今天正好加班處理另外一個案件，所以就火速接下了這個工作，對他而言，這種修復硬碟的事兒簡單多了。他剛剛泡好一杯三合一咖啡，整間機房充斥著濃烈的咖啡人工香精味，本想說好不容易找到線索，要用咖啡犒賞一下自己的，沒想到高大極來得這麼快，他只好匆匆呷了一口，從另一張桌子拉過來一張椅子，請高大極坐在螢幕前面。

「高老大，我已經把時間選好在位子上。」他指著其中一個格子，是正好面對里長服務處門口的鏡頭。

「凌晨三點十二分？」

「你自己瞧。」電腦組人員按下鍵盤，畫面開始動作，他乘機再呷了幾口咖啡。

電腦組的房間老是有一股刺鼻的金屬味，那是主機板被加熱發出來的氣味，他老是嗅得不舒服，鼻子的黏膜也像被鍍上了一層導電金屬似的，而咖啡的香味就能暫時遮掉這種怪味，讓他換取片刻的舒坦。

「呵有人去開門。」高大極看見里長服務處門口來了個男子，他一出現，朝向門口的強燈就乍然亮起，顯然是裝了感應器。

接著一名女子從暗處走出，纏住男子的手臂，男子甩開她一下，慌慌張張的開了門，將女子一把拉進去。

「那男的我見過。」高大極蹙眉說道。

「是吧？」電腦組人員得意的說，「我也看到你跟他說話。」

「你怎麼看到的？」

「咦？那個還有沒被洗掉的部分呀，老大您進出這道門都拍到了呀。」

「哦……」高大極專心在推敲，一時沒想到。

他一眼便認出那男子了，令他感到納悶的是那女子。

那纏住男子的女子是死者莊雪筠嗎？看起來像十九歲嗎？影像中的女子只看得到背面，披了件短短的絨毛外套，穿著短到不行的黑色緊身裙，那是莊雪筠昨晚最後的穿著嗎？

高大極當了這麼多年刑警，學會了不輕易相信人，質疑嫌犯告訴他的每一句話，只因為他年輕時吃了太多虧。一名楚楚可憐的瘦弱女子無論看起來多麼無辜，卻被證明是把老公分屍的兇手，一名看來溫文儒雅、朝九晚五定時上下班的孝子，卻是把公司掏空還打算潛逃海外的經濟犯。

所以一名十九歲關懷老人的大二女生又怎麼樣？她也有可能半夜晚出去援交然後被男人殺了嗎？

不過高大極很快又排除了這個想法，莊雪筠有著長長的直髮，而閉路電視中的女人是一頭俗氣鬈髮，只長到肩膀，從她充滿挑逗的動作看來，應該是陪酒的風塵女子。

「他們進去多久？」高大極問。

「十五分鐘而已，我來快轉一下。」

高大極挪開身體，讓電腦組人員處理。

如他所言，那對男女在十五分鐘後出來了，男子開門時鬼鬼祟祟的，生怕被人看見的模樣，接著把女子拉出來，匆匆忙忙帶她離開了。

畫面仍在繼續，依然有一片片的沙粒橫跨在螢幕上。

「……所以，不是從這裡被刪掉的？」

「不是，早上六點鐘，他又回來了。」

「六點鐘……」高大極從上衣口袋取出小本的記事本，這是他從年輕以來的習慣，是老前輩教他的方法，隨身一本小記事本，隨時記下最新資訊，翻查起來不知比手機方便多少倍。他查了一下紀錄：「死者是六點半被晨跑的女人發現的。」

「時間點很迫近呢。」

高大極腦中第一次浮現出兇手的印象。

想必是一位很忙碌的兇手。

昨天晚上，兇手必須去買一件很貴的衣服、抓住死者、用繁瑣的手法殺死她，還得運屍、佈置屍體，這些全都是他自己動手的嗎？那麼硬碟紀錄被刪除呢？是和本案相關的嗎？抑或只是巧合？

「所以，硬碟是六點之後被刪掉的嗎？」

電腦組人員拿起桌上的一張小紙條，瞄了一眼：「正確是六時零五分，他幾乎一進去就進行刪除動作了。」

「給我看那一段。」他要看嫌犯的神態。

影片移到那一段之後，高大極看見同一名男子前來打開里長服務處的門，他舉止慌張，幾乎是用跑的過來，還不時回頭看望，像有人在追逐他一般。

進入里長服務處僅僅幾分鐘，男子又重新出來，快速鎖門離去，即使是模糊的影像，也依然看起來一副很緊張的樣子。

高大極拿起手機，從下午打過的電話號碼中找出里長的號碼，等了不久，里長接電話了：「喂，里長嗎？我是今天拜會你的高隊長，是是，你好你好，謝謝你的幫忙，我還想你再幫一個忙，是是是，感謝感謝，是，我要找你兒子，今天幫忙換硬碟那位，什麼？沒什麼，請他協助調查一下，他似乎對電子的事情很熟悉，對要請他幫忙一下，可以馬上過來嗎？我等他，是，還沒下班，對很晚了，還沒下班，我等他，對，一個人就好，快過來呵，謝謝謝謝。」

高大極放下手機，看見電腦組人員正在盯住他，問道：「他是里長的兒子？」

高大極不討論這個，他指指電腦螢幕，說：「現在畫面修復了，我想看看真正的兇手。我想看看棄屍的那一幕。」

「對不起老大，那一段還沒救回來。」

可惜呀！高大極好失望。

林重向專櫃小姐亮出警察證件時，被她因緊張而微蹙的眉頭攝住了魂，林重的心底不禁漾動起來。這種心跳加速的感覺，只有中學時代上課途中碰到校花時有過。

顯然，她有心事。

「你怎麼在這裡？」一正在跟專櫃小姐說話的張國棟見林重忽然冒出來，吃驚不小，「你跟蹤我嗎？」

「張先生，」林重用正式的口吻說，一反先前在偵訊室所表現的體貼和關心，「有些事還是交給警方來處理比較好。」林重冷峻的語氣令張國棟不禁卻步，他只好站在旁邊，瞧瞧林重會怎麼做？

林重轉頭向專櫃小姐，忍不住再多看了一眼她的眼睛：「這位先生剛才是不是在問你有關一件白色大衣，是從你們這家買去的吧？」

專櫃小姐警戒的反問：「白色大衣怎麼了嗎？」她十分困惑，那件從昨天到現在，從頭到尾都不對勁的大衣，到底出了什麼問題？為何這麼多人對它有興趣？

林重拿出手機，打開發票的照片，移近給專櫃小姐看：「發票上的售貨員代號5502，是你嗎？」他瞟了一眼專櫃小姐胸前的名牌：「曉柔？」

「是我。」她無處可躲。

看見曉柔防備的神情，他放軟語氣：「你可以向我說明，為什麼這張發票是百貨公司關門後十五分鐘才開的嗎？」

曉柔的肩膀緊縮，胸口一陣窒息，整個人彷彿要被自己的胸口吸進去似的難受。

五年前，當她堅持要跟那男人在一起時，那個跟父母關係緊綳的難忘夜晚，她也是這樣被父母威脅的語氣迫得毫無退路，也是這般的難受，迫使她築起一道牆，斷然決定逃離令她感到難堪的父母，跟男人同居。

五年來，她不敢說出一次「後悔」兩個字，說出來表示她認輸了。

如今這名警察令她再度經歷當年的痛苦，父母要她選邊站，站在父母這邊，或站在男友那邊，選擇題只有兩個選擇，沒有第三甚或第四個選項——她認為應該要有的，比如，同時站兩邊，或先站一邊之後再站另一邊等等。如今，她如果對警察說出事實，她的男友就會被牽涉進去，那麼他是絕對不會放過她的！他會拋棄她的！到時她就孤單一人無家可歸了，因為她的父母已經不要她了！

曉柔緊抿著嘴唇，抬頭直視眼前這位膚色黝黑的警察，才發覺這名警察有一對溫柔的眼睛。

「是不是有客人晚走了？」林重見她遲遲不回應，便開始引導她。他的直覺告訴他，這女孩的確有難言之隱，如果她只是一位售貨員，只是尋常賣了一件衣服，沒有理由這麼緊張，除非她正打算掩蓋，打算保護自己或別人，此時此刻，林重不能用硬的，只能從旁邊慢慢導入。

曉柔凝視著林重溫柔的眼睛，依舊緊抿著嘴唇。

林重用很輕的聲音說：「小姐，我不想影響你的工作，也不想讓人注意到你正在被一位警察問問題，如果你能夠爽快的回答我，那我就很可能不必傳訊你到警察局去問話了。」

曉柔這才發現，林重說得沒錯，他並沒引起周遭客人的注意，而是裝成像詢問資料的客人般，也沒引起主管的注意。

「那件衣服怎麼了？」曉柔也輕聲的再問他一次。

「我不能透露……」

曉柔截道：「如果你不告訴我，我也不知道該怎麼告訴你才好。」她堅定的望著林重。

林重感覺得到，只要能配合她的顧慮，曉柔就會告訴他一切。

林重深吸了一口氣，才說：「那件衣服，穿在一位年輕的女死者身上，是謀殺。」

曉柔整個人抽搐了一下。

「而這位先生呢，」林重把拇指朝向張國棟，「是女死者的男朋友。」

「我昨晚陪她看那件衣服。」張國棟逮到機會插嘴，林重白了他一眼。

曉柔哀傷的望了一眼國棟，原本猶豫的她，忽然很快做了決定：「我十點下班之後，到樓下的摩斯漢堡去。」那間是二十四小時營業的快餐店，「你們在那裡等我，」然後很肯定的附加一句：「我不會逃的。」

林重鬆了一口氣，他看看手錶，距離曉柔下班尚有三個半小時。他對曉柔微笑道：「我們只是聊一聊，好嗎？」

莊雪筠從來沒到過這個地方，或許因為她唸的是商業吧？這裡通常是文史哲科系才來的。在這之前，她從來不知道這裡蒐藏了最完整的紙本報紙。

在中正紀念堂捷運站下車，沿著地下道走到最接近的出口，那條地下道很長，走得有點茫茫無終點的感覺。好不容易走上樓梯，抵達地面上的出口，眼前迎來一片綠意盎然，夏天的蟬叫響聲灌耳，沿路還有原木小橋和流水造景，地面磚塊鋪了文學作品的節錄句子，跟對面的中正紀念堂比起來，這條走道行人稀少，特別的寧靜。

雪筠沿著綠意走，抬頭才望見這是一所小學外緣的造景，正享受這片難得的舒坦時，才走沒多遠，一棟巨大的紅色建築映入眼中。這裡就是她的目的地，收藏全國出版品的國家圖書館。

步入國家圖書館寬大的前廳，寒冷的氣流迎面撲來，驅走館外的夏日暑氣，雪筠站在門口發呆了一陣子，好適應這裡的寒冷，同時瀏覽這裡的環境，左顧右盼了一下，看見左邊有個證件申請處，她便走了過去：「請問一下，進去裡面要申請證件嗎？」

證件申請處的服務員是位退休的老婦人，她和氣的說明：「要的，進入要證件，查書也要證件。」

「對不起我第一次來，這家圖書館不能借書的嗎？」

「不能哦，只供查資料，有的是開架資料，有的要從書庫調閱，小姐要查什麼？」

「舊報紙，大約二十年前的報紙。」

服務員點點頭：「在二樓，給我身分證，先辦一張臨時閱覽證，待會你出來就辦好正式的閱覽證了……你的包包要放去置物箱哦。」

「哦好，謝謝。」雪筠拿了臨時證件，走到入口右邊的置物箱空間，挑了個空櫃，放入小背包，拿了有號碼的鑰匙，再走到入口中央的櫃檯，由櫃檯人員幫她刷卡，才算進入了圖書館。

由於是第一次來，她先好奇的四處逛逛，前面就是放置近年出版品的區域，每一本出版品都必須向國家圖書館申請編目號碼，並在出版後交給國家圖書館收藏，因此在這裡可以看見所有的出版品，包括許多她從來沒在書店見過的書！

「一定要常常來逛，常常來看書。」她興奮的告訴自己。

不過今天的目的不是來看書的，她想找的東西，還沒見著呢！

她查看樓層表，從電梯上去二樓，詢問了一下，走到末端的閱覽室，果然見到很多放置雜誌和報紙的櫃子，看見許許多多她聽都沒聽過的外國雜誌，她看得心花怒放，恨不得馬上拿一本坐下來好好讀一番，但她仍舊忍住了。

她走到末端的高架，上面擺放了歷年的舊報紙，按月份裝訂成一大冊一大冊。

她查了一下架子上標示的日期，最久的報紙是五年前的，其實當然啦，十九年前太久遠了，要把這麼多年的報紙疊在這架子上的話，也會不夠空間的。

雪筠到一旁的服務臺去詢問，如何尋找十九年前的報紙。

「我們現在有線上查詢系統。」服務臺的人員告訴她，可以用只有館內可以使用的系統，在電腦上直接查詢百多種報紙，包括一些已經停刊了的小報、地方報、晚報之類的。

服務人員很親切的帶領雪筠到電腦前面，教導她如何使用系統。系統中有一百多種報紙！不過雪筠有日期，那個日期就是她的生日，所以並不難找，她只是擔心車禍這種新聞，對死者而言是大事，但在新聞界算是小事，說不定那天有更重大的新聞，就把它從版面上給擠掉了。

她在鍵盤上輸入日期，螢幕上顯示出系統中在該日期有的報紙，她移動滑鼠，先選擇了往昔的大報如《聯合報》、《中國時報》、《自由時報》、《民生報》之類的，感覺上比較有希望。

雪筠的生日容易記憶，因為那天是美國國慶日，她找了她出生年七月四日和五日的報紙，瀏覽了每一個角落，連分類廣告頁都看了，查了一個小時，看得眼冒金星，沒看到任何年輕女孩車禍的新聞。

雪筠疲倦的靠去椅背，用力伸了個懶腰，吸進了一口圖書館溫度太低的冷氣，咽喉瞬間乾燥，不禁咳了起來。她移開厚重的木椅子站起來，走到旁邊廁所的飲水機去，從飲水機上的紙杯架抽了一個小紙袋，打開變成紙杯。

紙杯好小，一次裝不下多少水，喝了好幾杯溫水之後，喉頭那片乾乾的感覺依然沖不掉。她望了一眼手錶，差不多該離開了，晚上社工團要開會，在開會之前，她還得把學校的報告打一打，然後跟國棟在宿舍餐廳用個餐……

晚報！

怎麼沒想到呢？

她快步走回電腦，輸入搜尋七月三日的報紙。

胡伯伯是告訴她，她的前輩是七月三日深夜慘死的吧？依照發生的時間，一般早報尚來不及刊登，但當天發行的晚報就有可能報導了！而且，晚報已經報導過的消息，可能早報不會再報導吧？

果然，找到了，篇幅還不小！

不但有車禍現場，還有死者的照片！看來是從證照上翻拍的小照片。

雪筠點按滑鼠，放大照片。

霎時，她倒抽了一口寒氣，整個背部撞上椅背。

乾燥的冷氣再次侵入，瞬間乾涸她咽喉的黏膜，令她大口大口咳嗽。她咳個不停，眼睛仍然直盯住電腦螢幕。

她幾乎以為那張就是她自己的照片。

離開法醫部之後，李飛鵬帶著滿嘴的普洱茶香味，坐上他停泊在停車場的小轎車。

李飛鵬插上鑰匙，發動引擎，想了一想，又熄了引擎，掏出手機打電話回家，問太太燒了晚飯沒？他心想如果她回答還沒燒，就不如上館子好了，一方面想彌補兒子今早忽然取消登山計畫的缺憾，一面也想在忙碌了一個假日之後好好吃一頓。

「兒子中午就跟朋友出去了，不回來吃飯啦，」太太在電話那頭大嗓門說，「我燒了飯，你回來吃。」

說真的，他其實滿失望的，感覺一個卑微的夢想又破滅了，正如每一天一樣。

嘆了一口氣，他撥電話給高大極。

「老李，我正要審問嫌犯。」高大極的語氣有點迫不及待想告訴他很多事情，「我簡要的告訴你，你手下採集的指紋，里長辦公室門把那一區的，都是他們自己的指紋。」

「哦。」既然如此，高大極沒必要那麼興奮呀。李飛鵬知道還有下文。

「我要審問的，正是里長的親兒子。」

「咦？」李飛鵬挺感到意外的，「他有殺人嫌疑嗎？」

「說不上，不過硬碟是他刪掉的。」

李飛鵬把背部靠上柔軟的真皮椅背，腦子裡的思緒轉了兩圈，斟酌著高大極的話。「所以……你還原硬碟了？」

「一部分。」

「不包括兇手運屍的部分嗎？」

高大極沉默了片刻，才回問：「你想不想親自來看一下？」

李飛鵬望了望擋風玻璃外的天空，灰濛濛的天色壓住一片稀薄的橙黃，估計開車回到家就全黑了。

「我太太準備好晚餐了，」他扭轉鑰匙，發動轎車引擎，疲倦的嘆了口氣，「我用了飯再聯絡你，看你有啥新發現，說不定我再出一趟門，一塊兒聽你告訴我。」

「行。」高大極愉快的說，「順便帶上啤酒和小菜。」

李飛鵬哈哈了幾聲，關上電話，將轎車轉檔，開出停車場。

星期日傍晚的路上車輛不多，他很快回到了家，一進家門就聞到老婆燒菜的香氣撲鼻而來。他常常不定時回家，而太太總能抓準他到家的時間，總能讓他吃到熱菜，他想這可能就是女人的超能力。

太太如常燒了一葷一素、一重一淡兩道菜，葷的重的是糖醋排骨，素的淡的是「陽春白雪」。

太太見他星期日仍要加班，還折騰了一整天，所以弄了刺激味覺的糖醋排骨，幫他一掃整日的疲憊。然而排骨經過酥炸，淋在上頭的糖醋醬又黏牙，於是另一道菜必須平衡，只以食鹽調味的青江菜炒豆皮，如此不搶糖醋的重味，也不會因兩道重味而吃得油膩，是他太太的用心所在。

這青江菜炒豆皮在他家喚作「陽春白雪」，也有典故。因李太太年輕時習過國樂，彈的是琵琶，《陽春白雪》是一首雅致的古樂名，正好被她戲稱菜名了。

兩人坐在飯桌前，李飛鵬循例不談工作的事，太太是學文學的，聽不下李飛鵬每天面對的血腥事兒，經過二十年夫妻生涯，她依然不能夠忍受。

不過今天李飛鵬忍不住想問太太一些事情。

他嚥了一口飯，假意輕咳幾聲，才問他太太：「素琴，我問你呵。」

「什麼？」

「如果有一件五萬塊的衣服，你很想要卻買不起，那你會怎樣？」

他太太嗤了一聲：「這是什麼鬼問題？我的生日老早過了。」

「不是啦，」李飛鵬放下筷子，「是跟案子有關。」

太太白了他一眼，表示不想談案子的事。

他陪笑說：「我知道，所以我只想問一問你，有關女人的心理。」

「哼，害我白高興了一下。」他太太猛力咬碎排骨上的一塊軟骨，「什麼五萬，你再說一次？」

「如果有一件五萬塊，你超喜歡的衣服，可是買不起……」

她插嘴揶揄道：「我知道買不起。」

李飛鵬有點惱火，他週日還要工作，忙了一整天，希望回的是一個溫暖的家，而不是諷刺的語氣，他很想叫太太停止這麼說話，但轉念一想，她也在家悶了一天，好好的週日也報銷了，心情當然不會好……李飛鵬於是忍住了差點衝口而出的氣話。

他繼續說：「……可是你很想要，你會無論如何非到手不可嗎？」

他太太側頭想了一想，又扒了口飯，才回答說：「這樣說好了，女人的執念是很可怕的，如果真的是很想很想得到的話，即使明明知道得不到，還是會在心裡緊緊掛念住的。」

「若是一有機會，就會買下手嗎？」

他太太搖搖頭：「如果已經不流行了，過時了，還買來幹嘛？」她用筷子夾了一塊李飛鵬最愛的帶肥肉的排骨，送到他的碗中：「不過，那股執念就會化為怨念，日積月累的，說不定哪一天會爆發。」

「你爆發過了嗎？」

他太太又白了他一眼：「甭擔心太多，嫁給你我就認命了，公務員薪水不高我知道，當年派遣去美國，家眷不得同行我也瞭解，跟我或孩子約好去哪去哪，十次有八次不能兌現我們也習以為常了。」說著說著，他太太的眼角似乎泛現了些許淚光。

他知道太太在借題發揮，但她說的的確沒錯，這些是她多年來的怨念，也是他多年來的抱歉。

李飛鵬嘆了口氣，決定今晚無論如何不再去理會跟工作有關的事了，不管高大極那邊發現了多麼精采的事證，不論案情再有什麼精采發展，他都不會再理睬了，叫總部派年輕人去就好了，不然那些年輕人訓練來幹嘛？

李飛鵬放下筷子，正色道：「也是，這麼多年說要再去美國，都沒去成，再不去就逛不動了。」

「怕你逛不動，我比你年輕七歲，還有青春。」

「好，」李飛鵬輕拍桌子，「了結你我心事，就今年吧，我請個長假，如何？」

他太太忍不住嘴角快彎到耳朵邊了，兩邊臉龐都快把眼球擠出來了，連皮膚都剎那間有了光彩。

「我們快快吃完了，待會到附近寧夏夜市去逛逛好不好？」

「當然好。」太太用少女時代的語調說起話來了。

兩人快快吃完飯，李飛鵬如常將碗筷搬進廚房清洗，讓太太有時間換件衣服。

他正洗著碗時，太太拿了個褐色的小玻璃瓶給他看，在他眼前搖了搖，讓裡頭的藥囊發出咯咯聲：「待會吃一顆去。」

「什麼東西？」他手上剛沖乾淨一個碗，擺到碗架上去滴乾，順便瞄了一眼。

「維他命，綜合維他命，你今天一定累了，吃一顆去。」

「沒事怎麼跑出維他命來？」

「剛才有人上門推銷，我說不要，他就留下樣品，說吃了見效才買。」

「吃維他命會見什麼效？」李飛鵬哈哈笑道，「又不是醫病的藥。」

「他就知道有人會這麼說，」他太太現學現賣的說，「消除疲倦呀，你每天都外食，容易營養不良呀，吃一顆就營養平衡了。」

雖然他不想吃，但今晚還是別拂太太的意吧。

他洗完了最後一個碟子，兀自去倒了杯水，然後把濕濕的手在衣服上擦了擦，才扭開褐色玻璃瓶的蓋子，將一顆膠囊倒到瓶蓋中，以免被他帶有濕氣的手弄軟了膠囊。

他把膠囊投入嘴巴，正要喝水吞下之際，鼻腔裡嗅到一陣淡淡的苦杏仁味，舌頭味蕾忽然嚐到一陣甜味，常年辦案的警覺性忽然湧現，腦袋中的資料庫自動從深處調出這苦杏仁氣味和甜味綜合起來的訊息。

這種苦杏仁味，只有六成的人嗅得到。

他立刻吐出膠囊，衝到洗碗槽用力吐口水，一面把那杯水扔到洗碗槽，一面對太太大喊：「活性碳！活性碳！」他家常備有藥房買來的活性碳，一排一排包裝，對偶爾食物中毒十分有效。

他太太愣住了，但還是很快反應過來，馬上衝到藥櫃去找到活性碳，一顆顆從錫箔包裝中取出，李飛鵬一顆顆接過來，即刻送進口中嚼碎。

「怎麼了？怎麼啦？」他太太冷靜的沉住氣，一邊取活性碳一邊問。

李飛鵬滿嘴含著活性碳，一點一點和著口水吞下，騰出一隻手從褲袋中掏出手機，按了高大極的號碼。

「喂，高老大，我中毒了，可能是氰化物，快幫我叫救護車，送我去有本事解毒的醫院。」還不忘加上一句：「快到我家搜證。」

說完，李飛鵬跌坐在地上，癱瘓似的背靠在櫥櫃上，手機從他手中滑下。他感到呼吸困難，微微有窒息感，臉色變得有點發紫。

太太緊握著他的手，強忍著哀傷，問他：「我還能做些什麼幫你？」

他勉強把眼球轉動，盯住吐在地面上的那顆膠囊，用微弱的聲音跟太太說：「不要破壞現場。」

「所以，還有三個半小時，我們要去哪裡？」

「我們？」林重轉頭望著張國棟，看見他的肩膀依然被一層鬱黑的雲霧圍繞著，甚至看不清他的臉孔。「這是警方辦案，民眾不得干涉，你還是回宿舍吧。」

「你跟她講是當成聊天，」張國棟咬咬唇，「我當你說的是真的。」

「無論如何，你還有功課要寫吧？明天有沒有考試？」

「刑警先生……」

「我姓林，名重。」林重向他伸手，以示友善，張國棟反而嚇了一跳，也反應式的伸手去跟他握手。

「好，林重先生……如果你所愛的人死得如此悲慘，你還有心情坐下來讀書嗎？」說著說著，張國棟的眼角忽然溢出淚水。

林重可以想像他內心的沉痛，此時此刻，他一定很想知道真相，一定拚了命在猜測什麼人會殺了他的女友？

「所以呢？你想怎樣？陪我跟那女孩聊天？」

「如果你允許的話，我非常想。」張國棟嚴肅的說，「不過，在這之前，有一件事，我想告訴你。」林重看見，環繞著他肩頭的烏雲像水袋般抖動了一下。

「說吧。」

張國棟環顧了一下，他們正站在人來人往的百貨公司門口，不是很方便說話。林重把手朝門口的角落揚了揚，示意張國棟走去角落。

「好，說吧。」

「我擔心你會以為我迷信、亂講話。」

「無論如何，你一定是認為這件事很重要，對吧？」

張國棟點點頭：「可是，你一定……」

林重用力搖頭道：「你別管我怎麼想，」林重可沒告訴國棟黏在他背上的那團黑雲的事，「只管告訴我就是了。」

「好，」張國棟嚥了嚥口水，「今天，當你問我有沒有人想害死小筠的時候……」聽了這句，林重即刻神經緊繃，「令我聯想起一件事。」

林重外表冷酷不動聲色，心裡頭卻焦急得很，巴不得押住國棟迫他說快一些。

國棟繼續說：「小筠她曾經帶我去觀落陰，我是不相信這種東西的啦，可是她一定要我陪她去。」

「為什麼？」

「什麼？」

「講重點，為什麼要去觀落陰？」

張國棟懊惱的抓抓頭，他肩上的雲霧瞬間被搖散了一下：「你讓我自己說好不好？不然有些細節我會忘記。」

「好，我們找個地方談。」

「不需要，我想快快說。」

林重攤開兩臂，表示同意。

「有一天，她忽然告訴我，她想要去看前世，嚇了我一跳，因為我認識的她，從來不談宗教、心靈或任何怪力亂神的事，忽然說要看前世，讓我覺得很意外。」他望了一下林重的眼睛，看見他專心在聆聽，感覺放心了不少。「她也不告訴我理由，只說找到了一家有口碑的神婆，叫我陪她去。」

「你去了？」

「當然，我怕她被人家騙錢。」

「然後呢？」

「我陪她去了兩次，結果她什麼也沒看到，我就說：『看吧，果然是假的！』可小筠並不那麼認為，她說，如果是假的，神婆大可以捏造故事，虛應故事，沒必要說看不到。」

林重慎重的點頭表示同意。

「後來她自己去了一次，沒告訴我，那一次就出了事，神婆趕走她。」

「為什麼？」林重訝異的問道。

「她說神婆突然大喊大叫，很生氣的指著她說：『你騙我！你騙我！』」

「莊雪筠有沒有告訴你為什麼？為什麼神婆會有那種反應？」

「沒有，她沒有機會弄清楚。」張國棟低頭凝視林重，等待他的反應。

林重明白了：「你想要去找那位神婆問清楚？」

「你相信嗎？」

林重聳聳肩：「我實事求是，即使有隻鬼跳出來表示願意提供證據，我也會洗耳恭聽。」

「好，那刑警先生陪我一起去。」張國棟說，「我們不是還有三個半小時嗎？」

「等等，剛才有一個問題，你還沒回答我。」

張國棟等他問。

「莊雪筠為什麼想去看前世？」

「哦，這個，也很玄，是一位老榮民告訴她的事……」張國棟說，「我們現在先去找神婆好嗎？我在路上告訴你。」

「地址呢？是不是六張犁那家？」那家最有名，也挺近的，但林重仍然必須預算來回時間，以免錯過曉柔的下班時間。

「不，不是，在松江路那一帶。」

有點遠，林重舔了舔上唇，又瞄了一眼手錶：「那麼……用我的機車吧。」

林重沒有兩頂安全帽，而且，戴了安全帽也會妨礙他聽國棟說話……所以他決定兩人都不戴了！身為警員，為了趕快釐清案情，他只好犯一些小規矩了。

一路上，國棟告訴林重，雪筠擔任大學社工關懷的一位老榮民，如何告訴她長得跟以前一位社工很像，對照兩人死亡和出生日期又十分巧合，引起雪筠好奇去找舊報紙，果然找到了十九年前死者的照片。

「長得一樣嗎？」

「不一樣，」國棟搖頭，腦中憶起了雪筠給他看過的舊報紙影印本，「一點也不像，但是，很詭異的，你就是會感覺是同一個人。」

「你手上有那張報紙嗎？」

「我怎麼會有？小筠夾在她的記事本中。」

林重在腦中搜尋了一下，在死者雪筠現場找到的遺物中，似乎沒有一本記事本。

「記事本長什麼樣？有多大？」

「深紅色的，就……」國棟坐在機車後座，無法用手比劃出大小，「誠品的，中型那種。」林重心想待會找一家誠品書店進去認認。

「那位老榮民呢？」

「咦？」

「你認得他嗎？」

「見過一面，小筠帶過我去見他。」國棟把頭湊前靠近林重，以免迎面而來的疾風會吹散他的聲音。

「之前或之後？」

「之後，咦你是指知道前世之前或之後嗎？」

「是的。」林重逆著風大聲說。

「就之後，小筠借個理由帶我去社工關懷，目的是讓我跟胡伯伯見個面，見見那位告訴她可能見過她前世的人。」

林重把機車開進小路，在巷子中穿梭，避開大路上可能遇到的警察，萬一因為沒戴安全帽而被攔下來，就延誤時間了。

「那位老榮民姓胡嗎？」

「對。」

「可以描述一下你對他的印象嗎？」

國棟回想了一下：「沒什麼特別的，就普通老人家，還算健康，也沒駝背……不過……」

「怎麼了？」

「他好像不怎麼喜歡我。」

胡伯伯今天挺失望的，因為莊雪筠沒來。

每個星期日，如果雪筠稍有遲到，他就會擔心歷史又再重演了，忍不住心慌得緊，直到雪筠現身，他才會鬆一口氣。

今天雪筠沒像平常一般在早上到訪，他的眼皮又很奇怪的亂跳，有很不好的預感，令他嚥不下飯，水也喝不下，只能無助的在自己的窩居裡頭踱來踱去，又不敢出門，生怕一出門就錯過了雪筠的到訪。

他知道雪筠有男朋友，還是個僑生，說不定他們約好去看早場電影了，才會遲到的吧？

其實他對雪筠的男朋友沒什麼意見，但是不知為什麼，第一眼看到他時，會有一股雞皮疙瘩的感覺，即使國棟乖乖的坐著，耐心的凝視雪筠進行家訪，也令他坐立不安。

胡伯伯偷偷注意國棟，見他樣貌端正，瞳子清澈，不是奸邪之人。他知道看人的眼睛最準，那些小人的眼珠子都不安分的溜來溜去，透露出他們處處在算計的心思，而國棟的眼睛很深情，他一定對雪筠很好。

但為什麼這樣一位普通的年輕人會令他不安呢？

事實上，他也想跟國棟攀談，卻又莫名其妙的裹足不前，彷彿害怕一旦開始談話，就會觸動了什麼禁忌似的。

他心裡有個聲音阻止他跟國棟有進一步的接觸。

就這樣，跟國棟的初次也是最後一次會面，胡伯伯就在把他當成是透明人一般度過了。

雪筠該不會是不高興他這樣對待國棟，所以才不來的吧？

不，雪筠是個超級善良的女孩，她不會把私人和團體的事混淆不清的，她不會這樣不盡責的。

好不容易等到中午過後，終於有人敲他的家門了。

胡伯伯滿心期待的打開門，不是雪筠。

「你是誰？」

「呵呵，」來人滿臉堆笑，嗓音怪怪的，「胡伯伯是嗎？莊雪筠今天有事，我是代替她來的。」

胡伯伯端詳來人，看年紀不像大學生，不可能是雪筠在大學社工團體的同學。最特別的是，來人左額有一塊鮮紅色的胎痣，很是搶眼，雖然他用頭髮遮住，依然無法完全藏起來。

「等等，」胡伯伯把門合上，半掩著門，不讓來人進門，「你是什麼人？」

來人恭敬的彎著背用力點頭，表示明白胡伯伯的疑慮，他在門外站好，大聲說：「我們是跟大學社工合作的社工單位，大學生沒空時，會聯絡我們支援。」

「謝謝你了，」胡伯伯也提高嗓子說，「今天就不需要了，你請回吧。」不知道為什麼，他就是不信任眼前這人，就是不想讓他有機會踏進家門一步。

他的直覺向來挺準的，或者說，其實不是直覺，而是他對人的警戒心太強了，或許是因為年輕時被人拉伕，突如其來的被拐走，才令他產生了不輕易信任別人的心理吧。

「真的行嗎？」來人探了個頭，似乎想望進屋子裡頭去，「老先生您確定不需要幫忙嗎？」那人一側頭，左額上的胎痣就更猙獰了。

「謝謝，真的不需要了。」胡伯伯不喜歡他的聲音，毅然合上門。

他等了一會兒，等待確實聽到那人離去的腳步聲，才鬆了一口氣。

胡伯伯知道雪筠是不會來了，他拿出保存在冰箱中的剩飯剩菜，打了個蛋汁，搗在一起炒了道木須炒飯，擺在飯桌上，打算一面吃中飯一面看電視播放的新聞。

那些有線電視播放的整點新聞，每個小時不斷循環重複，隨時扭開電視都聽得到相似的內容，老實說挺方便的，不過也挺煩人的。

但是，電視沒有訊號。

「咦，奇怪？」望著電視螢幕上的一片雪花，胡伯伯走到電視背後去檢查接線，轉鬆了之後再接穩，依然無效，「我忘了付電視費嗎？」

他想走去外頭檢查，又不希望碰上剛才來的人，因此凝望了門口一會，決定就這樣坐下來吃一頓枯燥的飯。

炒飯吃到一半，敲門聲又響起了，嚇了他一跳，一口飯卡在咽喉，差點嗆到。

他走去開門，又是剛才那個人。他軍人的反應甦醒，腳下立即擺了個馬步，預備面對隨時而來的攻擊。

「胡伯伯，我只是留下東西，馬上離開。」他從門口遞進一個袋子，「我本人是藥廠的銷售員，本公司正好派發新的維他命樣品給銀髮族試用，我留個樣品給您用用看。」

他說話說得很快，胡伯伯還來不及回應，他就將小袋子塞到胡伯伯手中了。

「記得看說明書哦，拜拜！」話才說完，他就匆匆忙忙的離開了，一邊快步走開，還一邊看手錶。

胡伯伯望了望手中的小袋子，打開袋子，看見一個沒標示的白色塑膠瓶，以及一張用印表機印出來的說明書。

說明書上的解說字體很小，但有一排特別鮮明、放大了的紅色字體，寫得簡明易懂：「請在睡前服用！」

胡伯伯不明白為什麼要睡前服用，他沒這方面的知識，事實上他連小學也沒好好上過，識字還是在軍中學習的，平常能看報紙，已經比某些同僚來得強了。

他把小袋子往桌上一擱，吃完了炒飯，就躺上涼椅去打了個盹，睡到下午四點，暈糊糊的醒來，發了一陣子愣，才想起應該打電話給有線電視公司，請他們派人來檢查一下。

但是，今天是星期日，有線電視公司應該沒人上班吧？

算了，反正一天沒看電視又不怎樣。

他不知道，整點新聞從上午十一時的時段開始，就不斷在循環播放雪筠遇害的消息，不停放出從上方拍攝小公園的畫面，雪白的雪筠在人群包圍下恍如安靜的雕像，旁邊走馬燈打出聳動的文字：「遇害女大生屍無滴血，現代吸血鬼犯下冷血罪行？」

胡伯伯不會知道，因為他的有線電視線打從昨天半夜就被截斷了。

他翻了翻舊雜誌，看了幾頁棋譜，用了晚餐，跟著棋譜下了幾盤棋，竊喜自己發現了一個棋譜的破解方法，然後就是就寢時間了。

他拿出鐵皮盒，翻看歷任大學社工的照片，特別把十九年前的那張，和莊雪筠初次見面的那張，兩張照片擺在一起，觀看了好幾分鐘，才決定刷牙睡覺。

他站起來前往浴室之前，瞄了一眼桌上的小白瓶，壓著那張說明書。

「請在睡前服用！」

胡伯伯猶豫了一下，該在刷牙前呢，還是刷牙之後吃維他命呢？

曉柔正忐忑不安的看手錶，擔心下班後跟刑警的會面，不知會怎樣？同時很努力的回想同居了五年的男友樣貌……而且，她打從今早起床就感到脖子很痛，是落枕嗎？待會得搽點藥膏才是，不知藥房還有開嗎？同一時間，里長的兒子被高大極審問到一半時，高大極接了個電話就衝出去了，因此他既無聊又恐懼的被暫時拘押著，很想跟刑警討杯酒喝。而高大極已經趕到了李飛鵬的家，憂心忡忡的陪著被抬上了擔架的李飛鵬，心裡期待他還能看見明天的太陽，李飛鵬的太太問高大極，她能不能陪著上救護車？他同意了。林重和張國棟抵達了觀落陰的神婆地址，之後……

胡伯伯倒了一杯清水。

x＝4 真心

李真如頭痛，痛得快要嘔了。

她跪坐在地上，頭痛像風和日麗時的波浪般，輕輕推上岸邊，又輕輕退下，像氣球慢慢脹滿，又慢慢漏氣，挺磨人的。

「你怎麼了？」李真心發現異樣，忙蹲下來關心她。

「不知道……」她連說話都覺得想吐，「很奇怪。」

「你該不會懷孕了吧？」

「去你的……」李真如推開妹妹，這麼不舒服還開什麼玩笑？「你都知道的。」

她們姐妹倆同進同出，兩人都未交過男朋友，更不可能有過性行為。

「難道……是有什麼嗎？」真心的眼神驟然改變，用疑問的眼睛等姐姐回答。

李真如兩手抱頭，深呼吸幾口，輕輕合上眼睛，等待頭痛平緩。

「有嗎？」真心追問道。

「沒有。」真如搖搖頭：「幫我倒杯水，好嗎？」

真心一骨碌站起，走去廚房，真如抬頭望著她的背影，一望又更頭痛了。

「跟妹妹有關係，」真如心中忖著，「一定有關係！」

妹妹的背影很古怪！

李真心的背影支離破碎，如同畢卡索筆下的人物，身體分割成幾個色彩鮮豔大區塊，彷彿用力走幾步路都會裂開碎個滿地。

這景象異常的詭異，她過去見過許多特殊現象，卻從來沒見過類似的情況。妹妹變成了一個會走路的雕塑藝術品，這幅景象有如夢魘。

她打算今晚等妹妹睡著了之後，悄悄去找吳媽媽談談。

事實上，她打從兩天前就開始頭痛，原本非常輕微，也非常短暫，她還不以為意，但昨天無預警的劇痛，像有什麼東西要從頭顱裡面掙脫出來，推擠她的額骨，痛得她冷汗直冒，她才覺得不對勁了。

她相信吳媽媽會瞭解是怎麼一回事。

真如和妹妹真心是一對雙胞胎，卻長得一點也不像，人家都說是異卵雙胞胎。

當初吳媽媽到孤兒院去收養她們時，原本指定只要收養李真如的，但妹妹淚眼汪汪的抱著她不放，她也不願意離開相依為命的妹妹，吳媽媽心腸軟，便一起收養了。

她們兩姐妹在四歲時被媽媽拋棄在大街上，只記得當時周圍很吵很亂，突然就不見了媽媽的蹤影，矮小的她們被高大的人們包圍，姐姐拉著妹妹的手在人群中邊哭邊亂竄，四處尋找媽媽的蹤跡，那一刻，她們完全不敢放開彼此的手，只要一放開，她們就會失去最後一位親人。

她們被好心人送去警局，寂寞又害怕的她們緊緊牽住對方，死也不分離，就這樣在警方安排的收容所待了一個星期後，她們被送進了孤兒院。

所以，當吳媽媽來領養時，真如和真心的恐怖記憶又再召喚回來了，她們緊執對方的手，不讓任何人拆散她們。

日後，當李真如問起吳媽媽為何要收養她時，吳媽媽告訴她：「因為你是我的同類。」

吳媽媽尋找跟她有相同體質的女孩，不僅是希望未來能在工作上幫助她，還有其他原因。

「我小時候也苦過，沒有人明白我，當我是怪物。」吳媽媽曾經告訴她，「我的父母每天咒罵我，罵我口中說不出好話，說我會咒死人，是掃把星，還罵我不該生存在這個世界上，早點死掉更好。」

李真如完全明白吳媽媽的意思。

像她們這種人，從小就動不動看見別人看不見的東西，偏偏又以為別人也看得見，所以就會理所當然的開口告訴別人。當她們終於明白別人其實看不見時，她們已經成為眾人眼中的怪物，生活再也回不到平常人的軌道上了。

「後來呢？」李真如問吳媽媽，「你是怎樣走上這條路的？」

「我有個叔叔，以前學過道士，他說我可能有特殊體質，得到我父母的同意後，就帶我去拜師了。」吳媽媽哀傷又無奈的嘆了口氣，「連我父母都巴不得我離開。」

由於兩人是同類，所以李真如只有在吳媽媽面前才能暢所欲言，談論她所看見的東西，即使在親妹妹面前也不多說，因為看不見的人畢竟會害怕。

更何況，這一回是跟妹妹本身有關。

如果告訴妹妹的話，肯定嚇死她了！

那天晚上，李真如等妹妹睡著之後，偷偷爬起床去敲吳媽媽的房門，把這幾天頭痛、還有看到妹妹的怪現象詳細說給吳媽媽聽，希望吳媽媽能從過去的經驗中給她解答。

可是吳媽媽沒看過。

「最可能是有什麼東西附在真心身上，」吳媽媽說，「可是我靠近真心時，都沒感覺到什麼哇？」

如果有其他東西附身，被附身的人會時而顯露出跟自己平常不一樣的性情，比如被小孩鬼魂附身，會忽然出現小孩的舉止，被獸靈附身了，可能會出現該獸靈的特殊喜好。

而且吳媽媽是有能力看到附身之物的。

「不如你跟我去看看啦。」李真如拉著吳媽媽去她和妹妹共寢的房間，悄悄拉開妹妹身上的被單，叫吳媽媽瞧瞧。

李真心睡得很熟，還輕輕的打鼾，一點也沒察覺到被單被拉開了。

吳媽媽一開啟靈視的能力，就猛抽了一口寒氣，不禁驚駭的退了一步，想仔細看清楚真心身上的變化。

真心的身體像一塊塊不規則的積木拼成的人形，積木有方有角，且每一塊積木都在不斷的慢慢變換形狀，時而像花了的電視螢幕般閃爍一下，時而像螺絲鬆了的門板般晃動一下，十分不安的變化不停。

吳媽媽壓制著差點從喉頭迸出來的叫聲，用力盯住李真心身上目不暇給的變化，試圖看出個結論來。

她把李真如拉出房間，合上房門，在房外的小甬道上緊蹙眉頭、驚疑不已，因為經驗豐富的她，無法向自己解釋眼前所見到的景象。

「我到底看到了什麼？」她自言自語。

「你也不知道？」

「沒有陰氣，也沒有妖氣，非鬼非妖，什麼也不是。」吳媽媽很坦率的告訴真如，「至少不是我知道的。」

「那怎麼辦？」

「或許需要高人指點……」吳媽媽的腦袋瓜不停思索，「眼前也不像有危險或有傷害。」

「吳媽媽還認識什麼高人嗎？」

「我得問問，我得去問問……」吳媽媽逕自離開真如，走回自己的寢室。

「可是，吳媽媽，我還是看得到……」

「閉上眼睛就看不到了。」吳媽媽停步補充了一句：「閉上你的天眼。」

李真如無助的看著吳媽媽的背影。

吳媽媽邊走還邊呢喃道：「快睡，明天得忙一整天呢。」

明天是每週預訂兩天的專門日子，一大早就會有很多人排隊等待開門。

一大清早，李真如就有異樣的感覺了。

她的頭痛並沒有消失，一波又一波的疼痛從腦子深處傳出。

若非有要事在身，要不是今天是很重要的收入來源，她還真想把自己埋在被窩之中，等待頭痛消失。

但她仍然強迫自己起床，先到廚房開火煮雞蛋，乘雞蛋未熟的時間，盥洗完畢，穿上吳媽媽特別製作的有領T恤，套上和T恤一樣印有「知返堂」的厚外套，走到客廳去安排桌椅，見到妹妹真心已經在客廳排凳子了。

「姐，凳子我排就好了，你準備登記簿吧。」

她瞧了眼妹妹，比起昨晚，她身上的色塊愈加變化劇烈了，像萬花筒般看得她眼花撩亂。

李真如默默的拉了一張折疊式長桌到門口，權充臨時登記處，擺好簿子和原子筆，又回到廚房去，從鍋子取出水煮蛋，自己先剝了一個，沾了些醬油吃了，把其餘的盛在碗中，又取了個放蛋殼的空碗，拿到外頭去給吳媽媽和妹妹吃。

大家吃了蛋，又喝了三合一咖啡，看看時間快到了，吳媽媽說：「開門吧。」她一手拿了兩個疊起來的碗，另一手扣了三個人的空杯，走去廚房清洗。

李真心打開大門，門外老早站了許多人，自動排好了隊伍，見到開門的是位笑容可掬的年輕女孩，站在最前端的瘦老頭靦腆的朝她頓了頓首。真心客氣的請他進去，然後朝外面的人說：「請大家按著順序進來，按著順序坐好，我們會盡快幫你們登記。」一眾人都乖乖的照做了。

待瘦老頭坐下之後，李真如問他：「老先生，您要觀落陰是嗎？」其實老先生來過兩次，算是常客了，他想念過世的太太，所以想來找太太見面的，但是李真如還是得問清楚，免得有誤。

隨著一個個客人過去，李真如的頭痛越來越加劇。她忍不住站起來，環顧坐著等待的人們，她有預感，這頭痛不只跟妹妹有關，還可能跟今天的客人有關係。

「姐，你還好嗎？」李真心見她姐臉色蒼白，額頭上佈滿冷汗，趕忙上前關心，「要不要進去休息一下？這裡讓我來就行了。」

李真如低著頭向妹妹搖手：「下一位請。」

「你好。」是一把爽朗的女子聲音。

對方一說話，李真如的頭突然彷彿有根利矛從頭顱內部刺入枕骨，痛得要爆開似的，太陽穴猛地抽緊，差點整個人仆上桌面。

她奮力抬起頭，想看清對方是什麼人。

但是，她看到的是一張比她妹妹更複雜的臉，整張臉像一地雜亂的馬賽克碎形，像一整窩五彩繽紛的蟻群在爬動！

李真如一陣反胃，像有人一拳打在肚子上，要把剛吃下去的雞蛋和咖啡一股腦擠出來似的。她猛地推開椅子，疾步跑進後廳，仆倒在地面，大口大口喘氣，想用吸進的空氣稀釋掉她的恐懼。

「怎麼了？怎麼了？」吳媽媽趕緊跑進來，把她摟進懷裡，用力撫摸她的背部，幫她抒解悶在體內的濁氣。

外頭，李真心趕緊坐上登記處，對客人致歉：「對不起，她今天很不舒服，讓我來幫忙登記吧。」真心拿起筆，瞄了一眼登記簿，確定姐姐尚未填上這人的資料。

「你叫什麼名字？」真心將筆端浮在登記簿上空，等待填寫。

女子愉快的回答：「莊雪筠。」

「還沒人回應，」林重按了幾次樓下的門鈴，這是一棟有四層樓八個單位的矮樓，門鈴設在樓下的鐵閘門邊，清楚的標示了「知返堂」三個字，「會不會不在家？」

「我們晚上來過……」張國棟躊躇著說，「不過忘了星期幾。」

對講機忽然響起一陣噪音，把兩人都嚇了一跳：「對不起，現在不是服務時間，請明早九點再過來。」是年輕女孩的聲音，在對講機很差的音質中聽起來像重感冒。

「我是刑警，」林重趕忙說，「想詢問一些很重要的事。」

對方沉默了一會，又說：「出示證件，證明你的身分。」

林重從褲袋中掏出證件，在手中左晃右晃，不知該怎麼給對方看才好。

「對講機有鏡頭。」

林重把證件放在合適的距離，讓對方看得到，還報出所屬單位和電話號碼：「你可以打去問問有沒有我這個人。」

「你等等。」

林重望了眼手錶，咕噥著：「剩下兩個半小時。」然後不安的踩腳等待。

十分鐘後，鐵閘門傳來一陣低吟，接著砰的一聲打開了，林重和張國棟鑽進大門，步上陰暗的樓梯間，看見一扇鐵閘門，有個二十多歲的女子在鐵閘後隔著鐵柵望著他們。

「證件再拿給我看看。」她一見到他們就說。

林重把證件傳過鐵柵，等了幾分鐘，女子才打開門，門後除了年輕女子之外，還有一名中年婦女，正筆直的站著，一雙圓瞪瞪的眼睛像能穿透他似的，林重甚至覺得被中年婦女打量時，被盯到的部位會隱然發燙。

「刑警先生想問些什麼？」中年婦女穩重的問道。

「今天有一宗謀殺案，死者可能來過貴地問事，我們想來瞭解一下，她所問過的事可能有助於釐清案情。」

中年婦女沉吟了一會，微笑道：「刑警先生應該知道我們這裡是幹什麼的吧？還能提供什麼幫助呢？」

「試試看，只要有一點點線索，誰也說不上。」林重一雙堅決的眼睛也直視著她。

「嗯，」中年婦女把視線轉向張國棟，「這位先生我有見過，你有接受過我們的服務嗎？」

林重幫他回答了：「他是死者的男朋友，跟死者一起來過貴地。」

「難怪我見過，」中年婦女嘆了一口氣，遞給林重一張名片，「你口中的死者叫什麼名字呢？」

林重拿起名片瞧看，上面印著「知返堂，吳滿月居士，服務項目：陰陽問事，求姻緣，驅小人，納福化煞，觀落陰……」服務的名目還真不少。

張國棟告訴她：「她叫莊雪筠，白雪的雪，均勻的均有個竹字頭。」

一旁的年輕女子赫然蹙眉道：「莊雪……？」她欲言又止，眼神飄浮不定。

「怎麼了真如？」吳媽媽察覺她的異狀。

「登記觀落陰那天，要求看前世的……」

吳媽媽一臉恍然大悟的表情，然後朝李真如點頭示意。

「怎麼回事嗎？」林重忙問道。

「沒什麼的，」吳媽媽說，「我們每週有兩天專門做觀落陰，不做其他服務，那位小姐那天來的時候，說要問前世，我們告訴她，問前世必須要選另外一天。」

「那麼，她有做觀落陰嗎？」

吳媽媽笑道：「那位先生是她男朋友的話，應該把什麼都告訴你了吧？有啊，那位小姐問不到前世，不過還是登記了做觀落陰。」

「我想請教一下，究竟觀落陰是什麼？真正的內容是什麼？」

吳媽媽沒回答林重的問題，她保持一貫的客氣，輕輕擺手道：「刑警先生，你們兩位請坐吧，真如去拿登記簿來，倒兩杯水。」

吳媽媽引他們進去，只見客廳正中一個神檯，擺了一尊白瓷觀音像，尋常供水供香，除此之外沒什麼擺設，一看就知道不是一般人家，而是專供道場之用。

李真如把登記簿拿來，吳媽媽接過，一頁頁慢慢翻閱，李真如在旁邊站著，時而不安的偷覷林重，林重瞄了她一眼，見她一頭齊肩長髮，濃眉大眼，身上隨便套了件皺皺的長袖T恤，左手掛了一串黑檀木念珠，除此之外別無裝飾，十分樸素，不過如果隨興打扮一番，一定是位很迷人的女子。

林重放在褲袋中的手機突然震動，嚇了他一大跳，他趕忙接了，傳來隊長的聲音，他的聲音疲勞，但依然有力：「李飛鵬你知道吧？」

「知道，」林重小聲回答，「鑑識組的老大。」

「他剛剛出事了，有人到他家下毒。」

林重感到整個背脊瞬間寒了一片：「什麼狀況？」

「還在危險期，不樂觀。」林重聽見高大極在手機那頭用力捶打牆壁，「他媽的！一定有關聯！我今早就覺得不對勁！林重，這件事不單純，你要小心你面對的任何證人。」

「知道了，謝謝關心。」他用語極簡，不想讓電話外頭的其他人猜測到他們的對話。

「小心。」高大極叮嚀了一聲，便掛了電話。

吳媽媽見他放下手機了，才將登記簿推到他面前：「莊雪筠來過五次。」

張國棟不安的晃了晃身體，呢喃道：「我只來過兩次呢。」他心中有些不愉快，小筠沒告訴過他這麼多次，他被隱瞞了！為什麼小筠要隱瞞他呢？

林重知道張國棟心中的感受，但他沒理會，繼續問吳媽媽：「每次都是觀落陰嗎？」

「是。」吳媽媽睜大一雙圓圓的眼睛，眼角帶著微笑，很誠懇的直視林重。但是，林重知道，這表示她在說謊！她企圖用眼神遮蔽她的不安和謊言。

「為什麼需要觀落陰這麼多次呢？」林重不動聲色，「你可以告訴我，她究竟看到了什麼嗎？」

吳媽媽嗤笑道：「不是我不想告訴你，可我一場觀落陰有三十個人同時進行，我哪記得這麼多？」

「那麼，我想再請教一次，觀落陰是什麼？怎麼進行的？」

「刑警先生沒聽過嗎？」

「我想聽你親口說明，不想聽別人道聽塗說。」

吳媽媽緊抿雙唇，深深吸了一口氣，再緩緩吐出來，才說：「刑警先生，如果你想知道觀落陰是什麼，雖然現在不是工作時間，我倒是很樂意讓你試試看。」

林重一陣心動，他的腦子轉了兩圈，再下意識望了眼手錶。

「趕時間嗎？」

「有點，兩個小時後，我要去見一位重要證人。」

吳媽媽聳聳肩：「其實有些人未必第一次會成功，有些人永遠也不會成功，你不妨一試。」

林重躊躇了一下，轉頭向張國棟說：「你幫我看時間好嗎？最長一個小時，就得停止。」

張國棟瞥了一眼手腕上的電子錶，神色凝重的點點頭。

胡伯伯感到十分困惑。

他明明就快要走到床邊了，為什麼會睏到直接睡在地板上了呢？

他很想告訴自己：睡吧，就這樣睡吧。

但他不願意服從這個想法，他應該到床上去睡的，地板會有地風，會造成風濕痛的。

他永遠不會忘記以往年輕在野外行軍，露宿山林，每天早上被露水沾濕衣褲，那種寒冷是透入骨髓的，整副骨頭都會發抖。胡伯伯很早就患有風濕病，都拜年輕時行軍所賜，所以他日後絕對拒絕睡在地板上。

但是，他尤其不能理解的是，為什麼手臂會那麼沉重呢？為何舉不起來呢？

他的眼睛依然能夠骨碌碌的轉，他的嘴唇依然能夠微微開合。

但他宛如一個身體睡著了而意識仍然清醒的人，彷彿被囚禁在牢籠之中，對周遭的一切清清楚楚，卻只能乾瞪著眼無法行動。

忽然，大門發出聲響，有人在轉動門把……為什麼會有人轉動門把？那扇門應該只有他會去開才是呀。哦對了，他習慣睡前才將門上鎖的，現在的門是已經上鎖了沒？

他想瞧看大門，但他側臥在地面，右臉貼住冰冷的磚面地板，無力轉動脖子，無論眼珠子再怎樣用力轉，視線也依然沾不到門邊。

門輕輕的打開了，門鈕的金屬摩擦出一片低吟聲，來人的動作十分輕盈，連逗留在門板上的蚊子都沒被驚動。

他很想吆喝一聲：「是誰!?」但他平日練就洪鐘般的聲音卻一點也派不上用途，他的喉頭只能發出些許氣泡聲，比魚兒在水面吐泡還輕微。

大門被輕輕的帶上了，接著是一片沉默。

沉默在空氣中靜置了很久，隨著時間過去，胡伯伯心中的恐懼越來越沉重，慢慢把他的身體壓得緊貼地面。

「為什麼？」闖入者說話了，這把怪裡怪氣的聲音，他聽過！「誰叫你要多事呢？」他的聲音悠悠的沒有著力，語氣中帶著抱怨。

「你是誰？」但是胡伯伯只能在喉頭發出氣泡聲。

那人說的話是什麼意思？他聽不懂。他與世無爭，一個人孤獨的生活，平日不理閒事，過去的老朋友，死的死、離開的離開，什麼時候多什麼事了？

「總而言之，你是活不過今晚了。」那人冷冷的說著，一把金屬製的球棒伸到胡伯伯眼前，他寒毛豎起，死亡的感覺立刻像巨浪般籠罩上來！

「至少在死前也讓我知道怎麼一回事吧！」胡伯伯在心中大喊，一道淚水流出了眼眶，流過鼻梁。

「你很想知道為什麼是吧？」那人道，「可惜，我真的不能告訴你，不過，反正以後也會知道的。」

那人將球棒提起，抵在胡伯伯臉上：「謝謝你剛好把這邊的臉朝上，省了不少事。」那人依然站在他後方，他看不見那人的臉！

「再見了……」胡伯伯聽到球棒舉起的聲音，緊接著一道風聲，左邊太陽穴一陣劇痛，骨頭碎裂的聲音直接傳入耳蝸，疼痛如電擊般傳遍全身，貫徹心肺！腦子剎那一片混亂，各種剛才的、前天的、去年的、小時候的事情絞纏在一起，他反應式的放聲大喊，但只有更多的氣泡聲，還迫出了一口濃痰。

他的思緒很快陷入一片模糊，第二棒打下來的時候，還是很痛，但他已經不太在乎了。

頭顱開了個洞，風吹得腦子涼涼的，有撕裂般的痛楚。他感到有許多東西流到頭顱之外，不只是溫熱的腦漿，還有許多無以名狀的哀傷、偶爾的快樂，還有剛才裝成維他命而實際上是麻痺他身體的安眠藥成分。

胡伯伯左半邊頭顱凹陷了下去，連裝著眼珠子的眼眶骨都裂了一角，左眼球像洩了氣的袋子般掛著，腦漿流了滿地。

兇手彎下腰檢視，滿意的說：「剛剛好。」然後走進胡伯伯家的廁所，打開昏黃的老燈泡照鏡子。

他很高興，很高興的望著鏡中的自己，斑駁的鏡面雖然照不出細節，但已足以讓他看見他想看到的。

他撫摸自己左半邊的額頭，翻開用來遮蔽該處的髮角，底下露出漂亮的皮膚，宛如蛻皮重生的動物，半透明的膚質仍然脆弱，薄薄的有如吸滿了油脂的吸油化妝紙。

曾經駐留在他臉上的一大片鮮紅色胎痣，從他出生就被人嫌棄的鮮紅色胎痣，影響了他過去所有人生歷程的胎痣，消失了！

好簡單呀！

狂喜了一陣之後，他理性的抑制剛才過度高昂的情緒，到廚房水槽去洗乾淨球棒上沾黏了碎骨的血液，然後取了抹布和漂白水，小心翼翼抹拭自己手腳接觸過的地方。

他剛揮棒時有考慮過了，讓頭骨破開時的血液往他的反方向噴灑，那些牆壁上火花形狀的血跡就不需理會了，倒是仍有些灑到他褲腳和鞋子上的腦漿和鮮血會比較麻煩，為此，他早有準備了。

他打開胡伯伯的衣櫃，找了一套比較新的衣褲，當下把有血跡的衣服脫下換了，把染血的衣服裝進在廚房找到的便利商店塑膠袋，順便把桌上的小藥瓶和說明書扔進袋子，還順手拿了胡伯伯掛在門邊的鴨舌帽戴上。

看看一切妥當，他拎著袋子和球棒，安靜的離開這間老房子。

里長的兒子被拘押在一間斗室之中，沒有水，沒有空調，沒有任何人告訴他任何消息，他只能消極的枯坐等待，心情越來越糟糕。

他開始思索，回想他爸爸平常跟人家談判時說過的話，想像他面前坐著剛才那位樣子很兇的老刑警，開始對想像中的人喃喃自語：「我也是懂法律的，你不可以隨便拘押我，你只是叫我來幫忙的，怎麼變成變相扣押了呢？告訴你，我認識很多民意代表，也認識很多議員，我叫他們對你的上司關心一下，你就吃不了兜著走……」

里長的兒子說得正在興頭上時，房間的門忽然打開，老刑警高大極緩步走了進來，里長兒子馬上噤聲。他一眼就看出高大極的心情差透了，臉上佈了一層陰雲，眼中充滿殺氣，之所以緩步走進來，根本就是在壓抑著揍人的衝動。

里長兒子瑟縮在椅子上，不敢抬頭，順服的望著高大極。

高大極拖過一張鐵折椅，鐵管彎折成的椅腳在地面刮出尖銳的聲音，把里長的兒子嚇得快討饒了。

「你，」高大極兇狠的盯住他，「可能不知道，今天發生了很多事，有人已經死了，有人快要死了，也可能有更多人會死，而你，所做的事，會令兇手逍遙法外繼續殺人，所以你是幫兇！」

「我……我……」

「為什麼要在早上六點刪掉硬碟？說！為什麼刪掉？為什麼是六點？」

「你……你答應我，不跟我爸說……」

「不跟你爸說！我把你當成兇手的同夥！二十年徒刑跑不掉！說不定法官一時高興，判你死刑！」

「別嚇我了吧，」里長兒子還想耍油條，「幫兇哪有死刑的？」

「你們聽到了吧？」高大極猛地抬頭高嚷，「他承認他是幫兇了！」

里長兒子大吃一驚，抬頭四顧尋找麥克風的蹤跡。

「饒了我吧，隊長……我只是帶了個女人進去辦公室。」他苦著一張臉，雙手合十，幾乎要跪拜下去了，「青天大老爺，我招了，那女的是賣春的，我連名字都不知道，我不可能帶回家，又不想花錢去賓館，所以就借辦公室用一用……」

「用一用什麼？給我講清楚！」高大極要他親口說出來。

「就……就……老爺你知道的。」

「知道什麼？」

「哎，就性交嘛！」他豁出去了，「你不會告我買春吧？」

「看情形。」高大極拍拍桌子，「為什麼刪除硬碟？你還沒說。」

「有人打電話給我，我不認識那個號碼，他說他看到了，威脅要告訴我老爸，除非我照著他的話去做。」

高大極深深吸了一口氣，終於等到他想要的資訊了：「仔細告訴我，他怎麼說的？」

「他說……」里長的兒子變換了聲音，模仿那人，用怪怪的聲調說道，「如果不想你老爸知道你把服務處當成賓館，就乖乖照著我的話做，你早上六點，記住，六點，一分不差，不可以早也不可以晚，把三點到六點之間的所有影像刪除，然後設定六點十五分重新開始錄影。聽明白了嗎？聽明白了就重複一遍給我聽。」

里長兒子學得惟妙惟肖，根本像是變了一個人，高大極心想，或許這人適合去當諧星。

「我聽不出來，那人是男的還是女的？」

里長兒子愣了半晌：「我也聽不出來，那把聲音陰陽怪氣的，詭異得要死，不過我懷疑是個男的。」

「把你的手機拿來。」

里長的兒子不敢不從，馬上從褲袋掏出手機，恭恭敬敬的奉上。

高大極點按螢幕，還看已接來電，看到凌晨只有兩通電話，一通在凌晨四點半，一通在五點半，是同一個號碼，他按了電話號碼回撥，另一端隨即傳來一把女聲：「您撥的號碼已經停號，請查明後再撥。」如此不停循環重複著這兩句話。

高大極猜想，這支多半是偷來的手機，失主發現後，已經停號了。

「他打來過兩次？」

「是是，第一次就是我說的那次，第二次他又打來提醒我，」他又變換聲音，用呆板的表情模仿那人說：「這是溫馨提醒，記得六點正你該做什麼事嗎？」

「你有記得什麼特別的事情嗎？比如說那人說話時，背景有什麼聲音之類的？」

「不記得呢……」他隨即補充道：「我想起來一定向你報告！」
「你常常把服務處當成賓館，還是只有昨晚這樣？」
里長的兒子又露出猶豫的表情了。
「老實告訴我，是時常這樣吧？」
里長兒子輕輕點頭。
「有多常？」
「每……每個星期吧……」
高大極靠上椅背，思考了幾分鐘之後，又問道：「那個人，真的是叫你刪除三點到六點的片段嗎？」
「真的，真的。」
「你說謊，」高大極斬釘截鐵的說，「三點是你順便的，不是他所說的時間。」
里長兒子吃驚的咧開嘴，然後崇拜的望著高大極：「神！你好神！你怎麼知道的？」
「他吩咐你的是幾點？」
「五點到六點。」里長兒子這次乖乖了。
高大極點點頭，忖著：「這才合理。」接著又兇神惡煞的瞪住里長兒子：「你還有隱瞞我什麼沒有？省得我費時間去查，查出來就不放過你！」
「沒有沒有，呃，有！還有一件！」他慌慌張張的說，「那女的不是賣春的，是我爸的秘書。」

「哦？」高大極回想了一下，今早在里長服務處沒見過有秘書，應該是星期日沒上班吧。

「求求你別去問她，會害死她的。」里長的兒子哀求道，「人家有老公的。」

林重的眼睛被一塊紅色的麻布遮了起來，在綁上紅布之前，他看到神婆吳媽媽在折起的紅布當中夾了一張黃色符紙，微弱的光線穿過紅布上的纖維，眼前全是血紅色的紋理。他端坐在塑膠椅上，等待事情發生。

莊雪筠生前究竟看見過什麼？他很想知道。

他嗅到一股撲鼻的香火味，吳媽媽點燃三支香，繞著他的頭轉三圈，然後插在小香爐上，爐前橫列三杯清水。林重聽到吳媽媽唸唸有詞，令他訝異的是，她口中發出的聲音有兩層，除了字字連成一串的咒語之外，底下還重疊著另一串綿密的低吟聲，像是躲在背後的回音一般。

林重不知道，這叫「泛音」，是一種特殊的發聲法。

這種唸咒聲甚有攝受力，令林重很快陷入恍惚狀況，不知不覺便專心聆聽她的聲音，仔細聽著他一個也捉摸不到的字。漸漸的，眼前的陰影中央漾起一道亮光，化成漩渦徐徐擴大，慢慢爬滿了紅布的纖維、披上黃符的表面，亮光佔滿之處，竟浮現一片風景，彷彿透過一扇窗戶，通到另一個世界去了。

林重的心裡很是驚訝：「真的有！」

從被紅布遮眼到成功進入狀態，他感覺只經過很短的時間，可能因為用祖父的方法開過了眼，所以很快能達到效果吧？

他看到亮光像暈染一般打開，眼前出現一條林蔭小道，曲折的泥土小路長了些稀稀落落的野草，路面還算平坦。他伸出一隻腳，竟真的能踏在結實的路面上。

可是，他仍然感覺身體是坐著的。

也就是說，他同時感覺到自己有兩個身體。

他低下頭，看到踩在路面上的腳，穿了跟原本一樣的鞋，空氣涼涼的，有一股清爽的泥土味。這代表什麼？說明了這不是幻象？或者這景象也是可以經由腦袋瓜塑造的？

「你看到什麼了嗎？」吳媽媽的聲音在耳邊響起，像是來自很遙遠的地方。

他點點頭，然後把看到的情況描述一遍。

「四處瞧瞧，有沒有看見一棵樹？」

「這裡有很多樹。」

吳媽媽聽了，說：「有一棵最特別的，你一眼就能認出來，上面寫了你的名字。」

真的有！林重感到挺訝異的。

小路中間就有幾棵跟他一樣高的樹，結成樹叢，枝葉茂密，結了兩顆飽滿的果子，不知是什麼意思。他靠上前去看，果然在手臂粗的樹幹上浮現「林重」二字，不像刻上去的，倒像自然生成的樣子。

「樹上有看見花嗎？有看見果子嗎？」

「有……」

「那些樹，代表了你的身體……」

林重忽然從驚奇和恍惚之中醒覺過來，急忙道：「不，我不是來看這個的。」

吳媽媽猶豫了一下：「那你想看什麼？」

「我要找莊雪筠，帶我到地府找她吧，觀落陰不是可以到地府的嗎？」

「不行，死者是今天才剛過世的吧？」吳媽媽幽幽緩緩的說，「剛過世的還沒報到，在地府是找不著的，至少需過百日。」

「難道沒有別的途徑嗎？」

「剛死的人還混混沌沌，不知道自己已經死了，一時不容易呼喚的。」吳媽媽有些不安了，「刑警先生，如果你無心再看，我就得幫你出來了。」

林重下意識的伸手去碰觸綁在眼睛的紅布，吳媽媽趕忙說：「不行，別擅自拿下來！要等我先把你帶回來。」

林重把手放下來，四下觀望，發覺到此地沒有半點風，周圍的樹叢卻在輕輕晃動，宛如在呼吸般緩緩起伏。

他踏步上前，湊近觀看樹叢，一股股溫暖的人體氣味迎面拂來，有的有濃烈的男人汗水味，有的飄出淡雅的女人香氣，彷彿一個個真正的人類正在他跟前。

「你要回來了嗎？」他聽見吳媽媽的催促。

「不，先不要，」林重擺擺手，「我也能看見別人的樹嗎？」

吳媽媽忽然噤聲了，久久都不出聲，然後反問他：「你看到了什麼？」

林重低下頭去，尋找枝幹上的名字。

吳媽媽應該不知道他正在做這個動作吧？

他沿著小路繼續走，低頭觀看路邊各棵樹的枝幹上的名字，有的模糊難辨，有的清楚得很，但他不認識這些人。

走著走著，林重發覺小路的前方有一叢很大的樹叢，好幾棵樹木聚在一塊兒，有的綠葉茂盛，有的枝葉稀落，有的枯瘦，有的肥壯，但全部的分枝都糾纏在一起，許多細枝都在不安的扭動著，整個樹叢像在呼吸，慢慢脹起，又慢慢放鬆。

他被樹叢吸引，情不自禁的一步步接近，心中竟然喜不自勝的興奮起來。

林重覺得，那個樹叢在召喚他。

那個樹叢，在試圖告訴他。

他耳際聽到吳媽媽傳來的聲音很微弱，於是索性不理睬，逕自走到樹叢前方，凝視這個生氣勃勃、不停在掙扎的樹叢。

在樹叢最前方的那棵矮樹，綠葉較稀疏，分枝繁多但都樹枝細小，樹幹不粗壯但十分硬朗。林重俯首瞧看，看見歪歪斜斜的「胡天雄」三字，像小孩用小刀很不熟練的刻劃上去似的。

他正想去觀看另外一棵樹時，這棵「胡天雄」樹忽然激烈的抖動了一下，霎時間葉子四處飛濺，震落滿地，林重嚇了一跳。

他幾乎可以聽見這棵樹在慘叫，感受到這棵樹在深深的恐懼。

接著這棵精壯的矮樹瞬間枯萎了，綠葉轉眼變黑變乾，化成片片碎屑，細枝忽然收縮得像鉛筆芯般幼細，迅速斷成段段細炭。

林重驚愕的目睹這突如其來的劇變，不明白眼前發生了什麼事？

那棵樹在他面前很快崩解成一堆焦黑的薄屑和塊粒，只剩下最底部的枝幹，以及枝幹上的半個「雄」字。

此時此刻，林重才發現這棵樹背後有一棵血紅色的樹，要不是這棵樹崩解了，他根本不會留意到後面還隱藏了一棵樹。這棵血紅色的樹被其他的樹包圍著，散發出陣陣詭異氣息，彷彿不是它被包圍，而是它把四周的樹拉扯過來。

「我究竟看到了什麼？」林重驚疑不已。

他蹲下身子，用手指挑了挑那段焦黑的樹幹，指頭仍然乾乾淨淨，並沒沾上黑色的東西。他信步走過兩棵樹，赫然看見另一段焦黑樹幹，上面只剩下殘缺的「壯彗均」三個字。

林重感到後腦勺一陣酥麻，他敏銳的直覺告訴他有異狀，於是立即湊前去看，只見在「壯彗均」三字的焦幹附近，另一棵青壯的樹上，明顯的刻著「張國棟」三個字。

林重正感到興奮時，瞄到張國棟旁邊有一棵樹上寫了個他十分熟悉的名字。

一時，他驚疑不已：「怎麼會……？」

他的腦海裡馬上出現了疑問：這一堆樹，為何會聚在一起？

那麼，其他的樹上寫了什麼？

說時遲，那時快，林重正要看遍樹叢中所有的樹，眼前的景象突然劇烈晃動，瞬間在空間中撕裂出一個大洞，洞中穿透出迷濛的白光。

變化乍生，他不禁脫口叫道：「怎麼回事？」

「發生了什麼事？」吳媽媽的聲音宛如在重重濃霧之中，「刑警先生，發生了什麼事？」

林重不回答她，努力想繞過那圈光洞，但洞口越來越大，直朝他迫近。林重覺得腳踝像泡入冰水一般嚴寒，才發現光洞邊緣已經伸到他的小腿，把一隻腳掩蓋掉了，他趕忙抽回腳，生怕真的會被這未知的洞口吞噬。

「我必須讓你回來了！」吳媽媽話語剛落，立刻唸出一長串的咒語，林重四周的景色霎時從後方湧上前來，眼前的那叢樹瞬間遠離他，朝前方衝去。

林重發現，眼睛前面又是那片紅布了。

他拉走紅布，天花板上日光燈管的光線照入眼睛，他頓時感到暈眩，待眼睛好不容易適應之後，他立刻看手錶，竟然已經超過了一個小時！還以為不過幾分鐘而已。剛才察覺到的時間流動，似乎跟平常的不一樣。

林重抬頭，看見吳媽媽和李真如焦急的直視他。

「謝謝你們，」林重站起來時踉蹌了一下，差點跌倒，「我得離開了。」

「你看見什麼了？」吳媽媽也站起來，半擋住他的去路。

林重沒猶豫很久：「就一堆樹！」

「你的樹嗎？還是別人的樹？」

林重暗地裡吃驚，吳媽媽似乎知道他看見了什麼！

「刑警先生，你要我提供幫助，我幫助了，現在希望我們能夠公平的幫助對方。」

吳媽媽的眼神十分認真，「你看到了什麼，請你告訴我。」

看來，吳媽媽還知道他所不知道的事情！否則她不會自信滿滿的說要交換訊息。

林重轉過身來面對她：「你究竟還知道些什麼？」

吳媽媽死死盯住他說：「交換。」

「知情不報，我有權拘留你的。」

「不不不，」吳媽媽緊張的微笑搖頭，「你我都很清楚知道，我說的東西不是人間的事，不是可以擺上法庭的證據。打從你剛才進門，我就看出你與眾不同，我就在猜，如果你下去走一趟，說不定會看到什麼。」

林重心念一動，瞄了一眼剛才張國棟坐的位置，才發覺張國棟不在，連椅子也不在了，他幾乎忘了跟他一同前來的國棟，差點就要自個兒離開。

「跟我一起來的男生呢？」他期待的答案是上廁所了。

吳媽媽望都沒望張國棟方才坐的位置，彷彿他從來沒出現過一般：「所以我說，你我唯有公平的互相幫忙，你才能找到你要的答案，才能解決我們的問題。」

「剛才跟我一起來的男生呢？」

吳媽媽和李真如兩個人一起望著他，眼神篤定，完全忽略他剛剛問的話，彷彿他從來沒有問過似的。

林重屏住氣息，焦慮的再度瞄了眼手錶，距離曉柔在百貨公司下班尚有二十五分鐘，張國棟究竟去了哪裡？

晚間九點五十五分，曉柔在百貨公司準備下班前的整理工作，心裡憂慮著待會跟刑警見面，不知會發生什麼事？她心想，任何人都害怕見到警察的，不是嗎？話說回來，她始終想不起同居男友的名字和樣貌，明明前一晚還曾經做愛的說，怎麼可能想不起呢？還有，喉嚨痛很不舒服，根本嚥不下食物，等等得去買劑普拿疼才是……

同一時間，里長的兒子疲憊的回到家，心裡希望那位姓高的隊長沒向他老爸透露什麼，當他看見老爸如常那般跟他說話時，才稍稍放下了心頭大石，現在他又轉念去擔心明天該如何去面對老爸的秘書了。

躺在急救室中的李飛鵬，仍在與死亡拔河，而躺在家中地板的胡伯伯，血液已停止從洞開的頭顱流出，在寒冷的地面凝固成厚厚黏稠的一層。

今天真是忙碌的一天呀。

那位發現雪筠屍體的晨跑婦人很忙。

她忙著被人詢問今早的發現，一家一家去串門子，反覆說出她的遭遇，同時也跟別人交換訊息，整日下來，也知道了不少連警方也未必知曉的事情。

她並不忙著回家燒飯，反正是星期日，老公也一定是跟以前的同袍下棋去了，不會在家等她做飯的。於是，她外帶了餃子店的煎餃和貢丸湯，打算回家扭開電視，配著熱烘烘的食物，觀看千篇一律的綜藝節目。

回家的路上，不免經過早晨雪筠陳屍的小公園，昏黃的路燈投照在孤零零的公園長椅上，四邊包圍了黑黃相間的警戒帶子，乍看之下非常陰森，彷彿雪筠仍然坐在長椅上似的。

晨跑婦人望了眼長椅，今天凌晨還走上前去觸摸屍體的她，此刻卻忍不住打了個哆嗦，掌心赫然湧起握著雪筠手掌那冷冰冰、軟綿綿的感覺，背上頓時生起整片密密麻麻的雞皮疙瘩。

但是，她還是忍受不住好奇心的誘惑，將身體浸入路燈昏黃的燈光中，讓自己的身體投影在長椅上，讓身影掩蓋住雪筠坐過的位置，她凝視黑影的中心，感覺像是要把自己的影子吸進去似的。

忽然，頸背沒來由的一陣沁涼，她打了個寒噤，慌忙回頭觀看。

在她後面有許多黑暗角落，是街燈沒照及的地方，她覺得有人躲在黑暗中凝視著她，但她的老花眼真的不容易看清楚。

婦人忽然毛骨悚然，百萬年前老祖先在荒野的生存本能甦醒了，她強烈的感到生命受到威脅，整個人陷入異常的恐懼中。

她慢慢移動腳跟，避開陰影，盡量走在有光線的路面上，一步步退出社區小公園的範圍。待她一踏出公園的外緣，馬上快步走向自己的居住單位，慌張的開了鐵門的門鎖，飛奔進去，火速合上門。

婦人住在最高的四樓，她恨不得能立刻跑回樓上，但她年紀不小了，尋常在平坦的路面跑步還可以，而上樓梯就是另外一回事了，才跑了兩層，她就氣喘吁吁，得緊抓樓梯扶手才能撐著上樓。

她抵達四樓，在開門進屋之後，並沒像平常那樣打開客廳的燈，反而趕緊回頭合上門，好讓樓梯間的燈光不能透進來，然後隨便把手中的食物放到飯桌上，再躡手躡腳的走到窗口邊，躲在窗簾後方，偷看下面的小公園。

她家窗戶斜對著小公園，可以看見公園的一角，正好是她剛才站立之處。

她搜視公園四周的黑暗角落，企圖發現隱藏在其中的人影，她不敢稍微合眼，生怕錯過了任何有人的跡象，結果看得她兩眼發直，眼前滿是一圈圈的光暈。

看了許久，不覺小腿僵硬，她挪了挪身體，轉移一下身體的重心，仍然目不轉睛的盯住公園。

忽然，「砰」的一聲，一片亮光照進客廳，她嚇了一跳，轉頭看見大門敞開，她老公站在門口，直愣愣的望著她：「嘿！見鬼了！原來你在家，怎麼不開燈？」說著，就把手指伸向電燈開關。

「咦不不不！」她來不及阻止，老公已經打開了客廳的燈光。「哎呀！」她趕忙彈離窗口。

她用死魚般的眼睛瞪了老公一眼，然後走到飯桌前，賭氣的用力掀開塑膠袋，取出已經冷掉軟掉的煎餃。

「你為啥不開燈呀？」她老公操著湖南腔問她，一面脫下鴨舌帽，撐著啤酒肚走進來。

「我高興。」她不想回應，算是懲罰他在星期日依然去找朋友而不願陪伴她。

「我聽朋友說，那個來我們社區服務榮民的小女生死了是不是？」老公將鴨舌帽擺在飯桌上，一屁股坐去她旁邊，「人家傳說是你發現屍體的，我叫他們別亂傳呢。」

「是我發現的。」她口中咀嚼著煎餃，口齒不清。

「啥？你說……」

婦人吞下食物，再說一遍：「是我發現的。」

「還真的呀？」她老公驚訝的咧開嘴，「我還罵他們胡說呢！究竟怎麼回事？」

婦人已經把同一件事重述很多遍了，不過每一遍都有補充一點資料，她不在意再說一遍，而且這一遍想必是今天最完整詳盡的一遍。

「倒杯水給我。」

「行，行行。」她老公乖乖的去倒了杯白開水。

她再放了個煎餃進嘴巴，開始說：「其實呢……」

在樓下的社區小公園中，隱藏在黑影中的駝背身影等待已久，一見到對面樓上的燈光亮起來了，便趕緊沿著陰影快步移動身體，迅速離開小公園。

推理小說中，兇手總是想回到現場，這種心情，他總算瞭解了。

他從昨晚一直忙碌到現在，已經三十六個小時沒休息，身體非常疲累，連走路都腳軟了，不過成果豐碩，也達到預期的結果，現在他心情好得很。

按照原訂的計畫，已經一連殺了名單上最前面的四個人，完成了今天的進度。一切都十分順利，雖然李飛鵬的死訊尚未確定，不過他不可能逃得過氰化物的強烈毒性，總之他死定了。

這些人在平日並沒有交集，警方絕對不會發現他們的死亡是有關聯的，所以他大可以放心的去沖個澡，然後睡個舒服的覺。

他已經請了一個星期的假，這是他今年應該享有的假期，所以明天並不急著早起，況且，他也必須養好精神來繼續這個了不起的計畫呢。

明天，還有明天的進度。

x＝5 美儀

半年前，正當天氣進入暑夏的時節。

早上八點，進入樓下的閘門的同時，雪筠頓時不安起來。

老舊的社區，斑駁的樓梯把手，脫漆的牆面，污跡洗不掉的樓梯地面，陰暗的樓梯角。這一切一切，都使得雪筠十分的不安。

但是，才這麼早，樓梯上已經排了許多人，在等待「知返堂」開門登記，那些人都不像是生客，他們一邊排隊，還在一邊跟隊友分享體驗，或詢問別人是來要求什麼服務的。雪筠在等待的同時，後面還陸續有人加入排隊，大家都很守秩序，還空出半邊樓梯讓住戶上下。

莊雪筠來這裡，本來是想問前世的，雖然她也不懂什麼是問前世，可能是有個能看前世的人幫她看了，並且告訴她，或是（最好是）能讓她本人親眼目睹。

但是，結果跟她想的並不太一樣。

終於輪到她進入「知返堂」時，感覺這裡根本是一間住家，而那所謂的登記處，其實只是一張臨時搬來的長桌，接待她的也是一位跟她年紀差不多的女子，更令她不安的是，這女子一見到她就表情痛苦，最後還逃也似的跑掉了。

她正疑心是否來錯了地方，打算離去時，登記處馬上換了一位跟剛才感覺完全不同的女子，第一眼就很有好感，雖然才第一次見面，卻像只要坐下來就能徹夜談心的老朋友。

「你叫什麼名字？」登記處的女子問她，準備填寫在簿子上。

「莊雪筠。」她愉快的回答，還順口回問：「你呢？」

雪筠出其不意，令那女子愣了一下：「咦？」

「你叫什麼名字呢？」雪筠歪頭淺笑，沒人抵受得了雪筠的溫柔。

「哦，我叫李真心。」真心回過神，語帶抱歉的說：「再次對不起，剛才那位是我姐，她從今早就不舒服。」

「原來如此。」

「你今天要求的是什麼服務呢？找親人？看元辰宮？還是看花樹呢？」

莊雪筠聽不懂她說的話：「呃……我想看前世。」

「今天沒有問前世的服務呢。」真心說，「今天是每週兩次，特別做觀落陰的日子，來的人都在等候登記的。」

雪筠回頭看望，看見排隊等候登記的人之中，從老人、婦女到年輕人、小孩都有，看來是個頗受歡迎的服務。

「請問你哦，」雪筠湊近真心，輕輕的用氣聲問道，「什麼是觀落陰呀？」她不想讓後面等待的人知道她其實什麼都不知道，而且還拖延了大家的時間，她可不想他們不高興。

真心知趣，也挨近雪筠耳邊：「簡單來說，就是活人去遊地府。」

雪筠沒時間猶豫：「好，我去。」

「好，請繳登記費兩百元，請於下午一點半準時報到。」

真心有股異樣的感覺，這位莊雪筠像是認識了許久的朋友，雖然才初次見面，感覺上已經十分瞭解她了。真心只望了一眼雪筠的眼睛，就知道她有親密的愛人，更知道她已經不是處女，甚至在腦海中浮現他們在纏綿的情境。

真心不禁臉紅，趕忙別過臉去，企圖將腦海中的畫面甩掉。

短短一個小時，觀落陰三十個人的名額就滿了，真心匆匆瀏覽一遍登記簿，確定每個人都有留下出生年月日以及手機號碼，再把不同要求的人分類統計了一下，以方便下午分組進行觀落陰。

客人全都離開後，真心鎖上大門，趕緊到後面去瞧看她姐姐，只見真如無力的癱在床上，兩臂張開，臉色依然紙白。

真心倚坐在床邊，撫摸真如的額頭，是冷的。

「暈嗎？」真心問她。

真如輕輕搖頭，輕得只有真心的手掌感覺得到：「痛。」

「怎麼了？」

「好幾天了，感覺有事要發生……」

「是不好的事嗎？」

「不知道。」

真心知道姐姐從小就有預感，這也是吳媽媽選擇收養她的原因，吳媽媽說，這樣比較容易「訓練」。真心也一直認為，要不是姐姐懇求吳媽媽，她會被單獨留在孤兒院中，她的人生將會不一樣，不會坐在這張床緣撫摸姐姐的額頭。

真心是打從心裡喜愛這位相依為命的姐姐的：「可以告訴我嗎？」

「我不知道該怎麼說才好……」真如的頭更痛了。

她擔心嚇著了妹妹，真心向來膽子不大，如果將看到的詭異情景告訴了她，想必今晚就睡不著了。

但是，真如憑直覺猜測，今天來的那個女孩子有問題。是位女大學生嗎？真如根本沒看清她的臉孔，只記得她有一把令人愉快的聲音。

「真心，」吳媽媽走進房間，遞給真心三張百元鈔票，「你先去買午餐好嗎？下午很耗體力的。」

「好，」真心馬上站起來，「媽媽還是鱈魚排嗎？」

吳媽媽點點頭：「買廣東粥給你姐好了，她不舒服。」

真心從小就很乖巧，她心裡盤算著，待會要到兩個不同的地方買食物，至少需要二十分鐘以上，所以行動要快些，不然就來不及回來排凳子了。

支開真心以後，吳媽媽終於可以跟真如好好談談了。

她拿來一瓶艾草膏，據說艾草有驅邪的功能，這瓶是她在鄉下的朋友手工製作的，內容很純正。吳媽媽在真如兩邊的太陽穴各抹了一些艾草膏，幫她稍微施力按摩了幾下，便問她：「好了，你剛才看到了什麼？」

「比妹妹更破碎的臉……」她把雪筠的臉形容了一番，「妹妹還是一塊塊的，那女的卻是像粉塵一般，像倒翻了的沙盤，每一顆沙子都不同顏色……」

吳媽媽手上拿著登記簿，用手指按住莊雪筠的名字，這名字是真心的筆跡，比較秀氣工整，而前面都是真如比較隨興的字體，每個轉折的筆畫都是圓圓的。

「她登記了看元辰宮。」吳媽媽說。

「不……」真如痛苦的按摩太陽穴，「她原本要看前世的，只不過今天沒有……」

「看前世？她沒說為什麼？」

「那時我已經頭痛得快嘔了。」

吳媽媽沉吟了半晌，一股重重的陰霾在她的心房徘徊不去。

真如半呻吟的說：「待會下午就知道了吧？」

吳媽媽神色凝重：「待會下午就知道了。」

她們都在擔心著李真心，擔心有什麼不好的事會發生在她身上。種種徵兆已然浮出水面，但她們尚無法解讀。

艾草膏顯然對李真如沒效，吳媽媽幫她將窗簾拉上，令房間變暗一些，令眼睛比較舒服，腦袋也會比較舒服。

吳媽媽步出客廳，拿起電話撥打號碼，現在是農忙時間剛過，此時對方應該會待在家中，她期望對方能聽到電話。對方沒有手機、不上網路，除了有線的電話，沒有可以聯絡上他的方式。

電話被接起來了，吳媽媽大大鬆了一口氣。

「喂，師兄嗎？您好，我是滿月。」她很感激對方在家，通常此時都是剛從田地回來，「我台北這兒有事需要您幫忙……是，下午一點半觀落陰，您能趕上自強號過來嗎？」

那是她們的第一次見面，吳媽媽永遠也忘不了。

她當時完全沒預料到，事情會在幾個星期內變得一發不可收拾。

林重猛踩機車油門，冒險在巷子中鑽來鑽去，好避開大路和交通燈。

他必須預防從暗巷中忽然迸出的人，可能是剛下夜班的人，或是補習班剛下課的學生，別說撞上他們，要是他自己翻車，也是會拖延時間的！

他不知道張國棟去了哪裡？吳媽媽不想回答，他也沒時間追問，就衝下樓趕去找曉柔了。他有一種預感：見到曉柔很重要！而且一定得在今晚！

前面是單行道，改道會繞一大圈，他也不想違規逆向行駛，於是將機車竄出巷子，開上大路。夜間的馬路依然熱鬧，大批人潮湧向捷運站和公車站，林重避無可避，只好焦急的等候人潮走過斑馬線，等待交通燈變顏色。

林重遠遠看見，他跟曉柔約好的快餐店就在眼前了，只需穿越這片過馬路的人潮，就會抵達了。他舉起手錶，十點二十三分，距離約定的時間已經逾半個小時了，曉柔會不會以為他不來了？

好不容易，交通燈轉綠了，林重趕忙將機車滑過去，眼睛不斷飄過去瞧著快餐店從玻璃門透出的燈光，期待看穿玻璃門，期待看見曉柔在裡頭。

一停好機車，他奔跑到快餐店門前，在玻璃門打開時，他一眼便看見曉柔，她坐在顯眼的座位，好讓林重一進門就能夠看見她。林重由不得想起她說過的話：「我不會逃的。」

曉柔獨個兒坐在那邊，在百貨公司上班時綁起來的頭髮已經放下，黑黑的長髮垂掛在肩膀，正在神不守舍的啜飲著一杯冰飲。在林重眼中，她忽然變得十分明亮，她的周圍彷彿忽然失焦而模糊，只有她在視野中央閃耀著光芒。

他的心跳忽然變得很快，耳根子也沒來由的熱了起來，這並不因為他趕路，因為他連一點喘氣也沒。說也奇怪，明明這趟是來詢問案件關係人，可是林重的心情卻像是初次約會的男孩一般，忐忑而靦腆，甚至有點卻步，不太敢接近那女孩。

他提醒自己：這是辦案，攸關別人的性命！

曉柔抬頭看見他了，還望了一下他旁邊，尋找另外一個應該在他身邊的人，那位「死者男友」的大學生。

林重走到她面前，小聲說：「到樓上去吧，人比較不雜。」

曉柔的睫毛低垂，服從的微微點頭。她站起來，拿了桌上的飲料和漢堡，輕輕問他：「你要吃點什麼嗎？」

這提醒了林重，他從中午去大學宿舍接張國棟到現在，都還沒好好的吃過一頓。不過，他總不能一邊問話一邊大吃吧？何況對方還是令他心跳加速的女生……不如隨便點一些食物好了。「也好，那你先上去好了。」

林重快步走去點餐，雖說是晚上十點半，快餐店仍舊不少人，有穿著黑色、皮革外套的禿頭中年男子，也有穿著校服、拎著大書包的高中生，甚至還有媽媽牽著小學生進來。林重不禁困惑：這些人都不用睡覺的嗎？回想他小時候，是九點半就寢的呢。

「對不起先生，」點餐的服務生說，「您點的漢堡是現做的，我們待會再送過去，飲料先給您。」

「好的。」林重連語氣都不知不覺的溫柔了起來。他拿了熱可可和號碼牌，待腳步踏上樓梯的時候，心跳又開始加快了。

沒想到，當林重抵達曉柔面前時，快餐店樓上的液晶螢幕電視正在播放新聞台，正好在報導雪筠的新聞。

只聽隔壁座位的男女指著電視討論：「新聞一直在重播呢，好像沒什麼進展。」

「太可怕了，這社會怎麼了嗎？」

電視螢幕放出一張從樓上俯拍的照片，還放大顯示坐在公園長椅上的雪筠，由於雪筠面向公園內側，所以只能看見她穿著一身雪白大衣的背影。

「你要問的，就是那件大衣嗎？」聲音軟綿綿的曉柔，此刻變得表情堅決。

林重一邊仰視螢幕，一邊拉開椅子坐下。白色大衣在常綠的小公園十分搶眼，教人不得不注目。

「就是這個案子。」林重小聲說。

曉柔的聲音微微顫抖：「這件事太可怕了……我把我知道的一切都告訴你，希望能幫助破案。」

「那太好了，」林重看她臉色發白，不斷的眨眼，嘴唇還在發抖，心裡不禁憐愛起來，「你慢慢來，準備好了再說。」

曉柔垂下頭深呼吸，兩側的長髮滑下，完全遮住了她的面孔，不久之後，她似乎準備足夠了，長長嘆了口氣，才抬起頭來，林重訝異的發現，她的眼睛披上了一層淚光。

「對不起，我的脖子很痛……」怪不得從剛才就覺得她說話時怪怪的，「講話很辛苦。」

「沒關係，你慢慢講。」

「那件大衣，」她哼了一下喉頭，「是我的男朋友託我買的。」

有男朋友了嗎？林重挺失望的。

「我們住在一起五年了，可是，昨晚我把這件大衣帶回家後，他就失蹤了……」

曉柔看起來很焦慮，但說起話仍舊柔柔緩緩的，「昨晚他拿了大衣出去之後，就沒再聯絡過我了。」

「那你沒聯絡他嗎？」

曉柔咬了咬下唇，才說：「這就是問題。」她撥開兩側的散髮，嚥下口水，「從昨晚開始，我發現我居然想不起他長得什麼模樣，甚至忘記了他的名字。」說出來了，她把這困擾自己一整天的話說出來了，她不敢相信自己居然會對一位才剛認識的警察說出這些事來。

曉柔等了一下，見林重沒回答，她抬頭才看見林重正在呆望著她。

「你不相信我吧？你認為我在說謊吧？」

林重回過神來：「噢不，我相信你……說不定待會回家，發現他已經回去了呢？」

「我不敢回家，我怕，我怕他還是不在。」

「我可以陪你回去。」林重被自己說出的話嚇了一跳，「不過，你先把來龍去脈告訴我。」

「你真的相信我？」

林重點點頭。

「為什麼？」曉柔霍然睜大眼睛，兩眼瞬時注入了神采。

林重覷了一眼曉柔的後方，一團烏雲般的東西正在她的脖子浮動著、蠕動著，打從剛才進來快餐店就發現了。

林重移開視線，不想多看：「憑直覺就知道，這幾年的刑警不是白當的。」他歪嘴一笑，以自信掩蓋他的謊言。

那團烏雲伸出了幾隻觸手，纏繞著曉柔的脖子和臉龐，輕輕滑過她的下巴、勾住她的耳垂，在她的後方像章魚般扭動，正如剛才在百貨公司見到張國棟身上的一模一樣。

李飛鵬仰望著加護病房的防火石棉天花板，但他的視線模糊，連支撐天花板的鋁條架子的直線都看成曲線了。

他感到身體正一點一點的消失，皮膚表面的存在感像沙子般流洩離去，以前從來不曾留意過內臟的溫熱感和緩慢的蠕動，也正在迅速的沉默下來。他的知識告訴他，他細胞內大部分的粒線體正在慢慢停止產生能量，組成他身體的細胞在崩潰、窒息，即使呼吸再多的氧氣，也無法被身體利用。

他知道他的臉孔應該是紫色的，這一點必定會被寫進驗屍報告，他甚至清楚應該被填進哪一個欄目中。

但是，他必須要在肉體停頓以前，告訴某個人！

他的耳朵聽見病房的門被推開，聲音很微弱很遙遠，但崩壞中的腦袋仍然知道那是因為耳朵的功能快消失了的關係。他知道來人是誰，是他太太，他從耳朵、眼睛和鼻子傳來的微弱訊息判斷，是他結縭二十多年的太太。

他用很大的音量說話，因為他聽不見自己有多大聲，他太太以為他在陷入瘋狂的嚎叫，其實他只是想告訴她某件事，某件非告訴高大極不可的事。

「跟太極說！」李飛鵬嚷道，「**莊雪筠，不是第一個！**」

他太太看到他這樣子，傷心透了，緊握著他的手，希望他別激動。

他需要的不是安慰，情況很迫切，在生命的最後一刻，他有必要把訊息透露給高大極知道。

李飛鵬知道了很多，很多很多，但他已經沒有力氣把他所知曉的全盤說出，時間不夠，他只能精簡的挑重要的說，提供最明白的線索：「**莊雪筠！不是第一個！我！不是最後一個！**」

「飛鵬，你別這樣子……」

「素琴！要告訴太極！告訴太極！」只有老朋友會叫高大極的諢名，「答應我！」

他太太這才領悟到，李飛鵬是在用最後的力氣，企圖傳遞線索。她趕忙拍拍他的手，在他耳邊說：「慢慢說，慢慢說……」

沒有人能夠明白他目前的狀況。

他處於生與死的疆界上，不隸屬於任何一邊，也同時屬於兩邊。

他的眼睛能夠同時看見兩個世界，不過他正在遠離的世界必須用肉眼觀看，而他的肉眼已瀕臨崩壞，只能讓他看見混沌的影像。反之，另一個世界清晰多了，雖然那個世界的景象非常陌生，卻清晰得連地面上每一粒沙子的形狀都清楚分明。

「兒子趕著來了，他快到了。」

兒子嗎？他已經沒辦法關心他了。

眼前沒有事情比他的死亡更為重要！

若是今早兒子沒貪睡，願意起早一些，在警察局的電話打來之前就登上了公車的話，此刻他就是剛剛在家裡收拾完登山道具，或許是舒服的泡在浴缸的熱水裡頭了。

今早他起床時，完全沒料到今天是他最後一次起床。

在生命的盡頭，李飛鵬看見很多言語無法形容的景象，他看見過去：本身的過去、過去的過去，以及他從來不知道的過去，甚至是……未來。

不，不對，那個未來，有的也是已發生的過去，有的是尚待發生的未來，各種不同的時間片段混雜糾纏，他花了一些時間才搞清楚前後順序，他很震撼，很驚訝，可是也很遺憾，他無法將他所知道的清楚傳達，因為……太不容易讓別人明白了！

遺憾啊，遺憾！

他來不及告訴別人，他在法醫辦公室的午睡中，為什麼會夢到了雪筠？

他來不及告訴別人，為什麼他曉得花盆底下壓著雪筠的證件？

他的死，是一連串死亡中的一環！

「素琴！」他要說了，「告訴太極，我是……」

一片血紅如浪花般刷上視野，緊接著是巨石般的黑色暴烈的重重壓下，腦袋中迸開一輪亮光，煙火般落下、消逝。

他的腦細胞無法產生足夠的ATP供神經訊號傳送，大腦的思考運作於是倏然停頓。

生命的拙火熄滅。

時辰即將步入子時的不久前，資深鑑識員李飛鵬的生命跡象霍然中止。

莊雪筠雙眼被紅巾蒙著，她可以感覺到紅巾內包著薄薄的黃符，壓住眼瞼敏感的皮膚。

她耳邊聽著神婆在唸誦著內容不明的咒語，鼻子聞到一陣陣的燃香味，接著聽到其他參與者一個個聲稱看見了異象，神婆和助手分頭去詢問他們看見了什麼，她聽到有些參與者還有親友跟來，告訴他們要準備用手機錄音或錄影了，可是……

她什麼都沒看到！眼前依舊是一片紅巾！

還有一件令她頗為不安的事，就是剛才現場多了一個男人。

那男人年約五十，膚色黝黑，理了平頭，穿著普通，就一件白T恤外披了件短袖花襯衫，兩臂的肌肉在衣袖下高高隆起。他站在會場的一角，看來無所事事，事實上一對精銳的眼睛在不斷打量著每一位參與者。

雪筠也不懂自己為何如此不安！

可能她天生就對別人的感受比較敏感吧？這就是為何她會去參加社工團體，而且老人家們總是很喜歡跟她接觸，因為她很快就能體會他們的心情、瞭解他們的需求。

哦，現在她明白為什麼那男人會使她不安了，因為那男人的眼睛無論怎麼掃視，必定會在她身上逗留多幾毫秒。即使眼睛蓋上紅巾，她仍舊能感受到男人熾熱的目光。

或許是因為無法專心吧，整場觀落陰，她什麼也沒看到，而隔壁的參與者則言之鑿鑿，述說了多少精采的旅程。她在空等了一個小時之後，終於決定放棄，於是高舉起手，他們在觀落陰開始前有提醒過，不能隨便取下紅巾，一定要召喚他們過來處理，進行退出的步驟。

雪筠心想：或許就跟電腦的關機程序一樣吧。

他們幫她取下紅巾之後，雪筠就拎了背包要離去。

吳媽媽使了個眼色，原本在幫人的李真心馬上跑向雪筠：「等等。」

「嘿。」雪筠微笑著回頭。

「你剛才什麼現象也沒有嗎？」

「沒有耶，」雪筠不想拖時間，「旁邊的人說有亮光、有道路、有橋、有樹有花、有房子，我都只看到一片紅色。」

「嗯，可能是時機不對吧，」真心微微皺眉，「有些人看了三、四次才成功的。」

那名站在角落的男人無預警的走過來，雪筠不由得瑟縮了一下。

「妹妹，你原本是想問前世的嗎？」男人的語氣出奇的溫柔，跟他粗獷的外表截然不同。

雪筠聽他直接說重點，顯然是有備而來，說不定是個可以解答她疑問的人，她咬下唇，毅然把背包從後面翻過來，取出那張在國家圖書館複印的舊報紙。

她將報紙折了兩折，只露出黑白的大頭照，舉向那男人。

男人望了望照片，再看了眼雪筠：「你上報了？」
雪筠把那張新聞展開，放在男人手上。
男人和真心仔細的讀了標題，看了內容，還有角落正好有報紙發行的日期，然後抬頭看她：「所以？」
雪筠指著新聞上的日期：「這天是我的生日。」
男人不置可否：「你已經知道很多了，還想知道什麼嗎？」
「她真的是我的前世嗎？」
男人聳聳肩：「也許是，也許不是，知道了又怎麼樣？」
雪筠見這男人一副不願意幫忙的態度，眼角忽然間就不自覺的盈著淚水，顫抖著聲音說：「她死亡的場面，被車撞死的痛苦，從我小時候，就常常一遍又一遍在夢中上演，幾乎每天晚上都會經歷一遍她的痛苦，你說怎麼樣？」
男人終於將目光好好停留在雪筠的臉上，凝視她正在強忍淚水的眼睛。
「下個星期，再來觀落陰一次。」男人把複印的報紙還給她，「不是問前世，而是觀落陰。」說著，伸手恭送她出門。
雪筠愣了一陣，才向男人點點頭，然後慢慢的踏出「知返堂」。
男人目送她的背影，心裡在盤算著，他手上有了幾個資料？他有兩個名字：莊雪筠，以及她的前世溫美儀——他剛才匆匆一覷便記下來了——關鍵的死亡和出生日期，意外發生的地點……很足夠了。

他知道，莊雪筠會在下個星期乖乖回來的。

林重的心跳又再加速了。

剛才，曉柔坐在他的機車後座，兩手環抱在林重腰間，林重心慌意亂，好不容易才控制得住心跳，才不致於失去平衡翻車。

他一條鐵錚錚的漢子，卻從來沒那麼親近過女生，尤其是令他心動的女生那麼貼近他背後，血壓便不由自主的升高，衝得他耳根脹紅、頭昏腦脹。當他終於到達曉柔居住的公寓樓下，一想到要上去曉柔的房間，他的心跳又再度控制不住了。

想必曉柔也是挺緊張的吧？她輕置在他腰間的那雙手，非常冰冷！即使隔著襯衫，林重也感覺得到。

曉柔步下林重的機車，走到旁邊停放機車的地方，把停泊的機車一一查看：「他還沒回來。」

林重心裡疑惑著，她記不起同居男友的樣貌和名字，卻記得他的機車？

雖然他試著相信她，雖然經驗告訴他這女孩沒欺騙他，甚至是個不習慣騙人的人，他仍然希望能對其中的矛盾和不合邏輯找出個理由（或說是藉口）。

曉柔領著他走到窄小的入口，管理員老早下班了，坐守的櫃台沒人，她按了電梯按鈕後，查看管理員櫃台旁邊的信箱，一封來信也沒有。

曉柔背對著他，林重乘機留神曉柔頸部的那團黑氣，現在它像不明的生物一般，安靜的垂掛在她腦後，偶爾像雲朵般慢慢改變外形，但怎麼也變不出章魚以外的模樣。

瞧久了以後，林重發覺那烏雲跟張國棟的其實有很大不同。國棟的在包圍他環繞，時遠時近，是外來的異物；而曉柔的，根本是自她體中生出，從她頸側直接冒出來的半透明根狀物。

究竟怎麼回事？林重壓根兒沒遇過！

電梯來了，林重刻意站到電梯的一角，以示對曉柔的尊重，也強調他是來辦案的。電梯中，曉柔眉頭緊皺，不斷的搓揉頸後，用力的從枕骨按著滑到鎖骨，其力道之大，如同要把脖子剝下一層皮。

「你的頸還痛嗎？」林重關切道。

曉柔辛苦的點點頭：「快轉不動了。」

林重躊躇了一下，說：「我想到一件事，但是會冒犯到你的隱私，你知道……我並不是正式辦案，純粹私下調查。」

曉柔嘆了一口氣：「請問吧。」

「你的手機，難道不會拍到你男朋友的照片嗎？或有什麼過去的訊息，你們互相稱呼，可以見到他的名字……」

「我試過了，是空的。」

「怎麼說？」

「我的手機沒一張照片，連通訊錄都是空的。」說著說著，曉柔臉色黯淡，快要哭了出來。

也難怪，那男的分明是要離開她，還完全裸退，不留下一點可以找到他的訊息。

電梯到了。「不信的話，待會給你看看。」

以辦案之名，他是應該要看看的。

看來，她的手機是被重新設定回原廠狀態了，等下要跟她拿來看看……

兩人步出電梯後，電梯馬上就下去了，樓下又有住客回來了吧？

陰暗的窄小樓間有四扇門，曉柔走到她的房門前，伸手在手提袋中尋找鑰匙：

「奇怪，找不到。」

「不用找了。」

曉柔抬起頭：「為什麼？」她看到林重緊繃的臉孔，一臉警戒。

林重指指門把。

門是虛掩的，有一道不明顯的縫，並沒完全合上。

曉柔驚疑的望著林重。

林重用食指抵住嘴唇，示意曉柔別出聲，然後緩緩伸出手，輕輕推開門。

一股他很熟悉的氣味撲了上來。

那是乾涸了的血氣。

他還沒踏進門，就預期了會看見什麼。

小小的套房，窗戶大開，外頭寒風颼颼，吹進套房，吹過房門細縫，傳送出裡頭的訊息。

一如林重所料，床上躺了一具屍體，床單滲滿了鮮血，死者仆倒在床上，兩腳筆直的伸出床外，臉龐深深陷入床單，整張臉浸泡在凝固成漿液的血泊之中，把臉上的細邊眼鏡都壓得扭曲了。

死者的手背和小腿是唯一沒被衣服包住的部位，已經失去了血色，即使有寒風侵入這房間，依然無法阻止膚色轉成灰白，漸漸變得要液化成半透明的薄膜。

林重背脊溜過一道寒意，因為死者的長髮披肩，而且……

她穿著百貨公司的制服。

林重趕緊回頭，果然，原本尾隨在他後面的曉柔不在了。

他沒聽見有人走下樓梯的聲音，電梯也早就下去了，還沒上來，曉柔沒理由會消失的。

空氣中，連她的一點氣味都沒留下。

事實上，她就像從來不曾在他後面，不曾跟他上電梯，不曾乘坐他的機車，不曾在快餐店遇見她……

「天啊。」頃刻之間，林重明白是怎麼一回事了。

高大極只不過才一合眼，就沉沉的睡著了。

今天真的是很疲累的一天，他已經工作十六個小時沒稍微歇息，對三十年前剛剛當警察的他而言，這一點也不算什麼，他曾經為了一個案件，四十八個小時沒睡，還可以硬朗的參加特訓。但身體是會越用越損壞的，現在若叫他再來個四十八小時，搞不好會暴斃。

他往後靠在椅背上，脖子歪斜的微微打呼。

電話響起時，他的意識陷得很深很深，還以為是夢中的鈴聲，根本沒有想要接聽的動機。

直到有人輕拍他的肩膀，他才從夢鄉倏地升上來，但由於浮升得過於迅速，他就像從深海太快浮上來的潛水員一般，腦袋渾渾重重的，跟前一晚灌了兩大瓶啤酒之後的早晨差不多。

「老大您的手機響了很久。」

他惺忪的眼睛有點老花，不過很快認出是在警局門口值班的同僚，電話一定響了非常久，否則這位同僚也犯不著走那麼遠進來。

「謝謝。」他拿起手機瞧看，才知道不只一個人聯絡他：有醫院護士值班室打來的（他特別交代，不論李飛鵬是死是活，都要打給他），有林重打來的，有他太太打來的（大概要確定他回不回家睡覺吧？），還有一通……是李飛鵬的號碼。

他馬上回撥。

「老王嗎？」當高大極聽到接電話的是一把剛哭過啞啞的女人聲音時，他已經猜到結果了。

「是嫂子嗎？」

他幾乎可以感到李飛鵬的太太在另一端點頭：「飛鵬走前，說有很重要的話要告訴你，我聽不懂他說啥？不過如果他說很重要，那一定是很重要……」

李太太複誦了一遍李飛鵬臨終的話。

高大極也聽不懂。

「他……就只說了這麼多嗎？」

「我瞧他說不出話，一定很辛苦，這幾句還是很費勁才說出來的。」

「我明白了。」高大極說再見後，很用力的揉鼻根，意圖把眼窩裡頭的沉重感驅走。

值班的警員又跑進來了：「老大，林重打電話回局裡了，他正在一樁命案現場，要派夥伴過去。」

今天到底是怎麼一回事？林重又為什麼會在命案現場了？誰又死啦？

「他掛了沒？」高大極一說出口，才發覺這句話有語病，「他掛了電話沒？」

「還在線上。」

「叫他掛斷，我打給他。」高大極要保持局裡的線路通暢，以免有人報案卻打不進來。

同僚跑出去之後，高大極等了一分鐘，才用手機撥號給林重。

「怎麼回事？」林重才剛接電話，高大極劈頭就問。

「老大，我剛才去找那位百貨公司的售貨員，你傳給我的收據，記得嗎？」

「記得，怎麼？她死啦？」

高大極的反應太快，令林重不禁頓了一下，才說：「死在她家，呃……她和男朋友租的一間套房。」

「你在她家？」

「是的，請快派人過來，很可能是兇殺。」林重的聲音顯得很疲倦、很無力，高大極從來沒聽過他這樣子。

「你怎麼會在她家？」

「隊長，我會向你詳細說明，請快派人支援，我在盡力保持現場……」

高大極嗅出很不對勁，一切都很不對勁，他手上有很多拼圖塊，但他所沒有的拼圖更多。「你沒事吧？」

林重沉默了一下，才說：「老大，我不知道該怎樣跟你說明才好。」

「就照實說。」

林重又沉默了一下，最後還是決定等高大極來了再說，以免他預先有成見：「老大，請抄下地址……」

這件事還沒結束。

太湊巧了，高大極不得不認為他們全部都有關係。

首先是全身被放血的莊雪筠。

接著，居然是警界鑑識員的老前輩！而且兇手還猖狂得到他家中下毒！

這充分表示了兇手早已摸清楚李飛鵬的底細，所以絕不可能是臨時起意，而是精細計畫好的謀殺。

兇手早在謀殺莊雪筠之前，就已經準備要李飛鵬死了。

為什麼？

為什麼？為什麼？

然後是賣出昂貴大衣的百貨公司售貨員，為什麼她也得死？她有參與謀殺莊雪筠嗎？抑或兇手純粹想要滅口？如果是這樣，為什麼收據會出現在莊雪筠的口袋中？是故意的嗎？還是無心的？究竟這位新的死者，在這一連串死亡中扮演了什麼角色？

還有，林重為何吞吞吐吐？有什麼真的是一言難盡的嗎？

這件事還沒結束。

這件事仍在進行中。

今晚是很難回家睡覺了。

想到相識多年的李飛鵬正被運往冰櫃途中，再也回不了家時，高大極忽然覺得：沒睡覺算什麼？！

想到兇手說不定正在舒服的呼呼大睡時，高大極油然生起一股怒意。

「你不會悠哉很久的！」他忽然一聲大喊，把在門口值班的同僚嚇了一跳。

有的人對數學特別有感覺，一眼就瞧得出一條方程式的結構，換作別人，窮其一生也看不懂。

有的人對文字特別有感覺，一眼就看得出一篇文章的破綻或美感，其他人只能尾隨其後。

有些人就是對某個領域特別有天分，後天學習的人，拍馬都追不上。

他很能夠體會這種感覺，因為他所擁有的天賦，比數學或文字更不容易被人接受。或許說，曾經有某個時代，擁有這種天賦的足以為王，或成為一族之重要人物，而現在近百年，所謂開化了、科學了，他們的地位卻不斷的被貶低。

其實那些批評他們不科學的人之中，又何曾有幾個對科學真正瞭解？他們不過人云亦云，與一般俗人無異。

為此，他們索性隱姓埋名，所謂「大隱，隱於市」。

他們有維繫生活的工作，跟一般的世間人正常相處。

但是，他們也有一個凡人完全無法體會的世界。

當馬守義走去刷牙，準備要就寢時，吳媽媽就知道他要開始在另一個世界工作了。

「馬師兄，你要什麼，自己來，不要客氣。」吳媽媽準備好最安靜的房間給他。

「謝謝。」他走進房間，腳步輕得像飄浮。

吳媽媽不再吵他了。

馬守義關了燈，上床躺好，扭曲手指，兩手各自擺了個手勢。

這種手勢，在佛教稱之為「手印」，在道教叫「手訣」。

他合上眼，才過不久，眼前便漸漸亮起，一片不屬於可見光的光明鋪蓋上他的視野，而他仍然閉著眼睛。

他下了床，而他的肉體仍然躺在薄棉被之下。

他準備好了。

「溫美儀，」他告訴自己，「十九年前七月三日，交通意外逝世。」

他看東西很快，很快抓重點，也很快記憶，這是長期訓練的結果，是他們必須要有的天賦。

下午在跟莊雪筠的兩分鐘接觸中，當雪筠亮出舊報紙時，在一瞥之間，他把報導上的重點掃視了一遍：死者溫美儀，十九歲，乘坐機車時，被轉彎的大卡車捲入輪下，整個左肩被巨輪壓碎，當場死亡。

死得很慘烈。

所以，她當時一定很痛、很恐慌，一定在她最後的意識中烙下了強烈的記憶。這種記憶之強烈，不是那麼容易消除的，會在她累世的輪迴中潛伏，在恰當的時候顯現。

現在他要去查清楚，溫美儀是否輪迴了？是否真的就是這位莊雪筠？抑或其實是其他人？

又，依吳滿月的委託，究竟李真心的現象是怎麼回事？之前李真如在她妹妹身上所看到的，是否真是預示莊雪筠的出現？而莊雪筠的現身，是否真的有造成影響？

所有的問題必然有答案。

不，或許該說，所有的答案都已經存在，只不過在還沒被找到之前，暫時以問題的形式出現。

現在他要去尋找解答了。

馬守義只稍微動了一下念頭，就倏然飛升，離開了這間小房間。

房間外，神婆吳滿月帶著李真如和李真心雙胞胎姐妹做晚課，那是她們日常的修行之一。

晚課之後，李真心問了她一直想問的問題：「吳媽媽，為什麼師伯會忽然出現？」她想問很久了，又不好意思在師伯面前問。

剛才下午師伯忽然出現在門外，著實把她嚇了一跳！

「是我叫他來的。」這一點還可以向真心坦承。

「發生了什麼大事嗎？」李真心又試探的問。

如果有大事，吳滿月很少不告訴她們姐妹的，所以她更想知道。

而且李真心更感到奇怪的是，平日好奇心比她更重的姐姐，此刻竟一反常態的，沒有參與追問。

「是為了你姐姐。」吳滿月一說，李真如當場訝異的抬頭望她，以為她要說出來了，「真如這幾天頭痛個不停，我覺得很不尋常，所以特地請你們師伯上來一趟。」

真如緊張得直吞口水，不曉得吳媽媽會透露多少事實？「你們知道的，他道術比我強多了。」

「那，」李真心水靈靈的眼珠溜動，「他那麼早睡，不是因為他平常就那麼早睡吧？」

吳滿月嘆了口氣，點點頭道：「你說對了，我以前告訴過你們的，沒錯，他去『辦事情』了，他現在應該出元神去查資料了。」

李真心更有興趣了：「去哪裡查？」

吳滿月聳聳肩：「陰曹地府吧？或是天界吧？我也不清楚，我以前也問過，但他不說，只說哪一天我也有能力這麼做的時候，自然會知道。」

「哇～好神奇哦，像以前的神怪片一樣。」真心嚮往的說，「有這種能力一定很棒吧？」

吳滿月搖搖頭：「有這種能力的話，最好也要有一顆純良的心，否則是很危險的。」

「怎麼說呢？」

「你們師伯，曾經被傷害得很重，」吳滿月嚴肅的正視她們姐妹倆，「到現在我們都絕不提起這件事，只要稍微令他想起，他就會非常的痛苦。」

高大極抖擻著身體，想把那一股股深夜襲來的寒意驅走。

他不知道該怎麼消化林重告訴他的話才好。

要不是平日十分欣賞林重，一定會把他當成瘋子轟出去，然後永遠不再給他重要的任務。

「你究竟想告訴我什麼？」高大極低垂著頭，不正眼望向林重，暗暗期待他會釐清他方才說的都是醉話，「你有陰陽眼？」

他們兩人站在運屍車旁邊，看著曉柔的屍體被放在擔架上，被兩個人員從樓梯小心翼翼的搬下來，四周停了兩部警車和數輛警方的機車，幾位員警正維持著現場秩序，不讓圍觀的好奇民眾亂闖。

「你跟死人說話？還載她回家？你要把這個寫進報告嗎？」高大極小聲的問林重，越問越是惱怒，他不知道該怎麼掩飾他對林重的失望。

林重悲傷的望著屍體，運屍人員將她從血泊中扶起來時，他堅持在場，要親眼瞧瞧那具女屍是不是曉柔？跟剛才還在對話的曉柔有何差別？

鑑識人員量了肝臟溫度，初步估計死亡時間已逾二十四小時，這表示她在昨晚下班回家之後則遭到殺害了，也就是，比莊雪筠死得更早。

她的脖子在右耳下方有兩個深深的洞口，傷口平整，沒有多餘的割裂痕跡，是被十分銳利的刀尖俐落的破開頸動脈，在很短時間內大量失血，很快就失去意識的。

他知道跟高大極辯解是沒用的，尤其當他表明了不相信的立場時。「老大，」林重勉強打起精神，改變方式對高大極說，「她比莊雪筠早死，如果這是連續殺人，那麼莊雪筠並不是第一位死者。」

「然後她今早照樣去上班？還跟你喝茶？還坐你的機車？那個上班的她是誰？」

「老大可以派人去查查，她的同居男友是誰？她有沒有雙胞胎姐妹？」林重展開兩手，「我不想負責這個部分了。」說完，他疲累的蹲在地上，把臉孔埋入雙手之間，用兩手的溫暖讓他感受到一絲慰藉。

高大極本來想上前拍拍他的肩膀，卻縮回了伸出去的手：「你不如休息一下，拿個假期吧？」

「老大，」林重搖搖頭，看起來像用額頭在搗碎手中的東西，「我沒瘋，我只是需要一個解釋，我究竟碰上了什麼事？有誰可以解釋？一定有能夠解釋的人。」

高大極沉聲說：「你明天睡遲一點。」

「我不要請假，兇手都沒休息。」他咬著牙，凝視著曉柔被搬上運屍車。

「沒叫你休假，叫你睡遲一點，養好精神，不然腦子渾渾的怎麼樣想東西？」

林重發愣的轉頭望著高大極，不知他葫蘆裡賣的什麼藥？

「你回家，明早等我簡訊。」高大極不知是命令還是勸慰。

林重愣了一下，覺得不懂高大極的意思：「為什麼？」

「這是你直接上司的直接命令。」

總之林重不得不服從。

差不多同一時刻，人潮稀落的路邊，許多店舖都已經拉上閘門，唯有長途巴士的車站仍然燈火通明。這客運站其實是半間店面，連個像樣的售票處都沒，只有個口叮香菸的中年男人把票券拿在手上販售。兩排供乘客候車的長排塑膠椅，有的椅子已固定不住在鐵條上，有的被菸蒂燙出了幾個凹洞，有的還有一層厚厚的飲料污垢，剩下沒幾張真正能坐人的。

張國棟瑟縮在客運站外不顯眼的暗處，為了不引人注意，還刻意將外套衣領翻高。他不安的四下張望，留神每一個路過的人，大多數路人都匆匆而過，沒人有興趣覷他一眼。

一名年輕女孩走過來了，遞給他一瓶礦泉水和一個便利商店的飯糰，對他說：「再等一等吧，客運快到了。」由於這麼晚已沒火車開動，唯一的深夜交通只剩下長途巴士，說真的，也比火車票來得便宜。

「有人會來接我們嗎？」雖然對方說已經安排好了，他仍然會擔心。

「就算沒人接，我們走也走得過去。」女孩的回答並沒令他放心多少。

客運來了，長長的車輛伴隨著震耳的噪音抵達，司機踩下煞車時，還發出巨大的噴氣聲，然後像有千噸重物落地般「砰」地一聲作響，才總算換成沉沉的低吟聲。等候區一陣騷動，原本坐在塑膠椅子的人紛紛提著行李走向客運，唯有張國棟兩手空空，身上只有從今早起床後穿到現在的衣服。

女孩揹著一個輕便的小包包，率先走向客運，張國棟別無選擇，只好加快步伐緊跟著她，加入上車的隊伍。今晚他必須在車上睡覺，不過，天還沒亮就會被趕下車了。

昨晚一整晚在忙著處理莊雪筠，真是有夠累的。

差不多三十六個小時沒睡的他，今晚讓自己舒服的喝了一杯熱鮮奶，睡意很快就籠罩上來了。

不過，有些事依然不得不做。

他打開手機的記事本，將人名的順序調換了一下，滿意的點點頭，自言自語說：

「這樣才對。」

然後他撫摸自己光滑的臉孔，在完全安靜的旅館房間中，聆聽血液在細管中奔流的聲音，這些都是在今天之前，他無法擁有的。

於是，他有生以來第一次帶著微笑入睡。

第二部

星期一／太陰日

所有的答案都已經存在，
只不過在還沒被找到之前，
暫時以問題的形式出現。

x=6 方瞬

李飛鵬陡地睜開眼睛。

不，沒睜開，是畫面忽然在他面前打開了。

他驚駭不已，慌張四顧。

他在看，但不是用眼睛在看，這並不是視覺的作用，它超越視覺，所看的不是人類視覺的光暗、顏色和遠近，而是看見事物真正的本質。

他所知曉的任何語言的形容詞，此刻全然失去了功能。

他深深清楚自己已經死了。

原來，死後的世界是這樣子的嗎？

不，不該這麼說。習慣了理性和邏輯思考的他這麼告訴自己。他一定已經不只一次見過這個世界了，每一回的死亡都應該會體驗一次的不是嗎？他不過是舊地重遊，不過是再次經過而已。

現在的他，還叫李飛鵬嗎？

李飛鵬這個名字，對他還有任何意義嗎？

當他忙著思考時，一股強烈的洪流霎然迎面沖來，他感到整個四周都在流動，無數的漩渦在四面八方滾動。他先是疑惑，然後忽然靈光一閃：「這就是冥府之河！」

不論古代埃及人、希臘人都曾經提過冥府的河流，日本人叫三途河，說是人界與冥界的分野……莫非，這就是所謂的「河」嗎？

洪流厚重而混濁，似乎是由無數重疊的畫面、細碎的囈語、層次豐富的氣味交織而成，那是濃密的記憶之流，由於太多線縷交纏，無法一眼看清。他伸手撥開洪流，撥出了一片清澈的鏡面，雖然僅僅一閃而逝，他依然在流動的縫隙之中看到了過去種種、人生中點點滴滴的重要時刻、甚至他老早忘卻的往事，都在洪流短暫的縫隙中一一顯現。

「冥府之河就是時間之流！」李飛鵬猛然領悟！他對自己的領悟也感到非常驚訝。古人所說的冥府之河就是時間的洪流？

會不會過去有許多人對這個死亡的中途站保存了記憶，在他們的文明之中留下了種種說法，但在不同的文明之中會有小小的差異呢？

殘酷的時間永不止歇的衝擊一個人，一點一點帶走他的活力、他的青春，掏空他的肉體，令這具軀殼逐漸崩壞、老朽，馬不停蹄的奔向死亡，一頭栽進時間之流，然後重新來過？

李飛鵬，或說這團曾經擁有李飛鵬身分的意識，正充滿著好奇摸索這環境的當兒，卻慢慢感覺到洪流的力量開始推動他，起先是徐徐移動，他還不大在意，當推力慢慢加大時，他開始覺得不舒服，於是試著抵抗，卻發覺完全無法如意！

推力終於強大到令他無法固定自己，他猛然被捲入一堆紊亂的洪流，忽然被亂流推去左邊，又忽然被波浪撞去右邊，時而被沖上去，時而又墜下，他驚恐萬分，全然亂了方寸，生前的從容和睿智，被毫無規則的亂流玩弄得蕩然無存。

此時，他才注意到洪流正把他往後沖。

在分不清上下四方的地方，如何分辨得出前後？

因為當他試圖反抗，掙扎著撥動洪流時，他窺見洪流的縫隙中出現的景象，時間上一個比一個倒退，從少年一直退後到幼年，從幼年退到嬰兒時期……這是逆流無誤！

亂流捲動得他頭暈目眩，令他噁心想吐，卻沒有腸胃供他嘔吐。意識像紙張揉成一團後再展開，再揉緊又展開，意識和記憶一片凌亂，一時忘了他是李飛鵬、忘了他已死、忘了他曾經在意和關心的一切，當下只希望亂流快快平復。

忽然，李飛鵬被硬塞入一個細管之中，他被擠壓成一團，好符合管子的形狀，整條管子劇烈的蠕動，推擠他億萬個曾經迸現過的念頭，將它們全部蜷縮成一根細線。

他想要嘶喊，但一口氣衝不上來，也沒有聲帶供他表現他的驚恐，沒有四肢讓他反抗和掙扎，一陣紛亂之後，周圍突然陷入了寧靜。

他看見一片光明，真正的光明，源自肉眼視覺的光明。

「哦哦哦，好瘦弱的小東西……」是中文，一把婦女尖銳的聲音，帶有陌生的濃重鄉音，他一時還會意不過來他們在說些什麼。

他發現他能張嘴，他能發出聲音了！

但他發出的是嬰兒啞啞的哭聲，聲音羸弱，像是隨時要斷氣一般。

他明白發生了什麼事，但他來不及保存更多李飛鵬的記憶。

李飛鵬的記憶正急速的自他腦中消失，如炎日下冰塊般融解、蒸散，兒時的玩伴、新婚的夜晚、美國的受訓、累積的專業知識、隨年紀增長的沉穩和智慧、一個又一個的案件、一具又一具的屍體……收緊成一顆小點，隱沒在意識中不知名的角落，而他腦袋中騰出了一大塊空間，馬上被強烈的食慾佔據了。

他微弱的視覺看到，高高的粗木屋樑、草紮的屋頂，沒有天花板，空氣中是清冷的柴煙氣味。

「太瘦了，」是把粗嗓的男聲，「去請村頭的教書先生，給他取個雄赳赳的名字。」

今天不急。

他今早沒設鬧鐘，一切從容得很。

盥洗完畢，乘坐公車到有一段距離的陌生社區，悠閒的逛到傳統早餐店，叫了平常沒機會慢慢喝的鹹豆漿，還有比較花時間製作的燒餅夾蛋餅。

用完餐，他對了對手錶，還沒到張國棟的下課時間，不急不急。

他完全掌握張國棟的作息時間，清楚他每天上的課以及回宿舍的固定路線，這人是位家境不太好的僑生，會乖乖的去上課，下課之後也不會亂走。

他乘公車到大學，走進校園，倚靠在一棟校舍的大柱子上等待，仿希臘樣式的屋頂邊緣擋住了冬日暖陽，投下一片陰影，讓他幼嫩的新膚不致於被紫外線曬傷。

下課鐘聲響了，學生從各間教室一擁而出，有的走向自己的腳踏車，要利用下課的十分鐘移動到另一棟校舍去上課，有的人腳步輕盈，顯然是下一堂沒課。

張國棟應該下一堂沒課。

但是，一直等到所有同學都走出教室，他仍然沒看到張國棟的身影。

他有些懊惱，忍不住冒險走進教室去，教室內還有兩名學生在跟教授討論功課，但都不是他要找的人。

「他心情不好沒來上課？或臨時換了課表？」他不禁胡亂猜測。

他沒有出錯的餘地，一切必須按照程序，程序不能出錯，這一點已經實驗證明了。

他走到張國棟可能會去的福利社、小吃部去蹓了一遍，直到下一堂上課時間到了，張國棟連個影兒都沒有，他只好又趕去下一堂課的教室，依舊沒看到張國棟。

「這堂課很重要，他不可能蹺課的。」他感到十分焦慮，他必須在一個星期內完成，錯過了這個黃金時間，就很難有這麼好的時機了！

如果在平日張國棟正常出沒的地點都找不到他，那今天的計畫很有可能會流產！

張國棟應該要在今天死的！

他在大學校園中焦慮的四處亂走，尋找張國棟的蹤跡。

他還特地跑了一趟宿舍，確定了張國棟還沒回過宿舍，他更加心煩意亂。蹉跎到下午三點，他才悻悻然離開大學，趕去另一個地點。

他抵達一間大路旁的小學，正逢放學時間，很多家長正在校外人行道等待，探頭看望孩子出來了沒。他被包圍在一片污濁的車煙惡臭中，校園外的馬路塞滿了正在等候交通燈轉成綠色的汽車和機車，機車發抖的不停噴出濁氣，混入寒冷的空氣中，聞起來特別令人難受。

他仰望校舍的窗戶，只見陣陣車煙飄上窗戶，真不敢想像這所學校的孩子是如何忍受這些嗆鼻的氣味來上課的？

校園門口一陣騷動，是校門開啟了，家長們的獸性宛如條件反射被喚醒般，紛紛擁向校門。

他以逸待勞的在牆角等候著，看著人潮快速散去，只剩下家長還沒到的小孩，或獨自回家的小孩。

一名揹著藍色書包的男孩步出校門，身上還掛了塑膠水壺和一個裝便當盒的布袋，無精打采的低頭走路。

他遠遠盯著男孩的背影，不禁鬆了一口氣：「你還在。」

男孩的背影很落寞，似乎對什麼事情都提不起勁，他看了也油然心生憐憫：「再等等吧，張國棟之後，下一個就輪到你，你就可以脫離這個無聊、充滿挫折的生命了。」好可惜呀。他忖著。本來應該現在要把你帶到小巷子去讓你窒息，如今說不定要等到明天了。

他心中湧起一股衝勁，宛如他和莊雪筠初次見面時那般，有一種堅持要把任務完成的使命感。他甩掉找不到張國棟的挫折感，再度燃起熱情，這才發覺自己飢腸轆轆，想起還沒用午餐，他信步走到附近的牛肉麵連鎖店去填飽肚子。

一面吃牛肉麵，他一面回想剛才到張國棟住的宿舍去找他時的對話……他到宿舍樓下的管理員辦公室詢問，說有要事想找２１２室的張國棟。

管理員是位禿了額頭的中年男子，他瞄了一下電腦螢幕：「他還沒刷卡呢，還沒回來吧。」

「我可以聯絡他的室友嗎？」

管理員拿起身邊的電話聽筒，撥打內線電話，等了一會才有人接聽：「喂，這裡是樓下管理室，有外找張國棟，是這間房間嗎？」

他把手伸向管理員，迫不及待要接過聽筒，管理員看他猴急的模樣，皺著眉把聽筒遞給他。

「你好，我是國棟的親戚，他不在嗎？」

聽筒那頭的室友似乎想快快結束這場對話，語氣很不耐煩：「他從昨天出去就沒回來過啦。」原來如此。

「他昨天什麼時候出去的？」

「早上啦，被警察接走的，是吧？」室友的聲音轉移了一下，像在詢問另外一個人，「是沒錯，警察帶走之後，說不定被抓了。」

「你知道是因為什麼事被帶走嗎？」

「我哪知道？就這樣，拜拜。」室友很不禮貌的合上電話。

他面色陰沉的瞄了眼話筒，把它還給管理員，並道了謝。

他很懊惱，張國棟被警方當成嫌犯拘押了嗎？

或是……他更不希望的……他跑了？

吞下最後一口牛肉麵的當兒，他決定修改程序。

天色微亮的時候，張國棟醒來了。

頭很重，而且後頸硬邦邦得像貼了一片皮革。他一邊用手按摩痠疼的脖子，一邊觀看長途巴士窗外的景色：紫黑色的丘陵在窗外慢慢爬行，山後透出摻了粉紅色光暈的黃光，正從山後徐徐染向天空。

他望望身邊的女子，她把椅子往後放下，歪著頭睡覺，把厚外套反過來蓋住身體，輕輕的在打呼。

不知為何，這情境驀然令他憶起跟雪筠的第一次做愛。

那是一個涼快的春日午後，當單純的體溫都能點燃慾火的時節。

雖然是第一次，他們卻非常熟悉對方的身體，清楚對方最敏感的部位，知道該如何取悅對方的身體，彷彿是自己的身體一般，完全知道下一步該如何配合對方、挑逗對方，雖然是第一次，卻像一對已經做愛無數次的伴侶。

結束後，兩人仰臥在床上，合著眼享受體內亢奮後的餘焰，回味纏綿後的回甘。

「我是第一次。」雪筠輕輕握著他的手，滿意的微笑道，「人家說會痛的。」

「我也是第一次啊，」國棟嗤笑道，「人家說會早洩的。」

兩人握緊了手，在床上大笑。

國棟嘆了口氣：「我好像，從亙古以前就開始跟你做愛了。」他轉頭問雪筠：「你會不會也有這種感覺？」

雪筠笑著搖搖頭：「傻瓜。」雪筠的手伸向他剛剛射過精的陰莖，軟綿綿且縮小了的陰莖，滑滑的表面沾滿了兩人濕答答的分泌物，在她的五指輕撫下，雪筠感到它很快再度脹起，塞滿了手心。

他轉過身體，擁抱著她，把龜頭抵在她的陰唇上。

雪筠伸手去拿了個新的保險套，輕輕推了他一把：「這次換我在上面，」她兩眼充滿了前所未有的魅惑，似乎對一切感到新奇和熱切：「我想試試。」

對於雪筠的主動，國棟感到又驚又喜。

回憶牽動了哀傷，引來了淚水，模糊了車窗外的景色。國棟忘不了那種水乳交融的感受，恐怕在這一生中，他再也無法找到這麼一位無論心靈和肉體都能如此融洽的伴侶。

身邊的女生欠了欠身，肩膀不小心碰到他，女生驚訝的張開眼睛，觀望四周，一時未回過神來，忘了自己身在何處，待她看見國棟，才點點頭又躺回椅子去，呢喃道：

「到了叫我……」

望著女生全然安心的睡姿，令國棟心裡漾起了異樣的情緒。他發覺他挺喜歡這女生的，甚至他不敢承認且有罪惡感的——愛意——雖然才真正認識了她幾個小時。

他陪雪筠去「知返堂」時，就有留意到這位女生了，當時就覺得很有親切感，很想跟她攀談，但礙於女友在身邊，所以把這種想法壓住了。他自知不是會輕易喜歡上別人的人，會對這位女生產生跟雪筠一樣的感覺，他對自己的念頭也感到很訝異。

昨天晚上，張國棟和刑警林重一同到知返堂，去找曾經替雪筠觀落陰的神婆，意外的，那位刑警竟在神婆的刺激之下，也進行了觀落陰。

當林重正專注於觀落陰時，一扇房門靜悄悄的打開，打從他們進門就一直沒有現身的女生，在房間門口內一邊用左手食指抵著唇，一邊用右手招他過去。他錯愕的望著她，卻見神婆和應門的女生也用食指抵著唇，甩頭示意要他走過去。

國棟困惑得很，但他仍然乖乖的離開椅子，走到那間房間去。

女生讓他進房後，趕緊輕輕合上房門，國棟環顧了一下房內，看見兩張廉價的木床，鋪了薄床墊，但從稍顯零亂的衣服和細心的擺設，依然看得出是女生的房間。

「你的生命有危險。」女生劈頭就說，「必須馬上跟我離開。」

「咦？」事出忽然，國棟感到頭頂瞬間發燙，很自然的反問：「為什麼？」

「因為莊雪筠已經死了，所以接下來就輪到我們了。」女生的聲音很小，生怕讓外頭的林重聽到。

國棟確認自己有沒有聽錯：「我們？」

女生用力點頭：「不只我們兩人，還有好幾個人。」

國棟的腦袋瓜陷入了濃霧之中，雪筠的死跟他的生命危險有什麼關係？他還處於悲痛之中，為何要對悲傷的人開這種殘酷的玩笑？

「我……」他不知所措，失魂似的要扭開門把，「我要出去了，那位警察在等我。」

「如果你今天回去宿舍，那明天就是你的死期。」女生急促的說，「你騎腳踏車回宿舍時，會經過一棟高樓，你會在轉彎時被殺。」

國棟腦子一緊，背脊一陣冰冷：「你怎麼知道？」是的，他習慣抄化學館的近路，那條小徑雜草叢生，他每次經過都沒見過其他人。

「我很清楚，」女生說，「你一定得相信我，你不能死，我不能死，否則一切將會更糟！」

「你為什麼……？」

「我們必須去一個地方避一避，我帶你去，我會在路上向你解釋，我們必須在那位警察回神之前離開。」

「可是，如果我沒去上課，會被當掉……」然後就得馬上回去僑居地了。

「如果你不跟我走，你就永遠不用上課了，」女生一對清澈的瞳孔堅定的直視他，「永遠見不到你的家人，也永遠不知道莊雪筠為什麼會死了。」

國棟的嘴唇瞬間乾燥，他嚥了嚥口水：「你知道誰殺了小筠？」

「不，我還不知道，但我或許知道為什麼。」

至今國棟仍在後悔跟了她逃跑。

他擔心這樣一走了之，警方會通緝他。

他擔心缺課，功課會受影響。

但他也知道，如果他不跟著這女生走，他會一輩子後悔跟真相擦身而過。

女生的眼睛很誠懇，不像在說謊。

「你叫什麼名字？」

「李真心，」她說，「外頭那位是我姐姐，她叫李真如。」

直到現在，李真心還未實現她的承諾，在路上告訴他真相。

巴士嘰的一聲煞車，整部車身頓了一下，司機拿起廣播器向乘客說話：「各位請下車，我們要在這裡換車了。」乘客們將重新分配車輛，到他們各自要去的城鎮去。

國棟拍拍李真心的肩膀：「換車了，要下車了。」

李真心瞇著惺忪的眼睛四下望望，把腦後鬆散的馬尾解開，重新再綁一次馬尾之後，站起來去拿置物架上的背包：「不用換車，我們在這裡下車。」

國棟錯愕的說：「可是，我們買的票並不是到這一站呢。」

李真心拉起他的手，他愣了一下，就乖乖的被她牽著走。

巴士隆隆的震動，空氣中佈滿了車煙味，燙熱的車身也在散發臭氧，令國棟昏沉的頭腦更為疼痛。下車後，真心直接拉他走到轉運站旁邊的馬路，一名膚色黝黑的男人顯然在等他們，一見真心迎面而來，他回頭就走。

真心追隨他的步伐，趕上前去。

「他是誰？」國棟不安的問道。

「吳媽媽的師兄，我叫他馬師伯，你也這麼叫。」

上了一整天的課，小男孩拖著疲乏的腳步走出校門回家。

「方瞬！」

他回頭看見叫他的是老師，這位女老師是教音樂的，大概是聽說過他家的事，平日就很關心他。

「一個人要小心哦！」老師對他揚揚手，顯然也正要離去。

方瞬勉強對老師擠了個笑容，朝老師鞠了個躬：「謝謝老師，老師再見。」

他從學校走到社區，在便利商店買了飯糰和鮮奶，權充今天的晚餐。今天媽媽有晚班，要工作到晚上十點，他會自己開電視，吃了晚餐後去沖澡，做完今天的功課，然後換上睡衣等媽媽回家。

沒辦法，他瞭解，媽媽要做兩份工作，因為爸爸生意失敗，欠下太多債務，不知逃去哪裡了。

這種生活已經過了一年，他好寂寞、好累，他曉得媽媽也很累。

有些時候他會想，如果他不存在就好了，如此媽媽就能夠無拘無束過自己的生活，不需要照顧他、擔心他，不用工作得這麼辛苦。

明年他就要升上中學，他偶爾還認真考慮過，是不是乾脆不唸書，早點工作賺錢會比較好？

當他走到住家樓下時，有個長相兇惡的男人站在牆角，窺看了他一眼，便轉過身去，剛好露出他手臂上的刺青，是一隻紋得不太漂亮的老虎，像隻滑稽變形的卡通貓。

這些人每隔兩、三天就會出現，媽媽告訴過他，要小心那些人，但別理他們，他們不會為難小孩的。雖然媽媽沒明說，但他也猜到那些人是來找爸爸的，因為曾經就有一個上前跟他搭訕，問他：「小朋友，爸爸在家嗎？」他沒回應，匆匆跑去電梯，他們也沒追他。

爸爸在家嗎？

認真的說，他不知道該怎麼回答。

方瞬進入老舊的電梯，在一堆令人不安的震動和搖晃之中升了上樓，他在電梯內就從書包裡取出鑰匙，好讓自己一離開電梯就能直奔家門，馬上開門進去，這是媽媽教的。

他進了家門，回頭反鎖之後，刻意低頭，不望屋子裡頭，先將書包、食物、水壺全部擺到小飯廳的桌椅上，才轉頭去看客廳的沙發。

沒錯，爸爸有在，他依然坐在沙發上，但形狀已日漸模糊。

爸爸在失蹤的一週之後就出現了，有時在飯桌旁，有時在陽台，但大多數時間都在沙發，他平日嗜好的那個位置上，總是作沉思狀。

剛開始，他還有臉孔可以分辨，漸漸的，臉孔首先糊掉，接著身形也朦朧了，只剩一些大略可資分辨的人形。

那是鬼魂嗎？方瞬覺得，那更像是過去殘留的影子，是沒有意識的影像，不會跟他互動，不會跟他對話，甚至當他鼓起勇氣坐到殘影旁邊時，它也沒轉過頭來望他一眼。

所以，爸爸算是在家嗎？

他沒告訴媽媽這回事。

他小時候試過了，三年級值日打掃學校走廊時，他看見穿著奇怪校服的小孩走來走去，他們看起來像在嬉鬧的玩耍，卻一個個臉色陰晦，校服很寬大，像小孩穿大人的衣服一般寬大。

當他試著跟同學提起時，他們不但說他發神經，說他是騙子，還教唆其他同學一起取笑他。

只有一位同學肯聽他的話，因為那位同學也跟他一樣看得到，他們常常私下談論看到的東西，成為擁有共同秘密的好朋友。

但是，那位好朋友有一天忽然變得遲鈍，往日反應敏捷的他，說話時要等許久才回應，眼神也變得飄忽不定。午餐時，他注意到同學在吃藥，方瞬問他，同學才說：「爸媽帶我去看精神科，醫生說我有幻聽和幻視，吃藥就好了。」

「那你還看得到嗎？」

好朋友聽他這麼問，忽然就一陣哆嗦，左顧右盼了一會，恐懼的小聲告訴他：

「不能再說，再說的話，爸媽會罵的。」

後來這位同學沒再來學校，據說他精神有毛病，需要休學靜養。

可是方瞬知道，他精神原本是沒問題的，是吃藥吃壞他的！

所以方瞬從小就明白，他所看見的，並非人人都有能力看見，他必須區分什麼是他能看見而別人看不見的，才能避免被驚嚇過度的凡夫俗子們貶低，包括他那位因為家裡環境丕變而精神衰弱的媽媽。

他走去沙發，在那團殘影旁邊躺下，他依偎在影子的腿邊，舉起手撥了撥影子，可是手中只拂過一陣冰涼，而那影子依然連頭也沒轉一下。

在殘影旁邊，在沙發柔軟的布料上，他很快的沉沉入睡，睡得很安心，就像有個大人陪在他身邊一樣。

「莊雪筠不是第一個，X不是最後一個」

在辦公桌上，高大極反覆揉著撫著寫著這段話的那張紙，已經快把紙給磨破了。

他把李飛鵬臨終前要告訴他的話寫在紙上，又不忍心將故友的名字寫在上面，因此僅用一個X來代替。

他凝視著那個空洞的X，彷彿它代表了李飛鵬現在的狀況：一個全然的空無。

好，李飛鵬不是最後一個，那他是第幾個？

若把莊雪筠用Y來代表，那麼李飛鵬是Y+1嗎？

高大樞在紙上寫下：「X＝Y+1？」並打了個大大的問號。

那位百貨公司的售貨員該擺在什麼位置？Y-1 嗎？

他真想立刻把李飛鵬叫醒，要他好好解釋他說過的話，而不是打啞謎。

他的手機響了。

只有他的家人，或他最親密的部下才有他的號碼，他瞄了眼來電號碼，是他的一名得力下屬，除非有緊急要事，他們是不會打這支電話的。

「喂？」他接了。

「老大，這裡是陳孝忠，在命案現場。」

「什麼急事？」

「我看需要您來一下，聽聽發現命案現場的人怎麼說。」

「別故弄玄虛了，直說！」

「發現現場的是位婦人，她也是昨天發現小公園放血女屍的同一個人。」

同一人？高大樞忖著，怎麼巧合得那麼緊？

高大樞沉默了一下，才說：「封鎖現場，在鑑識組來到之前，不准有人進去！鑑識組就位了嗎？」沒有李飛鵬領軍的鑑識組，不知道將會如何？

「還沒。」

「有多少弟兄在現場？」

「接獲報案後，我跟黃偉雄才剛來到，只有兩人。」

「好，你們全部原地不動，等待支援。」

高大極的心跳變重變快了，他的直覺告訴他這件事情很重要，同一個人發現命案現場，這代表了什麼意義？Y+1 嗎？Y+2 嗎？或是 Y-1 ？Y-2 ？

Y＝莊雪筠，Y成了整個程序的中心點。

他平日不常騎機車，今天他騎上好久沒碰的機車，二十分鐘就趕到了現場，其他支援人員都還沒抵達，只有他的兩名部下和一位婦人在場。

婦人一臉憂鬱的站在警員身邊，穿著跟昨天一樣的運動外套，粉紅色的緊身褲，如果她不是沒洗衣服，就是她有好幾件一樣的緊身褲。

高大極抬頭四望，這是一個貌似三合院的空間，三棟五層樓高的建築物包圍著一個方形院子，院子裡停放了機車、腳踏車，還有人在曬衣服。

部下朝他點了點頭，指指身邊的一扇小門，那是一樓的房間，門邊放了幾個破了的花盆，裡頭的泥土乾裂，長滿了雜草。部下用抓住手帕的手輕輕推開門，一股股濃烈的血腥氣味瞬間撲鼻而來，高大極馬上取出手帕掩蓋鼻子。

「沒有闖入的跡象，門把是完好的。」部下報告說。

「窗戶呢？」

「依老大的吩咐，還沒進去看，不過我們繞去背後看過，後門和廁所通風口也沒闖入的跡象。」

高大極點點頭，他沒踏進去，只先用眼睛記錄整個現場，遠遠的看得出，陰暗的小廳裡，有一具仆地的死屍，乾涸的血水像地毯般鋪蓋地面，想必踩上去會黏滋滋的。死者的臉朝向裡面，從門口就可以望見他如崩塌了的足球般凹陷下去的後腦。

死者身旁有一張折疊桌，有一個空玻璃杯，和一個老舊的鐵盒子，說明了他死前做的最後一件事。

他回頭問那婦人：「怎麼又是你？」

婦人一臉沮喪：「我也不想的。」

「你還沒回答我的問題，昨天公園的女屍也是你發現的吧？」

「警察先生，就是因為昨天那位女生，我今天才會來的啊。」婦人早在等待的時候擬好了腹稿，如今一口氣說出來，「這位胡伯伯，是小雪關注的對象，小雪是大學社工，她每個星期都會來探望胡伯伯，獨居老人嘛，跟他聊聊天之類的，昨天小雪來不成啦，所以我就來關心一下，想通知他小雪死了。」

這說法合情合理，高大極心裡忖著，外表全然不動聲色：「好，那你怎麼開門的？」

「我叫門沒人回應，就自己開門了，我常這麼做的，他健忘，不常鎖門。」

高大極指了指婦人的手，吩咐部下：「待會別忘了取她的指紋。」

他回頭望向屋子裡面，有點沉不住氣了。

「你們看著我。」高大極對部下說了一聲，便踏進門口。

他的眼睛直盯著桌上的鐵盒。

林重昨晚告訴他什麼了？他能見到鬼？還看得見很多怪怪卻說不出是什麼的東

西？這是他不敢告訴別人的天賦嗎？其實他也能看見東西，不過他看見的是結構，一個案件的模式和結構，他分辨得出有用和沒用的線索、各個線索之間的微小網絡，這是他與生俱來的強烈直覺。

藉由門口照進的昏暗光線，他避開地上的血跡，從口袋取出常備的乳膠手套穿戴上去，走到桌邊。

鐵盒子並未完全蓋上，邊緣是鬆的。

高大極伸出一根手指，輕輕一挑，鐵盒的蓋子則彈起來，他把它用指尖推落。

一疊照片！

高大極的心跳聲震動到自己的耳膜了。

方瞬被食物的香氣逗醒了。

他從沙發上驚醒，想起放在餐桌上的鮮奶和飯糰，放了有多久了？會不會酸臭了？

他迅速清醒過來，看見外頭天色還亮，廚房中傳出炒菜的聲音，還有燉肉的香氣不停飄出，他嚥嚥口水，心中充滿困惑：「媽媽回來了嗎？」媽媽要工作，不可能在這個時候回來的。

方瞬望望身邊，不知何時，沙發上的影子已經不在了。

他小心翼翼的步下沙發，走到廚房，果然看見媽媽炒好了菜，正把他愛吃的芙蓉蛋盛進盤子。媽媽見到他，微笑道：「午睡醒啦？」

方瞬長得跟媽媽差不多一樣高了，他望望媽媽的臉，看見她企圖抹掉的淚痕。媽媽真的老了很多！一年前的她，還是美麗且容光煥發，表情都充滿了自信。

「小瞬，今天媽媽做了你愛吃的菜喲。」媽媽的聲音含有掩不住的哽咽聲。

「可是，我買了鮮奶和飯糰。」

「扔掉也沒關係，吃媽媽煮的，好好吃的哦。」

媽媽不是叫我省錢的嗎？為什麼一反常態？方瞬有不祥的預感，很濃很濃的預感，一切都太不對勁了。

「先去洗個澡好嗎？」

「哦。」他還是捨不得，所以把飯糰和鮮奶擺進冰箱，明天還可以充當早餐。

他洗完澡出來時，飯桌上已經擺好三菜一湯，根本不是他們吃得完的分量，而且媽媽還穿上她最貴的衣服，細心的化了妝，看起來就跟兩年前差不多了。

可是，他還看到那個男人的影子站在媽媽身後。

長久以來，他從沒見那影子接近過媽媽。

「吃飯囉。」媽媽把白飯和筷子放在他面前，臉上一直掛著微笑。好久沒吃過熱騰騰香噴噴的飯了，肚子馬上咕嚕嚕叫了起來，連腸子的蠕動都感覺得到。

他看到站在媽媽背後的影子在用力搖頭。

「每一樣都是你愛吃的哦。」

黑木耳燉豬肉、芙蓉蛋、鹽酥雞和玉米蛋花濃湯，每一樣都是味道濃膩的美食，每一樣都在召喚著他。

影子更慌張了，它伸手環抱著媽媽，似乎想阻止她，但影子一點力量也沒有，媽媽文風不動，只是困惑的皺了皺鼻子，然後輕輕打了個噴嚏。

「我喉嚨乾，先去喝杯水。」方瞬沒上座，逕自走進廚房。

他一面慢慢倒水，一面四下觀看。

果然，在廚餘桶中，他窺看到食物殘渣之中露出了一角錫箔紙。他回身望了一下，謹慎的將錫箔紙抽出來一點，看到了一部分上面的圖畫，繪了一條老鼠的尾巴。

「小瞬，菜涼了！」他嚇得背脊透涼，覺得喉嚨在剎那間乾透了。

他再倒了一杯白水，乖乖的走出廚房，坐上椅子，望著媽媽背後的影子，見他仍在無助的揮動手臂，看起來很焦慮。

「媽媽。」

「呃？」方瞬忽然間說話，反而嚇了她一跳。

「你知道爸爸去了哪裡嗎？」

她的表情冷淡下來，整張臉變得土灰色。

方瞬很害怕，他想他說錯了話，他踩到了地雷，這個問題不該問的，可是他真的很想知道。

他媽媽垂下頭，好一陣子才深呼吸一口，然後從手提袋取出手機，按了幾下，遞給方瞬看：「這是昨天的新聞。」

方瞬接過來，螢幕上的新聞網站標題是：「橋下驚見腐屍」。

「警方昨天聯絡我了，他們找到你爸爸的證件。」她疲倦的說。

方瞬望著黑影，反而有如釋重負的感覺：「他們確定了？」

媽媽點點頭：「我今早去認屍了。」

「真的是爸爸？」

「殯葬費很貴，一旦認了屍，就要付殯儀館的錢了。」她沒正面回應。

方瞬搞不清楚媽媽在說什麼。

「所以……」她抓了抓頭，弄亂了好不容易弄整齊的頭髮，「吃飯吧，菜涼了。」

他不敢吃，但他似乎無法不吃，他的眼角已經溢出淚水，不是哀弔父親的眼淚，而是面對死亡的淚水。

忽然間，大門響起敲門聲。

方瞬驚視大門，又望了眼媽媽。

「別理它，吃吧。」媽媽夾了一塊三層肉，放到他的白飯上面。

門外的人改成按門鈴，用力的按個不停。

「吃啊！」媽媽的表情極力冷靜，但呼吸已轉為急促，她又夾了塊鹽酥雞到方瞬的碗中。

按門鈴的聲音停止了，轉成門把的鑰匙轉動聲。

方瞬的媽媽大吃一驚，從椅子衝向門口。

門口赫然打開，一個人衝了進來，手中不知握了什麼，一把擊中媽媽的頸側，她悶哼一聲，應聲倒地。

那人飛快的關上門，又衝上去在媽媽的後腦重擊一次，她就不再有動作了。

方瞬緊抓著椅子邊緣，瞪大眼望著這衝進來的人，他穿了一件有斗篷的外套，戴著布製有卡通圖案的口罩，還戴了黑眼鏡。方瞬看清楚了，那人手中是一條黑色彎彎短短的東西，看起來很硬，他不知道叫什麼。

「我是來救你的。」那人對他說。

方瞬嚇呆了，望著地上的媽媽，望著眼前的陌生人，他真的不知道該去害怕什麼了。

那人指著桌上的飯菜：「別吃，一口都別吃。」

原本在媽媽背後的黑影，此刻發愣的面對闖入者，彷彿突然凝固了。

「你是誰？」

方瞬才剛問完，那人已快步走過來，將一方手帕掩上他鼻子，一陣刺鼻的氣味衝入鼻腔的同時，他的意識霎然陷入濃墨般的黑暗。

林重站在房間門口，環顧只有五坪大小的房間，小小的房間整理得井井有條，每樣東西都歸類得很清楚。

「謝謝你，」他回頭對微醺的中年男人說，「待會把鑰匙交回給你。」

「不客氣。」男人擺擺手，走出客廳，走到大門外，回到他隔壁的單位去。

那人是莊雪筠的房東，林重昨天問了張國棟很多資料，記下了莊雪筠家人的背景、租房的地址、交往的情形等等，所以知道雪筠的房東就是鄰居。

他出示警察證件，說明了案件，房東就給他進來了。

林重站在門口觀看，希望從蛛絲馬跡中得知，雪筠遇害當晚有沒有回來過？她是在什麼地點失蹤的？

他看見小書桌旁有個小背包，是上課用的嗎？還是平日也用的？床上放了兩件衣服，是跟張國棟約會之後脫下來的嗎？可惜張國棟失蹤了，林重無法問他。

他想找的，其實是那張複印的舊報紙，它似乎是一個開端。張國棟屢次提起那份十九年前的報紙，卻說不出那位交通事故死者的名字。

莊雪筠的小書架上有不少書，門口邊的小牆面安裝了一面鏡子，鏡子上方有兩層書格，書本橫列的、平放的、疊在橫列上的，快要滿溢出來了；梳妝鏡旁邊理應放置化妝品的空間，也疊滿了小開本的書。

林重人高手長，一伸手就可以碰到最上方的書，他把重疊的書本取下放在桌上，好露出被遮蔽的書名。匆匆瀏覽了一遍之後，林重發覺很少有小說，僅有的也是幾本英文古典小說。

林重抽出一本書：《論存在》，只因為他覺得書名冷僻。他翻前翻後，作者是沒聽過的日本人，書背介紹說：「存在該如何定義？首先要確定不存在是否存在，若不存在也是一種存在，那麼存在的定義就同時包含了存在與不存在。」

「在說什麼呀？」林重皺了皺眉，仍然翻開了書本，見到裡頭用紅色原子筆、鉛筆、螢光筆等等畫了不少線。

其中一頁，用紅筆寫了四個大字：「我存在嗎？」還用層層的圓圈用力圈起來，將底下原本的文字都覆蓋掉了，林重幾乎可以感覺雪筠寫下去時的力道。

他用指尖在書脊上瀏覽……

《薛丁格的貓：量子力學弔詭》

《前世今生：生命輪迴的前世療法》

《印痕的軌跡：從回溯真相尋求超脫》

《時空理論入門：從柏拉圖到霍金》

他用拇指撥弄書角，找到雪筠用力畫線的一個篇章：「時間旅行詭論之三：自我相見。在物理上，同一個自己不能同時存在，所以當時間旅行者遇上另一個時空的自己時……」她畫了許多線條，使得連書合起來時，都能看到那幾頁特別厚了起來。

《吠陀簡義》

《時間有方向嗎？》

《從死亡到生命的關懷：生死學入門》

一本本書名看下去，林重感到頭皮發麻：「這女生究竟在想什麼呀？」

她看的書很雜，不過林重又能隱約由其中找到一絲微弱的聯繫。

《魂魄：東漢的死後觀念》

《完全自殺手冊》

「這本當年不是引起過騷動嗎？」林重忍不住拿來翻翻，這本書的開本小但頗有重量，裡頭紙張有些泛黃，說不定是在二手書店找到的。

《成住壞空：佛教的時間觀》

《明日滅亡》

《大霹靂：宇宙最初三分鐘》

莊雪筠絕對不是隨便買這堆書的！一個女大學生為什麼要讀這些書？這明明是有目的、有計畫的收藏。

這些全是拼圖，只要找對了設計圖，就能拼出她腦子裡面在想些什麼！

終於將全部百多本書的題目看完後，林重已經頭暈眼花，他拉出貼住書桌的椅子坐下，順手拿了雪筠的小背包，伸手進去一摸，摸出一本紅色的誠品記事本。林重下巴一緊，他覺得他找到了。

果然，剪報就夾在記事本中，裡頭還記錄了跟國棟的約會、當社工的行程、功課、考試時間、跟其他人的約會時間等等。林重趕緊翻去最後的紀錄，見到她已經列出她死亡後一個月的行程。

「她還沒準備去死呢……」林重喃喃自語，覺得這記事本很重要，於是又放回小背包去，以免跟其他書混在一起。

林重讀了剪報之後，馬上撥打手機：「您好，我叫林重，編號是……」讓對方驗明了身分之後，他道出來意：「我想查一樁十九年前的交通意外，很可能是貴分局承辦的，是，十九年，很久了，所以請麻煩您了……很重要，挺急的。」

要求對方幫忙後，他開始將雪筠的藏書逐一檢查。

這個五坪的空間，是莊雪筠的腦袋，林重正坐在她思緒的正中央，試圖釐清她遇害的真相。

張國棟想起這個人了。

這個被李真心稱為「馬師伯」的男人。

當看到正臉時，他想起來了，這個男人曾經在知返堂出現過。

雪筠最後一次去知返堂時，他沒陪她去，她回來的時候，說神婆對她大發脾氣，說：「你騙我！你騙我！」她還說：「那個男人好可怕。」

那個男人，想必就是這個男人。

馬守義平頭短髮，穿著黑色T恤，當他走動時，背部結實的肌肉在布料下方蠕動，被陽光烤成古銅色的皮膚，充分顯示他是長時間在陽光下工作的人。

馬守義帶他們上了一輛小汽車，叫真心坐後座，國棟坐在駕駛座旁邊，好像怕他會逃跑似的。

國棟不安的望著前方的擋風玻璃，不敢把頭稍微偏一偏，生怕跟馬守義的視線有接觸。

「我是物理系畢業的。」車子開動後，馬守義突然開口，把國棟嚇了一跳。

國棟轉頭看他，確定馬守義是在跟他說話。

「我家族代代是道士，但我從小就看不慣家族事業，在學校裡也不敢如實說出父親的職業，因為怕人家取笑。」馬守義突如其來的自白，令國棟卸下了心防，「但是，我真的看得到別人看不到的東西，人家說的抓鬼驅妖，是真實存在的。」

「你……是道士。」

「我是果農。」他馬上補充道：「道士是家業，對外，我的正業是果農。」

「那……我可以請問，為什麼我要來這裡嗎？」

「因為我要帶你們兩個去找一個人，那個人是我大學時代的同學，我是物理系，他是電機系。」

國棟越聽越迷糊了。

「他是出家人。」馬守義又補充道：「你們稱作和尚。」

「我明白什麼叫出家人。」國棟回頭望了真心一眼，她困惑的聳聳肩，表示她也不知道這回事，國棟只好支支吾吾的說：「所以，你們一個道士，一個出家人？」

馬守義點點頭：「我們兩系有共修科目，所以認識，他唸大學時就已經剃度了，他第一眼看到我，就識破我道士的身分了。」

國棟不作聲，等他說下去。

「下課後，他頂著光禿禿的頭來找我，我還奇怪找我有什麼事時，他就說：『你有守護神呢，請教你是什麼仙宗的？』嚇得我冷汗都出來了，才知道天外有天，人外有人。」

真心也好奇了：「師伯有守護神？」

「我們正式拜師的，又有如實修行的，大多有神明護體。」馬守義娓娓說道，「如果邪門外道，就不會有正神，而是妖鬼之類的隨身，正神是善的，妖鬼是互相利用的，人要借用他們的力量，他們則要奪取人的精氣。」

真心充滿期待的問道：「那麼師伯，我也應該有守護神吧？」

馬守義沉默了一下，才小心翼翼的說：「你的情況有點特別……」

「我也有跟吳媽媽修行……」

馬守義截道：「莊雪筠出現的第一天，你的姐姐很不舒服，你記得嗎？」

聽到雪筠的名字，國棟頓時全身緊繃。

「我記得，她從來不曾這樣子。」

「你姐姐在你身上看見了很特殊的事情，她不敢跟你說，怕嚇到你，滿月也看到了，她從來沒看過這種情形，所以才找我幫忙。」

李真心整個人背脊發寒：「她看到了什麼？」

馬守義甩甩頭：「很難形容，你的身體像萬花筒一樣變化，當莊雪筠出現時，你的身體變化更激烈，你姐姐就更難受了。她不是想嘔嗎？」

原來如此！他們一直沒告訴她！她現在才剛剛知道！

真心知道姐姐有天賦的特殊能力，這就是吳媽媽當初要收養她的理由。吳媽媽說過，她不想受婚姻束縛，只想好好修行，所以才收養孩子繼承衣缽，既然是為了繼承，當然要收養有天分的小孩，她可是逛了很多家孤兒院才找到姐姐真如的。

李真心很害怕，吳媽媽告訴了真心，張國棟跟她是何種關係，她知道自己也有危險的，但她不知道姐姐還在她身上看見過什麼？

「師伯，這代表什麼？是凶兆嗎？我會死嗎？」

「我不敢斷言，所以需要找另外一個人確認，到了，」他踩下煞車，小汽車頓了一下，停在一片年代久遠的紅磚牆前，「下車吧。」

老紅磚牆坐落在一片農田旁邊，門口停了一部中型貨車，大門旁掛了個小木牌，寫著：「藥食庵」。

進了門，卻見一片偌大的院落，各種蔬菜放了滿地，四、五個光頭男子在忙著包裝蔬菜，上身是灰色短袖僧袍，下身是半截褲，一位年紀較大的男子在指揮道：「包好的先上車，快開市了。」

馬守義上前道：「我找立行師。」

那指揮的男子兩手合十，行了個禮，指著院子內的磚屋道：「立行師在裡頭，您自便吧。」

看著僧人在整理蔬菜，似是準備要賣菜的模樣，國棟感到訝異，悄悄的問：「他們在做什麼？」

「小寺廟生存不易，立行法師想了個方法，自己種菜，一方面修行，一方面也可以把多的菜拿去批發，讓寺院有收入。」

磚屋內有位跟馬守義差不多年紀的出家人，正握著手機談話，見馬守義進來，先舉手打了個招呼，待他見到馬守義身邊的兩人時，他先是愣了一下，接著便一邊說話，一邊不時打量國棟和真心兩人。

國棟放眼四顧，只見屋內陳設簡單，中間是佛堂，供奉一尊佛和兩尊菩薩，他分辨不出是哪位佛菩薩。佛堂邊疊放著蒲團，有書架擺放佛經，紅磚地面看來是原本的農家就有的。

出家人關了手機，劈頭就對馬守義說：「守義，你是帶難題來的嗎？」

馬守義聳肩說：「我連題目都不知道呢。」

「你帶來的什麼人？」

「你告訴我呢？」

「呵，」立行師的眼神忽然變得很精明，洞穿人心似的掃視了國棟和真心一遍，「奇怪奇怪，這種怪事從來沒見過，真不可思議，我在想《經》上有沒有說過？《論》上有沒有提過？相對論有沒有暗示過？量子力學有沒有推論過？我猜你也想過了。」

「看來我們的想法差不多。」

國棟很受不了，忍不住問道：「究竟是怎麼回事？」

「簡而言之，」立行師說，「你跟這位女孩，是同一個人。」

真心皺緊了眉頭，屏息著盯住立行師，等待他說出與師伯相同的答案。

「呃不，」立行師趕忙搖搖手，「不是同一人，應該說，你，」他指著國棟，「是她的前世。」

高大極戴上乳膠手套，將鐵盒中的照片取出，一張張瀏覽時，鑑識人員遞來了一疊文件：「高老大，死者的身分文件。」有榮民證、郵局存摺、保險單，還有以前當兵時的泛黃證件，其中一張發黃得很嚴重的紙令高大極很在意，似乎是當兵時受教育的證件，上面有死者年輕時的照片，還寫著：「姓：胡／名：天雄／字：飛鵬」……

X＝7天雄

請教書先生吃了一袋菸之後，胡家瘦弱的男嬰有了個雄赳赳的名字：天雄。

生於赤貧的農村，胡家跟其他佃農一樣，憑著租來的瘠地過活。一年氣候好的話，收成尚可餬口，若是遇上天災水患，就祈望地主開恩了。

最可怕的還不是天災，這些年兵燹四起，全國動盪，萬一不幸行軍過境，可是連儲糧和種子都會被搜刮一空的。

胡天雄出生時，有一雙深沉的眼睛，會直盯著眼前的人，仔細的觀察，連產婆都曾被他的眼神嚇了一跳。

沒有人明白這小不點在想什麼。

沒有人瞭解他心中的痛苦。

他的身體瘦小，但他的意識曾經在亙古中流轉無數回合，累積了無窮記憶，只不過大部分都被閉鎖了，雖然記不起來，過去的種種習氣卻依然牽引著他這副新的軀體和新的腦袋。

比如說，他渴求知識，他想看書，但他所在的這個農家，唯一的紙張，只有貼在門檻兩旁殘破的紅色春聯。

他觀察周圍的人，因為他有口難言，他想大聲吶喊：「我是李飛鵬！」可他深深明白這不是聰明的舉動，有可能讓他被當成怪物，甚至很有機會被溺死。

另一方面，他的父親希望生下一個健壯的男孩，可以幫忙下田，不過令胡家失望的是，這嬰孩未來可能不只幫不上忙，還可能夭折。

嬰兒漸漸長大成男孩時，開始慢慢顯示他對知識的慾望，他非常小心的不讓自己一次展現太多。

首先，一歲時，他蹣跚的走到家門口，用細嫩的手指指住對聯，盡力發出清楚的聲音：「大……地……回……春……」這可把他媽嚇得暈眩，她大字不識一個，連忙把進過學的鄰家表親找來。

「這沒學過字的孩子，怎曉得認字？」

「怕是聽別人唸過吧？」

為了表示他不是僥倖的，胡天雄蹲在家中的泥土地面，拿了塊有稜角的小石塊，在泥地上慢慢的寫了個字：「鵬」，筆劃多又複雜。

他表親也愣住了，訝然道：「是大鵬金翅鳥的『鵬』字！」筆劃這麼多，他那識字的表親本身也得描個老半天的。

「岳飛那個大鵬金翅鳥嗎？」他媽沒讀過書，野臺戲倒是看過幾齣。

胡天雄覺得他們太吃驚了，他做太多了，所以又開始假裝什麼也不懂。

其實，他心裡最期望知道的是：現在是哪一年？

他有聽家裡人說過，不過都是干支紀時，他沒有手機可以查google、沒有手冊可以換算成西方紀年。

隨著年紀長大，兩腿可以走到更遠的地方去了，他開始留神誰家裡有書，誰有學問的，好讓他瞭解這是什麼地方，除了知道這地方叫胡家溝之外，他實際上一無所知。

但他也發覺，他對過往的記憶漸漸模糊，有時得挺費勁才想得起來。不知是不是因為太少用腦了，過去每天在思考的鑑識證據，涵蓋物理、化學、生物、心理的所有範圍，在美國進修而能夠用英文寫論文甚至直接口譯，現在呢？每天的生活只剩下吃喝拉撒，從來沒有飽過的肚子令他只剩下最原始的慾望，他連李飛鵬這個名字都快忘記了。

「寫下來！」他拿了燒焦的木頭，在家中各個角落的泥牆、木柱、桌底寫下這個名字，提防自己忘掉。

當他找到一塊廢棄的小木片時，他找了尖銳的石頭，把這個名字粗淺的刻在上面，每天刻深一些，好讓那三個字永遠不會從木片上消失。

四歲時，他終於把李飛鵬的名字完全忘記。

但他依然把木片攜帶在身上，彷彿是一樣很重要不能忘的事物，即使他再也想不起來為什麼那麼重要。

十歲那年，父親也曾考慮過給他上學，說不定家裡出個讀書人是好事。但在詢問了學費之後，父親還是放棄了：「我大概要把你妹賣掉才付得起第一年的學費，說不定你書還沒唸完，連你弟也餓死了。」

他弟比他小五歲，卻比他健壯，小小年紀已經能幹許多粗活，很是幫得上家裡的忙，令他覺得自己很沒用，在家中很沒有存在的價值。

打從他小時候，就聽說外面有戰爭，爸爸說，爺爺那一代的戰爭，大家把辮子剪了，唯有爺爺不剪，因為戰爭一直沒止息，北邊打了到南邊打，南邊打了到北邊打，然後南北也互打起來了，爺爺說，世局變化莫測，說不準哪一天又得留上辮子，所以還是不剪的好。

十六歲那年，村子裡出現兵了。

他們穿著蓬鬆的衣服，像狼群在覓食般大剌剌的穿過村子，隨手拿走看到的東西。沒人敢出言反抗，再有勇氣的人，也不能對行軍肩上明晃晃的刺刀有意見，犯不著害了自己性命，反正忍一忍就過去了。

胡天雄在路邊傻愣愣的看著軍隊，他從沒見過這種服裝，更甭說他們肩上掛著的步槍。他兀自發呆的當兒，霎地眼前一黑，呼吸一緊，頭顱被人給套上了麻布袋，就被行軍大隊給拉了去了，從此再沒回過家。

說不定，少了他，對家裡而言是更好的事。

經歷了長久的生命，看著世界的迅速變化，很難想像小時候住過沒電力沒自來水的村子，也很難想像曾經長途行軍，在樹林或河邊露宿的日子，年老的他有一房一床，覺得很是滿足了。

當手機在二十世紀的最後幾年普及化時，他是同僚中最快學會使用的，就像他老早就會用了一般。

當智能手機出現時，他也很快能夠從按鈕手機切換成感應式螢幕手機，他立刻上手，對科技的神乎其技一點兒也不感到驚訝。

然後，他的生命在一個寒冬的星期日晚上毫無預警的中止。

幾個小時後，警方人員進入了他的棲身處，翻找他被殘暴殺死的線索。

刑警隊長高大極接過鑑識人員找到的死者證件時，已然覺得很詭異，這位死者是個退役老兵，他過去陳舊的證件上竟有古時候進學才有的「字」，寫明他名「天雄」、字「飛鵬」，跟高大極昨天剛遇害的老朋友同名。

接著，他在胡天雄的鐵盒中取出一疊照片，最上面的是最新的，最下面的已經泛黃起皺。

但在所有的照片下方，尚有一塊老舊發黑的木牌，大約有半面手掌心大小。

木牌上深深的刻了三個字。

高大極拎起木牌，兩眉擠得緊得不能再緊。

上面是他老朋友的姓名「李飛鵬」。

高大極不禁有點頭暈，或許是因為剛才外頭的空氣又乾又寒冷，或許是因為房子太不通風，又彌漫著濃濃的血腥氣味。

他把照片依序排在桌上，他猜想照片是有順序的，是依照年份排列的，現在證明沒錯，照片很清楚強調了它的順序：每一張照片都有三個人，每一張都有死者胡天雄，而且每一張的兩個年輕人，下一張必定會出現其中一人。

高大極思索了一下之後，邀請等在門外的命案發現者進來，跟他一起觀看照片。

「你認得這些人嗎？」他問晨跑婦人。

婦人馬上指著最新的一張照片：「這就是小筠呀，我昨天發現的死者。」

「這些人都是社工？」

婦人點點頭：「有一張還是我幫忙拍的，胡伯伯在社工交接時，拍來當成紀念的。」

高大極把照片掃視一遍，瀏覽上面的每一個人，看著胡天雄衰老的臉上的皺紋漸漸減少，當他的視線經過了五、六張照片時，忽然停住了。

「這個人，」他指著那張變色的照片，「也是莊雪筠嗎？」

「咦？」婦人垂下頭看，但看不清楚，她只好把照片拿起，湊近眼睛，「感覺挺像的，臉又不太像，但是……」

「但是不是，」高大極把照片抽回來，擺回行列之中，沒錯，不是，服裝的時代不同，而且，這女子只在行列中出現過一次，跟莊雪筠一樣，而非像其他人一般的兩次，這表示……「沒有交接，發生了什麼事？」莫非這女孩跟莊雪筠一樣，忽然中斷了生命嗎？

照片中的胡天雄一臉敦厚，想露出笑容卻極力保持嚴肅的表情。高大極盯著照片中的胡天雄，低聲說：「告訴我，發生了什麼事？」

「我是她的前世？」國棟幾乎要叫喊出來了。

這位出家人肯定是瘋了，姑且別說前不前世，即使真有前世，也得要他死了才有可能發生輪迴吧？

「我也很驚訝。」立行師父攤開兩臂，一副無可奈何的表情，「但我看不出還有其他可能。」他轉頭向馬守義揚了揚眉，徵求他的意見。

馬守義接腔道：「開始時，我還在想是不是三魂七魄？你知道的，道家說人有三魂……」

立行師搖搖手，對國棟說：「佛家沒這個說法，佛家說神識，能夠輪迴流轉的，就是那個神識。」

「不是靈魂嗎？」國棟困惑的問。

立行師很快回答：「靈魂是另一個概念，靈魂是說你死了還是你，但神識是你死了就不是你了。」

馬守義截道：「不需要解釋那麼多，他也沒時間去弄明白定義了。」他轉頭對國棟正色道：「總之，道家說人有三魂是精神，七魄是肉體，有些人會有一魂出竅，人稱分身。而我當初以為你們是我從來沒見過的現象，也就是：三魂分別在三個身體，畢竟你跟莊雪筠和李真心的年齡相近。」

「什……什麼？什麼意思？」國棟更錯愕了。

「不僅僅你是真心的前世，莊雪筠也是你的前世。」

國棟感到腦猛晃了一下，意識也模糊了一下。忽然之間，他感到他寧願坐在教室中，忘掉雪筠，專心唸完大學，找一份工作，然後平凡無奇的過完人生。

「哼，你們一群瘋子，」國棟的嘴唇瞬間蒼白，聲音顫抖，「憑什麼亂說？我要回去了，你們害我蹺課，我要回去了。」

「回去你會死。」馬守義冷冷的說。

「會嗎？」立行師好奇了，「為什麼？發生了什麼事？」

「有人在殺他們，一個接一個。」

「你看到的嗎？」

「我去查過了。」

張國棟呼吸急促，連講話都口吃了：「什……你查過，你去哪裡查？」

馬守義表情冷峻的瞪住國棟：「告訴你也沒用，我去的不是人間的地方，說的不是人間的事，立行師父明白，真心她明白，只有你不容易明白，說了你反而有障礙。現在你只需要關心一件事：你想不想活下去？」

立行師看見馬守義和張國棟有點僵，他於是拍拍手：「你們都請坐，先去旁邊拿個蒲團坐下，我去外面交代一下就回來。」

李真心趕忙去取蒲團放在地面，拉著國棟坐下，當她碰到國棟的手掌時，感到它冰冷無比，還濕濕的泌了一層汗水。

「好了，」立行師再度走進來時，又拍了拍手，像要把塵埃拍掉似的，「守義，告訴我細節吧。」

馬守義從褲袋取出皮夾，再從皮夾中取出一張折好的紙，將紙遞給立行師：「這些名字，是我查了三個月才查出來的。」

立行師把紙接過來：「辛苦你了，夜晚要做這些事，應該挺累的吧？」他打開紙張，舉在眼前，神情嚴肅的細看上面的名字。

早晨的強光穿入宅門，透過紙張，讓國棟瞧見紙張從上到下列了一排名字，他默默數了數，有九個。

立行師從紙張背後抬起頭：「你是張國棟？」國棟先是慌了一下，隨即點點頭。

立行師又轉頭問：「你是李真心？」真心緩緩點頭。

然後，他把視線停在馬守義身上：「守義，這位馬玄祐是……？」

馬守義眼睫低垂，深深吸了口氣，再輕輕的嘆出來：「我兒子。」

李真心吃驚的望著他：「師伯……？」

馬守義的臉孔更加緊繃了：「他不在人世……很久了。」

「我有聽吳媽媽說過。」

立行師打斷他們：「現在不是敘舊的時候，守義你不是說事情緊急嗎？你不是來找我幫忙的嗎？」

「是，對不起。」馬守義從情緒混亂中回過神來。

他雙眼半合，調節呼吸，淺淺吸氣，冗長吐氣，令身心整個安頓，回復他一往的鎮靜和理性。

「我先把整件事說一遍。」他從李真如的不舒服開始，接著真如看到真心的裂解現象，然後莊雪筠就出現了，「那女孩一出現，真如就更不舒服，所以滿月才會叫我過去瞧瞧。」他也在真心身上見到裂解的現象，尤其莊雪筠在場時，裂解現象特別強烈。

「若是鬼妖，我不難察覺。」馬守義說。

立行師頷首道：「你是行家。」

「可這非鬼非妖……」馬守義繼續說到莊雪筠想問前世，「她說她的前世是一個叫溫美儀的人，死在十九年前，正好在她出生前一天。」

立行師垂頭看了一眼手上的紙，指著第一個名字：「溫美儀，那麼這個是遵照時間線的。」

馬守義說到莊雪筠後來進行過數回觀落陰，一直沒辦法看到代表元神的花樹，一直到最後一次。「她進入了從來沒進入過的地方，前所未有的順利，而且令我們驚奇的是，她看到一大叢花樹，非常巨大，」說到這裡，馬守義變得臉色慘白，他深吸了一口氣，才繼續說下去：「當時，我們沒有立刻弄明白它的意思。」

莊雪筠移近花樹後，發覺那並不是一棵樹，而是好幾棵花樹盤根錯節、枝葉交纏的聚在一起，包圍著中間一棵看來扭曲猙獰、顯然比四周其他樹還來得矮的樹，但它沒有花朵。

吳滿月問她，有沒有看見寫了自己名字的樹？她看到了，其中一棵樹上的確刻了她的名字，但是，周圍糾纏在一塊兒的樹叢們，還分別刻上了其他人的名字。

她將她所看到的名字逐一讀出給吳滿月聽。

「滿月不能接受，她害怕了，她大叫說莊雪筠騙她，然後莊雪筠受到驚嚇，逃跑了。」言畢，馬守義直視著立行師，等待他消化剛才的話，而立行師低頭半合著眼，似在沉思。

張國棟在一旁恍然道：「小筠告訴過我這件事……原來是這樣呀。」

「所以，」立行師抬起頭，「莊雪筠還沒……離開？還沒退出嗎？」

真心聽了立行師的話，頓時恍然大悟，不禁驚呼了一聲。

「沒有，」馬守義緩慢而有力的搖首，「滿月來不及唸咒讓她退出，我們打了好幾通電話，莊雪筠都沒接，所以，她一定是仍在……」

「有一半逗留在那個世界。」立行師瞭解的用力點頭，「說不定，她知道所有的事。」

林重的手機關了靜音，他聽到手機在震動，有訊息在進來，但他沒理會，專心在翻看莊雪筠房中的書本，直到手機震動了太多次，他才猛然想起有拜託另一分局的弟兄幫忙查找溫美儀的車禍案件，趕忙拿起手機來，看看是誰在勤快的聯絡他。

結果是高老大，傳了一堆圖片給他。

是一個老人，跟兩個年輕人的合照，每張都是兩個不同的年輕人……林重用一隻拇指在電話螢幕上滑動，快速的瀏覽照片，忽然間，一張臉掠過，他趕忙把照片滑回去，仔細看清楚。

「溫美儀。」他喃喃自語。

林重把車禍的剪報攤平在床上，拍一張整張的，再拍一張報章上的女死者近照，立刻傳給高大極，然後繼續看書，等待高大極的反應。

高大極很快回電了。

「老大。」林重火速接起電話。

但是，電話另一端的高大極卻不出聲。

「老大，」林重自己招認了，「我現在正在昨天的死者莊雪筠租屋的房間，她有很多書，這張剪報是夾在她記事本中的。」

高大極嘆了一口氣：「又有屍體了，應該是昨晚被殺害的，退役老兵，被人重擊頭部，頭顱碎裂，那些是歷年探訪他的社工合照。」

林重心念一動：「他叫什麼名字？」

「胡天雄，胡說八道的胡、天空的天、英雄的雄。」

林重的胸口緊繃了一下：「我見過這名字，就在昨晚，我去觀落陰……」

高大極馬上打斷他的話頭：「聽好了，小林，我不想理解、也不想知道你的偵查方法，只要能讓我們逮到兇手就行。」

林重明白高大極不想聽。「嗯，謝謝老大。」

「不過，你想必也明白，這些都不能寫進報告。」

「我明白的，老大。」

「你需要放幾天假？」

「我不敢說，先拿兩天吧。」

「好，盡速給我一個名字。」

高大極關上電話後，林重回想他剛才在電話中聽到的聲音，不嘈雜的環境，有一點回音，應該是在一個面積不大的房子裡頭。

他還抓不到莊雪筠的思路，不知道她在想些什麼。

但他知道有一個人可以為他提供協助。

他撥了一個電話：「我是昨晚去拜訪的刑警，我現在正在莊雪筠租屋的地方，你能不能過來一趟？馬上。」

對方沒猶豫多久就答應他了。

不到一個小時，林重接到手機：「我們來了。」他即刻步出莊雪筠的房間，穿過共用的客廳，去打開鐵閘門。

吳滿月和李真如站在門外。

林重打開門之後，吳滿月先是遲疑片刻，警戒的站在門外，像獵犬一般仰首環顧一遍了，又平平掃視一遍客廳，才步入房子。

「你有感覺到什麼？」林重不禁好奇的問。

「很令我驚訝的，沒有。」吳滿月語氣中也有少許失望，「你呢？」她轉頭問真如。

李真如也搖搖頭：「很奇特的，什麼也沒剩下，平常至少都會留下一些訊息的。」

「或許因為她已經不在了吧，」吳滿月兀自呢喃道：「徹底的不在了。」

他們三個人一進入莊雪筠的房間，房間立刻顯得十分窄小，根本寸步難移，林重只好退出房間，讓她們去檢查。

李真如東張西望了一下，一見到雪筠的小背包，立刻拿起來拉開拉鍊，翻找了一會，便取出一本記事本。林重揚了揚眉，他知道這本是他剛才翻過的記事本。

李真如將記事本翻了翻，突然眼前一亮，趕忙把記事本遞給吳滿月看。

「什麼？」林重不禁心跳加快，莫非她們看出了什麼他看不出的東西？

吳滿月皺了皺眉頭：「她怎麼知道？」

「什麼事呀？」林重急了。

吳滿月把記事本遞過去，是剛才林重看過的——雪筠原本計畫在死後一個月的行程。

「有什麼問題嗎？」他真的沒看懂。

「今天，莊雪筠寫著她要去哪裡？」吳滿月指著記事本翻開的那一頁。

林重瞄了一眼：「她沒預料自己會死，她可以計畫去任何地方。」

「不，」吳滿月搖搖頭，「我現在可以告訴你，你昨晚的同伴其實是被我的另一個女兒……」吳滿月把大拇指向李真如，「她的妹妹帶走了。」

「什麼?!」林重睜大眼睛，一時要冒火。

「她帶他去避禍，我們是要救他的命。」吳滿月正色道，「而他們所去的，正是這個地方。」她用力點著記事本上，用大圈圈和大問號包圍的「雲林」兩字，「莊雪筠怎麼會在同一個日期寫下這個地方？我們是昨晚才決定的呢！」

一時之間，三個人僵住不說話了。

林重打破了沉默：「你們究竟還知道多少？」

「交換。」吳滿月堅定的說，「我想我們的目的一致，我不想再有人死，你也想逮到兇手，所以，交換，怎樣？」

林重舔了舔嘴唇：「我願意接受你的條件，我們交換，你帶我去觀落陰，我告訴你所看見的一切，你也要告訴我，所有你知道的事，不管我相信或不相信。」

「事實上，」吳媽媽笑著說，「有很多事，我還需要你告訴我呢。」

「小筠知道什麼事？」張國棟不明白他們在打什麼啞謎，忍不住站立起來，俯視著大家。

馬守義拍拍他的腿，叫他坐下：「我這次找老同學幫忙，但是我事前沒告訴他發生了什麼事，我想借助他的智慧，來印證我的想法正不正確。」

「那麼請你直說吧！」張國棟焦慮了。

「好，輪迴、轉世、投胎，這些我不用說明了吧？」

張國棟搖搖頭。

「好，人死了，或其他動物死了，神識都會離開死亡的身體，再度進入另一副肉體，以另一個身分生活下去。」馬守義說，「這當然有順序的先後，例如A死了投胎成為B，B死了之後投胎成為C。」

「明白。」

「所以，ABC是照著順序發生的，A是B的因，B是A的果，這叫因果，立行，我有沒有用錯『因果』這個名詞？」

「還可以。」立行師輕輕頓了頓首。

「可是，萬一，你聽清楚了，」馬守義嚥了嚥口水，神情有點興奮，「ABC依照順序，但不依照時間線發生呢？」

張國棟蹙眉：「什麼意思？」

「如果A在今天死了，投胎去十年前呢？這有沒有可能會發生？如果B是A的下一世而在A死前十年出生，那他們會不會有機會碰面？」

國棟驚愕的脫口而出：「荒謬。」

「荒謬嗎？」立行師插嘴了：「我們首先要問：時間是什麼？告訴我一個定義。」

「時間是……呃，時間的前進，就是時間。不，時間的流動……」國棟搜索他腦袋中的所有知識，完全找不到回答的方法。

「你不能用時間去解釋時間，不能用自己去解釋自己，這叫『循環論證』不是嗎？」

國棟無言了：「那你告訴我，時間是什麼？」

「基本上，連『時間是什麼』這個命題也不能成立，你能用許多方法形容它，但你無法去真的定義它。」立行師眼神凌厲，很肯定的說道，「我只能告訴你：『時間是一種錯覺』。」

國棟用力甩手，不服氣的說：「辯論我一定沒你行，你是專業的，哲學我也沒讀過，好，就像你說的好了，這位李小姐是我投胎的，我是小筠投胎的，那又如何？」

馬守義舉起手，表示輪到他說了：「我費了很多工夫，把你的前世和未來世逐一查出來，列成一份名單，你們──你們也是你，都是你──生活的時間有許多重疊，生活的地點又很靠近，這種情況很詭異也很特殊，一定有原因，雖然我不知道原因。」他喘了一口氣，繼續說：「問題是，名單上的九個人，已經死了六個，而且有四位是在昨天和前天密集被殺害的！」

霎時間，國棟背脊發寒，彷彿被丟進冰水，彷彿死亡已經包圍了他。

性命攸關，這才是最切身的問題！

國棟顫抖著聲音問道：「不只是小筠……莊雪筠？」

馬守義搖頭：「而且，是順著順序，依照你／你們的投胎順序來殺害的。」他把名單從立行師手中取回來，遞給國棟。

國棟手心的冷汗浸透了紙張，他的視線不敢馬上接觸到名單上的名字，他覺得自己需要心理準備。

「那麼，你知道為什麼……他們會被殺嗎？」

「不知道，」馬守義屏著息說，「不過有一件事我敢肯定的說……」

李真心也感到渾身發冷，開始不由自主的一陣陣哆嗦。

馬守義逐字清楚的說：「殺你的前世的人，是你的未來世。」

吳滿月囑咐李真如關上閘門，在樓下貼上一張紅紙，寫著：「今日有私事不便問事，請明日來電聯絡，敬請見諒。」並拔掉電話線，關了手機，接著燃香佈陣，準備好一切手續後，李真如拿了一條紅巾，裡面放了一張用朱砂寫了黃紙的符咒，拿到端坐在塑膠椅的林重面前：「準備好了嗎？」

林重點點頭，真如於是將附了黃符的紅巾綁在他眼睛上。

林重聽到有走動的聲音，他猜想是神婆吳滿月在走步，他們在儀式中專門使用、被稱為「罡步」之類的舞步，然後是一連串的咒文。隨著吳滿月的步伐，咒文像一條帶子般環繞著林重飄動，將他包圍於結界之中，將他與周遭的時空隔離。

一道細風衝向他的額頭，他感到眉間被一根濕濕的指頭點了一下，頃刻之間，被紅布遮蔽的視線霍然開朗，他又再度置身於樹林之中，站在林徑之上，遙遙望著那片猙獰的樹叢。

「這次好快……」林重忖著。

這次，他目標明確，完全知道自己該做什麼，他拔腿跑向那個樹叢，遠處的樹叢恍若滿頭小蛇的妖怪，默默迎接他的到來。

「你看到什麼了？」耳邊傳來吳滿月的聲音，雖然看不見人影，但他知道神婆就正在他身邊，心裡很是安心。

他一邊奔跑，一邊描述所見到的景象。

「你在跑嗎？」

她怎麼知道？

「你說話會喘。」

他知道他其實是坐在椅子上，但奔跑的感覺過於真實，有重力的傳動、有陰涼的風聲、有泥土和樹葉的氣味、有奔跑時喉嚨的乾澀……他的五感告訴他同時在坐著，也同時在跑路。

他到達樹叢了。

「有幾棵樹？」

不容易計算，因為枒杈繁多、錯綜交纏，很難分辨哪一棵是哪一棵。

他彎下身子，留意主幹伸出泥土的部分，跟上次一樣，主幹在接近根部的部位有名字，有的樹身焦黑，名字難辨，有的矮樹依舊生機盎然，名字十分清晰。

但他記得昨天有些樹只剩下一小段枝幹，今天卻恢復了完整的雜枝，雖然依舊一片焦黑，卻比昨晚更茂密，樹枝之間幾乎沒有多少縫隙。

他乾脆先不計算樹木，直接唸出來，只要唸完，就是數完了。他唸出眼前那棵完好的樹幹上的姓名：「李真心！」

他聽到吳滿月沉重的吸了一口氣，語氣頓時有些哽塞了：「還有呢？」

焦黑的樹幹上，隱約有個不完整的字：「雄，半個『雄』字，我昨晚看過，應該是胡天雄沒錯。」

「很好。」

又一個不清楚的，但焦黑的樹身看起來年代久遠，更為乾枯：「應該是個『美』字，只有上半部，旁邊也是一半……」林重用手指比劃出「汨羊佯」三個字：「溫美儀！莊雪筠剪報上的人！」

「很好。」

下一棵樹，林重突然沉默了。

樹幹彷彿被猛獸磨過利爪一般，寸寸撕裂，溢出的樹汁乾涸了，結成一條條硬硬的黃色固體，遮住了部分名字，但他很容易判斷：「石曉柔。」這名字令他窒息，眼睛熱了一下。

原來曉柔姓石。

警察的訓練令他很快恢復警覺。

下一棵樹是活的，第二個字的筆畫又多又重疊，他花了點時間才看得出來：「方瞬！」

接下來的樹結了一層黴菌似的白霜，粉粉的外層透出陣陣冰冷，在迫近根部的地方，只露出下半部的字：「壯彗均……不，是莊雪筠。」

莊雪筠的樹是如此特別，冷若冰霜的傲立在群樹之中。

接下來的名字是他認得的：「張國棟！」樹仍是活的，很好。

「很好，有七個人了。」

接著的一棵樹，主幹壯碩，彷彿在營養豐富的土地上生長了很長的時間，但枝幹發黑，整棵樹像蒙上了一層薄霧。

林重清楚的看到「飛朋」的字眼：「李飛鵬。」他很尊敬這位老長輩，李飛鵬是警界的傳奇，是許多懸案的破解人，他不應該用這種方法死去。

他發覺自己已經繞了一個圈子，原來這些樹圍成一個圓圈，眼前的最後一棵樹乾枯焦黃，長得特別矮小，像個低頭認錯的小孩。

「這個不太清楚，」林重說，「馬，應該姓馬，我看不出這些殘餘的筆畫還可能是另一個字，第二個是『玄』，玄妙的玄，第三個只有邊，是示字旁吧……？」

「等等，馬玄？」吳滿月緊閉嘴唇，思考了一下，「我可能知道是誰……下一棵呢？」

「沒有了，又回到李真心了，它們圍成一圈，我剛剛就兜了一圈。」

「那麼，有九個名字，其中三棵樹是活的，對吧？」

「等等！」

「怎麼？」

「還有一棵！被包在中間！」中間的那棵樹有著不尋常的血紅色，枝葉特別繁密，它隱藏在所有樹的背後，要不是最後一棵樹特別矮小，令他可以看到後方，林重也不會輕易發覺這棵樹的存在。

是的，他想起來了，昨晚有幾棵四周的矮樹燒得只剩下根部，令他看得見那棵紅樹，今天周圍的樹叢變得茂密，把紅樹擋住了。

「我必須進去裡面，才能看到名字。」林重說，「我必須折斷樹枝才進得去，我能折斷樹枝嗎？會影響本人嗎？」

「會影響，你說得沒錯。」吳滿月很高興林重是個細心的人。

「那棵樹很奇怪，紅得像鮮血，樹枝是軟的，很像章魚觸手一樣在慢慢扭動，又很像會呼吸，我甚至感覺到它有心跳，」林重仔細的描述，「你覺得是怎麼一回事？」

吳滿月老實回道：「我不知道，我也沒聽說過這種狀況。沒有空位可以進去嗎？」

「我試試……」林重跪下來，盡量彎低身子，試圖從樹叢下方窺見裡面那棵紅樹的根部有沒有字體。

不行，看不見。

他繞著樹叢爬行，想方設法從緊密的樹枝縫隙間找到紅樹上的名字。

忽然，他聞到一絲焦臭味，像潮濕的木頭被燃燒，似乎剛剛有星火點燃了一小片木屑。

他趕忙抬起頭，沒見到動靜。

他站起來，引頸查看，果然有一縷輕煙從樹叢中升起！

他匆匆繞過去，想看清楚是哪一棵樹時，轟的一聲，衝起一股熊熊烈焰。

「天啊！燒起來了！」

「哪一棵？」吳滿月大吃一驚，全身登時緊繃起來。

「太熱了！靠近不了！」林重大聲嚷道，他聽見自己的聲音像要被火焰吞噬了，只好大聲說話。

奇怪的是，燃燒那棵樹的火焰十分旺盛，卻完全不會傷及旁邊的樹。

或許那把火並不是真正的火！

林重放膽接近，小心翼翼的把手掌伸向火舌。

「天啊！」他驚嘆，火是渾重而冰冷的，充滿了濃烈的死亡氣息，寒冷得如利針穿透皮膚，彷彿血液都會在微血管中結成冰晶。與此同時，大量的訊息經由冷焰傳入，流經他的神識，一幕幕的時間瞬間掠過他的意識。

他想抽手，因為危險。

他不想抽手，因為他知道那不是真正的手，他很想知道更多資訊，更多資訊！他知道他已經接近了！

「警察先生！發生什麼事了?!」吳滿月的聲音在耳邊，但他故意忽略。

「林先生！林先生！」李真如的聲音在耳邊，他毫不在乎。

吳滿月急了，她扯開林重臉上的紅巾，觀看他的眼睛。

林重的瞳孔完全洞開，深邃而黑暗，彷彿可以通往另一個世界。

方瞬張開眼睛時，天色已經全黑了，卻發覺全身無法動彈。

他坐在飯廳的木椅上，雙手被反綁在椅背，雙腳被綁著，他低著頭，只見連腰部也被堅韌的尼龍繩纏繞，只剩脖子能夠轉動。

方瞬抬頭，看見媽媽也被用相同方式綁起來，方瞬可以看見她低垂的頭上，太陽穴有乾涸的血塊，媽媽的腹部仍在呼吸起伏，說明她還活著。

背後有窸窣聲，有人在他背後！那人肯定就是攻擊媽媽的人！但他轉不到頭，看不見對方的真面目，剛才那人衝進來時一團混亂，他的記憶還來不及將那人的臉孔烙印下來，但他記得那人有些駝背，從身形看來，是個男人。

「叔叔，」方瞬鼓起勇氣對那人說話，「你是來搶劫的嗎？我們家沒錢，你放了我們好嗎？」

那人沉默了一會，才開口說話：「你知道你媽媽打算做什麼嗎？」果然是個男人，聲音沉沉挺好聽的。

方瞬繼續說：「爸爸欠人很多錢，失蹤很久了，媽媽今天剛剛知道他死了，我們家實在是沒錢的。」

「你媽媽打算帶你一起自殺。」

那人說得太直白，直接擊中他的心坎，方瞬一聽，累積多時的淚水忽然盈出眼眶。

忽然之間，他開始痛恨這個世界，他恨他們把他帶來這個世界，然後把痛苦填塞到他的身上，最後居然還要殺了他！

那人繼續冷淡的說：「但是，你不應該是用這個方式死去的。」

難道這個人想要安慰他，說他年紀還小，人生還長，未來還有光明前途之類的嗎？不，如果是這樣，不應該會把他綁起來的。究竟這男人是誰？有什麼目的？

「而且，還不到你死的時候。」

「叔叔，你到底來我家有什麼事？」方瞬更加不安了，這人究竟在說什麼啊？

那人不再說話，走去打開電視，轉台去卡通台，那是方瞬每次想看而媽媽不給看的，聽到電視的聲音響起，他好想看！可是他沒辦法轉頭。

隨著時間過去，他的意志慢慢被消磨，他看著眼前的媽媽依然垂著頭，看著她依然在平穩的呼吸，他口乾想喝水，又尿急想上廁所，卻不敢出聲。

終於，那人關了電視，走去廚房倒了一杯水，從後面遞給他：「不准回頭！」他把杯緣抵住方瞬的嘴巴，讓他慢慢把水喝進去，當涼水流進他的喉嚨時，他心中實在是不勝感激！

「好了，先去上個廁所，我要帶你離開了。」那人解開他腰部和腳踝的繩子，把他從椅子上扶起來，當他站起來時，整條大腿瞬間又痛又麻，他叫了一聲。

「怎麼？」

「腳很痛，麻了。」

「你站著一下。」那人解開他反綁在背後的雙手，很快走到他旁邊，將他兩手綁在前面。那人戴了黑眼鏡，始終微微駝著背，撇開著臉，不讓方瞬看清他的臉。「好了，你的腿怎樣？」

「比較好了。」

那人推他一把，要他走去廁所。

「你說離開，你要帶我去哪裡？」方瞬緊張兮兮的問他。

突然，那人像受到了驚嚇般整個跳起，口中發出殺豬似的慘叫聲，整張臉痛苦的擠成一團，然後拚命的反手去抓背後，像要把什麼從背後趕下來。

方瞬嚇呆了，根本沒想到可以乘機逃走，他想看看發生了什麼事。

那人快速的脫下外套，再脫下T恤，整個人抱胸跪到地面，方瞬這才吃驚的看到，那人背部是一整片猙獰的恐怖皮膚，像一片紅黑色的皮革，有無數隆起的堅硬小泡泡，恍若廣東燒肉上那塊被火烤過的硬皮。

他咬緊牙關，豆大的冷汗不停從額頭冒出，背上的硬皮漸漸發出細微的絲絲聲，竟開始冒出水蒸氣，硬皮上的泡泡紛紛破裂，血液滾沸，噴出灼熱的水氣，在那人的背上形成一片血色的雲霧。

但是方瞬更吃驚的是，那人的背部並沒變得更糟糕，他粗糙的皮膚竟一點一點變得光滑，每破開一個小泡泡，每噴出一點水氣，就有一小點的皮膚恢復肉色。

當霧氣散去後，他的背部已如嬰兒的肌膚般白嫩，光滑得連一點瑕疵也沒有。

那人緩緩站起，卻不再弓著背，僵硬的背部已經釋放，有生以來，他第一次挺直腰，讓自己可以背部直直的佇立著，連視線都提高了幾公分。

他把手伸到背後，撫摸全新的柔滑肌膚，面色狂喜：「張國棟死了！」

「藥食庵」的出家人自力更生，自己種菜自己吃。創辦人立行法師年少出家，後來還考進大學電機系，結識了果農家庭的馬守義，對農業發生興趣，於是動念想要仿效百丈懷海禪師的農禪合一，「一日不作，一日不食」。

立行法師天資聰穎，經營得法，以他的電機專長設計菜園灌溉和管理系統，又利用環保堆肥法減少肥料成本，使這片只能種花生和蒜頭的土地種出多種果菜，種出來的菜自己吃不完，還可以銷售，令藥食庵即使不靠信眾捐款，也能存活。

忙碌的農事一直到午後才完畢，立行師請大家用了遲來的午齋，之後就是庵中僧人的修行時間了。

張國棟沒事可做，在庵中走來走去。馬守義告訴他在這裡待幾天，等風波平息了再回去上課，如果成功，待他們找出兇手，一切就解決了。

「你們怎樣找到兇手？」

馬守義蹙眉望著他許久，甩甩頭道：「待法師今天的功課完畢了，我們今晚會好好討論，你在旁邊聽聽就懂了。」

張國棟當然不會滿足於這種回答，於是跑去問李真心。

李真心告訴他：「其實我也不是挺瞭解，吳媽媽從來不說清楚，她說如果未到境界就談這些事，心裡產生了疑惑，會對修行產生障礙。」

「我又沒要修行，你把知道的告訴我吧。」

她想了想才說：「就是人家說有專門『司命』——也就是管理命運的單位——在天庭或地府都有，每個人的一生善惡都有紀錄，師伯應該是出元神去查的，通常他都查得很快，你……我們的這一件事，他特別的難查。」

果真容易心生疑惑，張國棟一聽李真心的說法，心想這豈不是六十年代老電影的神怪橋段？現在根本就不演這些了，會被人笑的。

不過如果放寬來想，說不定以前寫下那些橋段的人，其實是對這些人士的行徑有所耳聞，才會寫進劇本裡頭的。

李真心見國棟沒抗拒，就繼續說了：「你不妨想像一下，如果每個人有一本名冊，那個人死了之後，名冊先送去地府做審判的參考，投胎之後又歸檔去活人的部門，但是我們，」她指了指國棟，又指指自己，「是同一個神識的幾個輪迴身分，生存在同一個時間，那麼名冊該歸去哪裡呢？」

張國棟試著接受她的說法，腦袋中也跑出了一些想法：「我看過科幻小說，當一個人回到過去，遇見以前的自己時，不可以去碰另一個自己，因為不同時間的同一個人不應該同時存在，否則兩個自己都會毀滅的。」

李真心睜大眼睛：「有這種說法？」

「你看，」張國棟伸手碰了碰她，「沒事。」

「你說的是物質宇宙的現象，」馬守義一出聲，把兩人都嚇了一大跳，原來他剛才一直都站在旁邊聆聽，「可是現在不是物質的，而是神識的、是靈界的。」

「師伯。」李真心恭敬的微微鞠了個躬。

「好吧，如果說李真心是我的下一世，」張國棟仍然不肯屈服，他問真心：「那你有見過你的前世嗎？如果你知道你的前世，那你一定知道我的事了，至少你會記得我是怎麼樣死的吧？你不是告訴過我嗎？」

真心搖頭：「那不是我看見的，是師伯說的。」她哀愁的說，「我沒有我姐姐的天賦，她的靈感很強，她可以看見許多東西，而我一點也看不見。」

「我還以為你們都有超能力的？」

「我和姐是雙胞胎，我們在孤兒院長大，吳媽媽要收養的是有天分的姐姐，是姐姐不願與我分開，吳媽媽才勉為其難收留我的……」

「胡扯，沒這回事。」馬守義低沉的聲音，輕輕撫平李真心剛剛生起的傷感，「滿月從來沒這麼說。」

「是真的，師伯，你不用安慰我，其實我也沒在意，我很知命的。」

「真的沒這回事，我不是在安慰你。」馬守義搖著頭說，「你們姐妹是雙胞胎，你們是一體的，不能分開的。」

李真心聽出他話中有話：「師伯的意思是……」

馬守義沒打算繼續這個話題：「乘法師在坐禪，我也去練我的功，待會見。」留下這句話，他便兀自離開了。

張國棟百無聊賴，不知該如何度過這悠哉的午後時光才好，平日這個時刻，他應該是依照每週重複的課表活動的，沒機會蹉跎。他應該在福利社買了便當，通常今天星期一會買京醬排骨便當，不知為什麼，他在星期一就愛吃這道。

他問李真心：「要不要一起去走走？」

兩人在藥食庵四處行走，巡視周圍的環境。

時序雖然進入冬季了，但這裡是屬於亞熱帶的南部地區，仍然溫暖得很，即使北部，氣溫也要至二月才會跌到最低的時候。國棟遠遠看到菜圃中升起了幾個防蟲網，也有透明的塑膠溫室，確保在冬季也能收成夏季的蔬菜。

菜圃旁邊植有果樹，也有瓜棚，有結了桑椹的桑樹，可以在熱天時提供遮蔭，也有樹身很粗壯的杏樹，顯然在很久以前就已經長在這裡了。

張國棟看不懂農業的東西，他的父母都是文職，父親忠心的在一家進出口公司當了多年文員，母親當小學教師，服務了二十年才剛當上主任，都是對蒔花種樹一竅不通的普通人。

他跟真心兩人逛著逛著，聊著互相小時候的事，聊著聊著，國棟忽然笑道：「你有沒有覺得很好玩？如果我真的是你的前世，那麼我現在正在告訴你前世的故事，而你在告訴我，未來的我將會經歷的故事。」

「的確。」真心也笑了。

「那麼，你對於我講的故事，有沒有勾起什麼印象？」

「沒有耶。」真心搖頭。

「如果我是你的前世，那必須是我死了，才會有你啊。」

「當然。」

「所以那怎麼可能呢？」

李真心舔了舔唇緣，說：「你想像一下，如果時間不是一條線，不是一條只有『過去』和『未來』兩端的線，而是一個平面。」她把手掌心朝上展開，顯示是一塊平面，「想像一下，這個平面代表『所有的時間』，也就是說，所有時間同時存在，那麼馬師伯說的就有可能了。」

「我還是覺得太荒謬了。」

「其實這是愛因斯坦說的。」

「嗯？」

「相對論中的時間沒有箭頭，師伯告訴我的。」真心說，「剛才立行師父說『時間是一種幻覺』也是愛因斯坦說過的。」

國棟心念一動，他忽然想起來，某一天，雪筠也曾對他莫名其妙的說過類似的話，他還見到雪筠房中忽然無緣無故增加很多科普書。

「事實上，以平面來比喻遠遠不夠，時間是一種特殊的存在，就像空間一般的存在，只不過我們被封鎖在一條路徑上，就像火車只能在軌道上行走，我們離不開軌道，無法接觸軌道以外的世界。」

國棟似懂非懂：「所以，我們，不，我，就是離開軌道了的人？」

「不，可能是同一部火車，同時在不同軌道上行走吧。」

「呵，所有時間還如何同時呢？」國棟逮到了語病。

真心低頭嗤笑，國棟瞥見她甜美的笑容，心裡禁不住動了一下：難道他又要愛上自己了嗎？

他們邊逛邊聊，望見不遠有大桶大桶的堆肥桶，靠在一面長滿霉斑的老牆邊，張國棟信步走過去，好奇的摸摸桶身，堆肥桶周圍彌漫著濃濃的糞臭味：「哇，這是什麼？好臭！」

李真心見他撫摸那些堆肥桶，沒來由的生起雞皮疙瘩，身體竟不斷的打起哆嗦來。她忽然感到很強烈的不安：「國棟，我有不好的預感。」

「怎麼了？」國棟見她面色紙白，眼神中佈滿恐懼，也不禁愣住了。

「你最好不要碰那些桶。」真心的嘴唇瞬間乾燥，變得又皺又白。

「為什麼？」雖然口中在問，國棟依然把手離開堆肥桶，後退一步。

「我不知道，總之很不舒服就是了，我覺得你不應該站在那邊，不應該接近那些桶，你要馬上……」真心來不及說完。

國棟的外套長袖那一圈羊毛袖口，儲存了大量靜電，在傍晚乾燥的空氣中迸出微量火花，瞬間爆起一團火焰，一口氣包圍了國棟的整個背部。

不久之後，從蒸氣中站直起來的男子，一臉微笑的望著方瞬，方瞬感到整個心房都快要凍結了。他知道那人想要說什麼，他剛才就說過了：「還不到你死的時候。」所以，現在是時候了嗎？

其時，高大極回到警局，正巧在進門時碰到好久不見的朋友要離開，是在另一分局任職的警校同期同學：「不是陳闓嗎？怎麼來了？」

「回家路過，」老同學陳闓說，「你的部下問我們分局要一份資料，我正好會路過，就順手捎來了。」

高大極見到老同學，心情馬上轉好，他拍拍陳闓的肩膀：「來來，進去沏杯茶再說。」

「好也，本來就想會會老哥你的。」

「你帶給我部下什麼資料？」

「十九年前的車禍，」陳閎朝高大極的辦公桌揚揚下巴，「喏，在你桌上。」

x＝8 玄祐

「他說很急的，可是我們一直打電話給他，都沒人接聽，」老同學陳閎指著高大極桌上的牛皮紙袋說，「所以，我下班有經過，就帶來了。」

高大極走到辦公桌，拿起牛皮紙袋，見上面寫了「林沖」兩字，不禁嗤笑：「是林重。」十九年前嗎？依稀記得林重跟他提過。

他從褲袋掏出手機，打開通訊軟體，調出林重傳給他的那張剪報，舉到陳閎面前：「十九年前的車禍。」

「咦？」陳閎戴上老花眼鏡，接過手機來看，「真的呢，是這宗案件。」他把手機還給高大極：「用手機傳文件呢，你跟部下都那麼先進啊？」

「這樣比較有效率啊，你不用嗎？」

陳閎擺擺手：「不學了，反正快退休了，時代進步太快、改變太大了，稍一遲疑，就跟不上腳步了。」

高大極不置可否，他一屁股坐在辦公桌邊緣，取出牛皮紙袋中的文件來看，上面有死者和肇事者的個人資料、死者法醫報告、肇事者驗傷報告、肇事者及目擊者口供等等。

「這案件我有印象哦。」

「哦？為什麼？」高大極不禁好奇，車禍天天有，這一宗又有什麼稀奇了？

「也沒什麼啦，那時你我都是菜鳥，記得李飛鵬嗎？那時他還沒去美國特訓，還不是後來從美國回來的紅人，可是他一句話就扭轉了案情，讓我印象很深刻，當時就認為他以後一定是個了不起的人。」

提到李飛鵬，高大極放下了正在閱覽的文件，抬起頭問陳闓：「李飛鵬說了什麼話？」

陳闓身材削瘦，頭上禿得只剩下兩邊稀落的頭髮，對於他的話能引起高大極的注意，不禁得意的把不存在的頭髮刷去後腦：「那輛闖禍的大卡車，前面坐了兩個人，你打開口供看看。」

沒錯，資料中，一張照片是中年的壯漢，下巴肥厚，理了平頭，三角眼且眼角下垂，而另一個人……高大極忍不住倒抽一口寒氣：「誰是駕駛？」

「這就是問題了，」陳闓說，「那胖子說他平常是駕駛，可是那天是新手開車，他在旁邊監督，所以是新手闖禍了。」

大卡車在交通燈處左轉，把同時騎機車左轉的溫美儀捲入輪下，檔案中有好幾張現場照片，可見大卡車停在轉彎處，車身停止在轉彎的狀態，巨輪下方躺了一部機車，還有隱約可見的人類肢體，以詭異的姿勢卡在輪下。

照片中，四周有許多人圍觀，拍到了一胖一瘦的兩位駕駛員站在卡車旁邊，瘦的那位看來很駝背，人群中還有兩個哭泣的小女孩，是唯一沒在看望屍體的。

陳閎繼續說：「李飛鵬來到現場，當時還不是鑑識員，事實上，當時還沒有正式編制的鑑識員，他只問了一句話：誰的左邊受傷了？」

「那麼是誰？」

「就那胖子，地面有煞車痕，表示他有緊急反應去踩煞車，只有胖子的左手臂撞上車門，一片瘀青，左半邊胸口有壓上方向盤的瘀痕，而他的副手撞上擋風玻璃，額頭都擦破了，原來是司機嫁禍給副手！這在現在聽來不奇怪，不過還是菜鳥時，真的挺佩服的。」

高大極指著檔案中的副手照片，左額一片血紅：「這張是受傷後拍的嗎？」

陳閎再次戴上老花眼鏡：「不是吧，應該是胎記吧？」

照片中的副手，雖然只拍到胸口以上，依然可以看出他身形佝僂，左邊額頭像被潑上了一層紅漆。

這種人往往是被欺負的對象。

「最後呢？判刑沒有？」

陳閎聳聳肩：「不就是尋常車禍嗎？沒追蹤下去呢。」

「謝謝你。」高大極把文件擺正在桌上，一頁頁拍下來，用手機軟體轉成方便翻閱的ＰＤＦ文件檔，傳給林重。

「怎麼？追訴期快過了嗎？有新發展嗎？你的部下為什麼要調查？」

「我不知道，我等他解釋。」高大極瞄了一下手機，看到有符號顯示林重收到了，但尚未打開檔案來看。

他再等了一陣，林重依然未打開。

林重不是很急著要這份資料嗎？他究竟在忙著什麼？

物理上，火焰是分子在激烈氧化反應中放出熱和光兩種能量的活動。

但林重所面對的，並不是物理上的火。

那是生命之火。

存在於人體時，生命之火植根於薦骨之中，被稱為「拙火」，因此那塊如頭盔般彎曲的薦骨歷來在各大文化系統間素有「聖骨」之名。

人體崩潰後，帶著所有過去訊息的神識，穿越時間之流進入另一個生命體，再度點燃拙火，讓能量流竄全身。

每一次輪迴的肉體和肉體之間，在時間之流藉由神識串連起來，在時間之流中存在若有若無的微妙連結。

但是，林重看到的不是時間之流。

「他們同時存在！」林重大感驚訝，「是一個，也是多個；是之前，同時也是之後！」

他的手被熾烈的拙火包裹，一個個畫面注入他腦中的視覺區，彷彿在他眼前高速掠過，每個都了然清楚！

他看到燃燒中的張國棟，被火焰包圍著，一臉茫然，不知所措。

他看到年輕的胡天雄，在行軍的路上，孤獨的瑟縮在牆角哭泣，又不敢給同伴聽到他的哭聲。

他看到年輕的李飛鵬首次拿起手術刀，在從冷藏庫取出的屍體上切割，刀鋒沒入死者肥厚的脂肪層，爆出一股濃烈的腐臭。他甚至可以感受到李飛鵬的胃酸衝向喉嚨，侵蝕到喉頭。

他看到高中時代的莊雪筠，還穿著校服，紮了高高的馬尾，面對著鏡子，呆望著自己紊亂的頭髮、充滿皺痕的校服……

林重察覺有異，他想看細節，沒想到他才剛動念，雪筠照鏡子的畫面竟然滯留下來，在他面前一遍又一遍重複。

「先前發生了什麼事？」念頭剛起，畫面霎然倒退。

莊雪筠躺在鋪了可愛卡通圖案的床單上，一個男人壓在她身上，褪下褲子的屁股在雪筠的兩腿之間抽動，雪筠的視線刻意避開男人的臉，眼神呆滯的望著天花板，等待男人結束。

林重嚇呆了，他沒預料會看到這種場景。

他快轉畫面，看到男人步下床，他身材壯碩，肌肉結實，看來是常上健身房的人。

他面無表情的脫下裝滿精液的保險套，對雪筠說：「你還記得告訴你媽會有什麼結果吧？」雪筠沒回答，似乎在神遊，「乖乖的，我會供你讀大學的。」

這一個畫面，令林重憶起莊雪筠的屍體孤獨端坐在小公園長椅的景象，他的眼睛莫名的盈滿淚水，但遮擋不掉他在這裡的視線。

雪筠的畫面彈開，換成曉柔的無數畫面散佈在眼前。

「你要選擇那個男人，還是選擇養大你的父母？」眼前的一對男女，男的金絲邊眼鏡，女的穿著像銀行員，他們露出極度痛心的表情，顯然就是曉柔的父母。

面對這一幕，林重完完全全體會到曉柔內心的煎熬。

奇怪的是，在許許多多的畫面中，林重都找不到曉柔同居男友的臉孔，彷彿他是個從來不曾存在的人一般。

然後，四周忽然變得陰寒起來，曉柔的畫面蓋上了一層藍色濾鏡，如同浸泡在冰水中觀看，林重感到寒氣透入表皮，皮膚堆滿雞皮疙瘩。他曉得，這是曉柔不知道自己已經死亡的畫面，她連殺她的兇手也沒見到。

她身為一介幽魂，繼續以實體的樣貌上班、工作，那些畫面令林重十分不舒服，於是趕緊跳出，躍入下一個畫面。

這個人的故事很短。

他誕生後便顯得智能不足，且特別容易受到驚嚇，對周圍很敏感，總是害怕的轉頭尋找旁邊有什麼東西，像是隨時會有東西突擊他似的。

某一天，他走在農田旁邊的步道上，不小心滑跤，正好栽入儲存肥料的糞坑。他在慌張中用力張口呼吸，反而讓糞水灌入呼吸道、填滿肺臟，很快就窒息了。

更正確的說，是夭折了。

那年他才九歲。

然後，林重聽到馬路上的噪音，緊接著一道強烈的撞擊從側面而來，把他整個人撞開。

他的手脫離了火焰。

在脫離的剎那，他的視線和國棟的視線重疊，他看見站在國棟面前的女子。

「李真心。」這名字脫口而出。

血紅色的樹更加壯大了，隨著國棟的拙火消失，那棵紅樹似乎又長高了一些、再挺直了一些，在樹叢包圍中抬起了頭。

國棟的樹枯萎了，不再遮住紅樹了，林重終於看見紅樹的樹幹上刻有名字！

他湊近去看的當兒，忽然聽見吳滿月的唸咒聲，四周的景象剎那間飛快的後退，把他從境界抽離出來。

林重睜開眼睛時，眼前的紅巾已被解下，他發現自己跌坐在地面，原來剛才那一下撞擊真的把他從椅子上撞倒了。即使已經脫離了境界，他依舊臉色蒼白，感到寒意不斷從衣服底下透出，渾身不停發抖。

「來，快坐起來，你在那邊待太久了。」吳滿月和李真如兩人合力把他扶起來坐回椅子上去。

「我不明白，」林重的每個字都在發抖，嘴唇乾裂得帶有血水的鐵腥味，「我不明白我看到了什麼？」

「你看到的很珍貴，讓我們明白了很多事情。」吳滿月不停幫他搓背，沿著他的背脊兩側按摩，令他感覺氣血的暖流重新在體內流動。

「我……快看見紅色樹上的名字了，只差一點，你就把我拉回來了。」

「我們已經知道名字了。」

「咦？」林重吃驚不小，身體再度冷了一下。

林重揚目一看，才發覺李真如正坐在他面前的塑膠椅上，眼睛也綁了一條紅巾。

李真如解下紅巾，雙眼紅腫得像泡了血水一般。她邊喘息邊說：「對不起，我一直都在借用你的視線，你所見的，我全都看見了。」

即使過了這麼多年，馬守義從來沒有停止懊悔。

他要懊悔，他不想停止懊悔，不想停止折磨自己，因為他不想忘記。

年輕時，他一心追求真理，認為家傳的道家門道無法找到真理，於是從科學裡去尋覓，天資聰穎的他，以第一志願考上了數一數二的物理系。

在充滿高智商人物的殿堂中，他發現真理依然不在其中，因為科學仍然太年輕，雖然科學有一套解釋世界的有效方法和系統，但僅有兩百年歷史的它尚且太年輕，無法與發展了兩、三千年的人體探索系統相比。

這兩套系統沒有共同的語言，無法相互溝通，馬守義企圖把它們融合，科學方面最偉大且最新的發展他已知曉，他於是回到祖傳家業之中，希望讓自己的道術也臻最高境界，如此才能在兩個世界之間建立橋樑。

在尋覓的過程中，他遇到一個門派，是他的父祖十分不屑的所謂「邪門左道」，但比起父祖們傳授的道法，他們的確擁有十分迅速有效的道法，他很渴望知道其中的道理，一如往昔，對於不明白的事，他特別想弄明白。

他偷偷前往拜師，對方要他先作個選擇，才能決定收他為徒。

「想要得，得先捨。」對方說，「人生有妻、財、子、祿四大要事，欲學我道法，必須捨去其中一項，終生不得擁有，你辦得到嗎？」

他早就聽說過了，因此早有心理準備，也早就盤算過了。

「我決定要捨掉『妻』。」

「再提醒一次，決定了是無法反悔的。」

馬守義有一個兒子，是大學時候跟女朋友意外懷上的，女朋友答應他把孩子生下，然後未來永不相見。他把兒子命名「玄祐」，表示拜玄天上帝為義父，受祂庇祐。

他專心於課業，把兒子交給鄉下的母親撫養，沒想到，他母親幫他養兒子養到五歲，才確定是弱智兒童。

他對談感情的事兒感到心灰意懶，不想花時間在這種事情上面，將來若有感情來時，也不想談及婚嫁，如果身體上有需求，了不起去買個鐘點找女人解決就好了，所以捨棄「妻」這一項，對他並非困難的抉擇。

「我決定要捨棄妻。」他堅持。

反正他不娶妻就沒事了吧？

沒想到，失去聯絡多年的前女友忽然出現，其時他正在唸碩士研究所，也在補習班任教，前女友是到補習班來找上他的。

她坐在教室後面，一臉冷漠的等他上完課，他看見她無預警的出現，也令他十分不安。

「你毀了我的人生。」待學生離開教室，她投下了這句充滿怨恨的話，隨即爬上補習班的窗口一躍而下。

馬守義嚇呆了，事情發生得太快太突然，他只能愣住呆立在原地，連窗口也不敢靠近。

他知道補習班在第九層樓。

他問他的新師父：「跟我生下孩子的女人，即使沒結婚，也算是妻子嗎？」

他的新師父深沉的望著他的臉很久，才說：「學我們這一派的，幹的是天誅地滅的事兒，注定絕子絕孫的，你不是早就知道了嗎？」

馬守義習慣的邏輯思考令他搞不懂，為什麼學個東西也會令他周圍的人出事？對他而言是荒謬的、不合邏輯的，他從來不相信。

不久之後，鄉下母親打電話告訴他，兒子失蹤了，他們村裡聯合找了兩天，才有人想到堆肥的糞坑，並從糞坑裡打撈出馬玄祐半腐爛狀態的屍體。

馬守義崩潰了。

他向新師父表示要脫離師門。

「我們締結的是血的誓約，」新師父說，「你踏得出這道門，卻踏不出你自己立下的結界。」

心灰意冷的他，找到老同學立行法師，告訴他整個原委。

立行師跟他說：「《楞嚴經》上有提到『六解一亡』，其實世間種種結，只要找到結頭，就能一次解結；你的事看來錯綜複雜，也不過需要找到個下手處，去一次解結。」

「你的佛門有什麼高深法門，可以教我一次解結？」他向來覺得這位老同學比他走得遠、走得深，說不定還有神通，所以心理上很仰賴他。

「佛法說深，也是從淺處起，」立行師說，「世間萬結，也不過從你的『心』下手，動念的是心，造業的也是心，心是惡友也是良師，六解一亡，從心而已。」

馬守義回歸到本來的家學道法，道行逐漸高深。

沒想到，遠在台北的同門師妹向他求援，竟讓他意外得知兒子的下落！

他的兒子，只是一連串困在同一時空的轉世的其中一個！

當初推論出這個結果時，他完全不能接受！

但轉念一想，莊雪筠是他兒子！李真心是他兒子！張國棟是他兒子！還有一個素未謀面的小男孩方瞬也是他兒子！

殺戮開始，而他沒救到莊雪筠。

他覺得施加在他身上的咒語尚未清除。

殺戮繼續，他必須救他的兒子！以補他當年不在兒子身邊的遺憾和懊悔。

這一次他不想再懊悔。

張國棟在堆肥桶旁起火燃燒時，他並沒有走遠，因為他早就知道今天是最有可能出事的日子，所以一直待在附近，監看國棟和真心兩人的動靜。

早在國棟走近堆肥桶時，他心中就揪緊了一下：堆肥，又是堆肥，雖然沒有必然的關係，但相同的巧合令他有非常不祥的感覺。

「玄祐！」他心中呼喚著，一邊脫下外套一邊衝向國棟，用外套從後面撲上去，企圖利用瞬間的真空把火撲滅。

這一次，他一定要救到玄祐。

正在忙著撲火的同時，馬守義覺得眼角有些異樣，他身邊忽然出現一團炫目七彩變幻的光彩，他轉過頭去，他曉得真心站在那邊，但他看見的卻是一團萬花筒般的拼圖，正不斷迅速的變化形狀和顏色。

真心又開始了。

方瞬看電視，是男子開給他看的。

他被綁在椅子上，邊流淚邊看他最愛的電視節目，可他一點心情也沒有，因為這很可能是他此生最後一次看電視了。

「很好看是吧？」男子坐到方瞬背後的沙發上，「我知道你很喜歡這個節目，我也很喜歡。」

方瞬的嘴巴被掩住，根本無法回答。

「其實我是在拯救你，」男子語氣溫柔的說，「你且想想，照這樣下去，你有什麼前途？爸爸欠下很多債務，現在又死了，就算領到保險金，也會有債主來討債，更何況你媽媽還想帶你一起自殺，她根本沒想要讓你長大，不管橫看豎看，你都沒有活下去的理由。」

淚水完全遮蓋了視線，方瞬一點也看不到電視在演什麼。

男子為他擦拭淚水，然後把椅子轉個四十五度角，讓方瞬看得到他。

「我給你看一樣東西，」男子把一張名片大小的證件拿到方瞬眼前，「照片上的人是我。」

方瞬睜大眼睛，不可思議的望著男子。

「很不一樣，是吧？」男子用拇指蓋住自己的名字，但依然露出了證照種類，寫著「職業大貨車」，「你只看到臉就那麼驚訝了吧？如果看到我以前的身體，你會更吃驚。」

他情不自禁的撫摸自己滑嫩的臉龐和額頭：「直到昨天，我還是跟照片裡一樣，那塊陪了我一輩子的醜陋胎痣，在我打死一個人之後，就立刻消失了，就像從來不曾有過一般。」方瞬驚愕的看著他，「我用球棒打他的頭，就打在跟胎痣同樣的位置上，他的頭開洞，我的頭就好了。」

證照上的男子半個額頭披蓋了紅斑，仔細一瞧，還真的像球棒清楚的烙印。

「再這之前，我的聲音是怪怪的，從小說話老是走音，又像鋸木材的聲音，於是，我昨天毒死了一個人，然後我的聲音就很好聽了。」男子興奮的說，「剛才我背上不是著火嗎？一定是又死了一個人，我從出生以來背後就有一塊硬皮，身體根本直不起來，如今沒有駝背了，你說不是一件好事嗎？」

如果他所說的為真，方瞬可以想像，認識這男子的人如果這兩天沒見到他，就將會完全認不出他了。

之前一個嗓音古怪、額頭有醜陋胎痣、身形佝僂的人，如今聲音好聽、皮膚光滑……而且，方瞬親眼看著他的腰變成直挺挺的。

「你很想知道為什麼吧？我可以告訴你，因為那些人全都是我的前世。」男子從沙發上站起來，「不明白為什麼，他們的死亡全部印記在我身上，只在我身上，不在其他前世身上，我生下來就嚇壞我媽，要把我扔掉，而現在呢，我將要開始嶄新的人生，完完全全的新生活！」

他伸出兩手，輕輕包住方瞬的脖子，把兩隻拇指頂在新長出的喉結上：「我還剩下不多毛病，其中一個是氣喘，」他開始緩緩加強拇指的力道，「拜託你，謝謝你了。不用擔心，今生的痛苦很快過去，你會轉生，再轉生，然後我就是你，你就是我，然後一切苦難會在我身上結束，多好哇。」

方瞬的淚水流到男子的手腕上。

神婆吳滿月燃燒一張用朱砂寫了字的黃色符紙，隨即將黃符直接投入水中，林重接過杯子，水面還浮有焦黑的紙屑，疲憊不堪的他想也不想就吞了下去。

「這杯是給你安神的。」

「謝謝。」林重把杯子遞回去，心想：「什麼都好。」

他掏出手機，看見隊長高大極傳來文件，是他要求另一分局尋找的車禍報告。

「果然……」林重無力的嘆了口氣，「你們看。」他瀏覽文件之後，選了其中一面，把手機遞給李真如。

十九年前輾斃溫美儀的那場車禍，肇事的大卡車上有兩個人。

其中一個人，當年同樣十九歲的實習副駕駛，在報告的半身照片中，他縮著雙肩、駝著背，左額有一大片猙獰的紅色胎痣，眼神畏懼。

「朱大年，他的名字。」林重深深吸了幾口氣，調整微喘的呼吸，「跟你看見的同一個嗎？」

李真如用濕冷的手帕蓋在發燙發紅的眼睛上面：「我只看見『朱大』兩個字，第三個字筆畫太多來不及看清，所以……」

林重站起來，腳步還踉蹌了一下：「我得去逮人了。」他打了高大極的手機，對方馬上接聽了：「老大，兇手就是報告上的朱大年，請立即逮捕他。」

高大極回應他：「我剛打電話去運輸行查過，兩名駕駛，肇事的司機當年就被辭職了，朱大年仍在運輸行工作，不過他從上週六開始休假一星期，是他工作二十年來第一次拿假期。」

「那麼在時間上吻合了。」

「我也查過他的駕照，駕照上的地址這麼多年都沒改變，不過，是一所孤兒院。」

「他仍住在孤兒院嗎？」

「我們打電話去問過，他離開很久了，那邊沒人知道他現在住哪裡。」

林重聽了，覺得更疲倦了，他無力的癱在椅子上，握著手機久久不說話。

高大極打破沉默：「你好像很累。」

「我還行的，」林重逞強的說，他望了一眼壁鐘，已經是傍晚六點，冬天晝短夜長，外頭天色幾乎要完全暗下來了，「我只是……今天還沒好好吃過一頓飯。」

「那快去吃，別忘了你在休假，逮到人就第一時間通知你。」

「老大。」

「還有什麼事嗎？」

「他今天還會殺人，至少還有兩個，要快點。」

「去吃飯吧。」高大極不問他怎麼知道，斷然掛上了手機。

林重嘆了口氣，望著吳滿月和李真如兩人：「還有一件事，張國棟在哪裡？他很可能已經死了。」

吳滿月睜大眼睛望向真如：「怎麼可能？」

真如朝她點點頭：「他說得沒錯。」

吳滿月慌張的說：「真心帶他去找我師兄了，師兄會保護他，可是，師兄他不使用手機，我只有他家的電話！」

「張國棟不在他家嗎？」

「不，不在，」吳滿月用力搖頭，蹙眉極力思索，「他說要去找一個高人，一個比他更有能力，不，能力不同的高人……我聽他提過的。」

真如在一旁插嘴：「是一位和尚嗎？」

「啊，說不定是，」吳滿月靈光一現，「也是種菜的！他開的寺廟有菜園，聽說經營得很成功，還可以批發……」

「那麼，你妹妹的手機呢？」林重問李真如。

「我們三人共用一支手機。」李真如靦腆的說，「我們只負擔得起一支手機，所以……」

林重嘆了口氣，拿起自己的手機搜尋種菜的出家人。

「哪一個呢？」林重把一長串的搜尋結果顯示給吳滿月看。

吳滿月接過手機，在螢幕上滑滑點點，口中喃喃道：「雲林雲林……」她點了點螢幕，舉到林重面前：「這個！應該沒錯！」

螢幕上的照片顯示一間古厝的正面，大門邊掛著「藥食庵」的牌子。

馬守義看著眼前的李真心，在張國棟起火燃燒的瞬間，赫然變成一具炫目的萬花筒，他大為吃驚，但他知道他沒有遲疑的機會，只好先用力撲滅國棟身上的火。

在情況危急之時，大量冰冷的泡沫忽然從兩側噴過來，馬守義下意識的緊抱國棟，卻有人過來將他一把拉開。此時他才看清楚，兩名穿著僧袍的出家人拿著滅火器，把泡沫往國棟的身上噴灑，另外兩名比他更健壯的出家人把他拉開。

待火勢撲滅了，在旁邊觀看的立行師走過去低頭觀察國棟，然後把他燒毀的外套脫下，檢查他皮膚的損傷程度：「傷得不輕。」轉頭吩咐其他出家人：「抬回寮中，用大黃水！」

「瞭解，師父！」他們七手八腳把國棟抬起來，國棟的精神陷入失序狀態，口中兀自喃喃不停的說著囈語，四肢無力，任由他們擺佈。

「張國棟不能死！」馬守義望著被抬走的國棟說。

「是的，不然另一個人也很快會死。」立行師冷靜的說。

馬守義倏地領悟，猛然轉頭看他。

「還有，這一位該怎麼辦呢？」立行師指的是李真心。

「你也看得到嗎？」

立行師點點頭：「如你所言，非鬼非妖，不正不邪，這恐怕不是色界之物。」

在旁人眼中，李真心是呆立在原地，如同凝固在時間中的人偶。

但在他們兩人眼中，李真心身上的混亂花色，倒像是快轉的影像畫面，如同一大堆粉碎的照片粒子，瘋狂的在空氣中滾沸。

「我們剛才共修時，在入定中知道你們有急難，現在，我必須查看眼前的實相是何物，守義兄請你為我守護好嗎？」

馬守義用力點頭：「好！」

立行師席地趺坐，雙目半合，整張臉立刻放鬆，整個人頓如千斤重錘沉坐在大地上，進入全然沉靜的狀態。

馬守義謹守在立行師身邊，同時兩眼緊盯真心，此時他才留意到，真心的身體雖然七彩繽紛，但她的臉孔是不斷的像切紙牌般切換容貌，時而是男人的臉，時而是女人的臉，有那麼一剎那，他相信他看到了國棟的臉，也瞥見玄祐的臉。

他很想做些什麼，但他答應了要保護朋友，所以就暫時忍住了。

二十分鐘後，立行師睜開眼睛，如嘔吐般大大的呼了一口氣，大呼道：「精采！精采！」隨即回頭說：「守義，現在需要你的本事了。」

「你要我做什麼？」他很緊張也很期盼。

「下一個人是誰，你應該知道吧？是方瞬對不對？」

「對。」

「他應該處於危險之中，你有沒有辦法找出他周圍的所有電話號碼？」

馬守義遲疑了片刻，他要思考他有沒有辦法。

「那個叫方瞬的男孩身邊，有他爸爸的中陰身在旁邊，一直惦念不去。」

馬守義靈機一動：「我可以。」

他趕緊坐去地上，用最快的速度安頓身心，凝神運氣，手指互碰，結了個印，他的神識迅速脫離肉身，飛出體外。

這次，換成立行師守護他。

電話響了。

朱大年嚇了一跳，是客廳的電話在響，他不想理會，沒有什麼事情可以阻止他殺死小男孩，電話要響，就任他去響吧。

一道交響樂的電子音聲響起，伴隨著震動聲，越來越大聲，騷擾得他不得不尋找聲音來源，是飯桌上的手提包，想必是男孩的媽媽的手機。

接著飯桌上躺著的一支舊型手機也在震動了，是男孩的手機，專門用來緊急聯絡父母用的。

朱大年覺得大腿一陣酥麻，他擺在褲袋裡的手機也響起了，他平日沒朋友，這支舊氏手機是公司給他送貨時聯絡用的。

朱大年只好停止手上的施力，方瞬得以吸氣，一時如釋重負，趕忙用沒被遮掩的鼻孔奮力呼吸。

朱大年掏出手機的同時，盡速遠離方瞬，他步入廚房，站在門口一邊盯住方瞬一邊接電話。此時他忽然想起，他的聲音已經不再怪裡怪氣，公司的人還認不認得他？

他的面貌和外觀已然大大改變，公司的人會不會以為他不是他？

可是，此時他也看清楚，來電號碼並不是公司的，而是不認識的號碼。

他仍然按下了接聽鈕。

「喂？」

「你是朱大年？」對方的聲音溫文儒雅，他從來沒聽過這把聲音。

「你是誰？」他壓低聲音，令自己聽起來更駭人。

對方一點也不在意：「告訴你，張國棟還沒死，你必須停手了。」

一時，他又驚又怒！

驚的是，什麼人會知曉他的秘密？他的計畫不是滴水不漏的嗎？

但他更憤怒的是，這是他自身的事，他殺的是他自己，不關別人的事，憑什麼要他住手？

「你是誰？」他更陰沉的再問一次。

對方依然沒回應他：「你把你的前世一個接一個殺死，為什麼要這麼做？難道沒有其他辦法了嗎？」

朱大年感到腦袋瓜像被雷震轟擊一般！

這個人懂他！不知這個人是誰？不過這個人懂得他的事！承認他的事！

「你究竟是誰？」這一回，他語帶興奮，「為什麼會知道我的事？」

「不是我，是我們。」對方說，「我們知道你是誰，我們知道你的過去，我們知道你很特殊，不，『你們』很特殊，你們這些前生和後世，竟然能存在於同一個時區，不，說不定這一點也不特殊，只是因為你開始殺人了，所以才讓我們留意到這個現象，說不定其實是很普遍的現象。」

其他的電話和手機仍在不停的響，喧鬧得很，干擾他思考，現在卻快速的一個接一個停掉，他耳根清靜了，腦袋的反應才變快了起來。

他想起來，對方剛才一開口就說張國棟沒死，如此的話，他就不能夠殺方瞬了！

當初的計畫，殺人是有順序的，他的前世們一個個按照轉世的順序死亡，他身上的缺陷也隨之一個接一個消失。

他不敢嘗試，萬一沒依照順序的話，他的問題會不會消失？

「你怎麼知道張國棟沒死？」他換了問題。

「張國棟就在我身邊，剛才他著火了，火已經被我們撲滅了，他有燒傷，但我們有辦法醫治他，所以他不會死。」

原來如此，怪不得今早一直找不到張國棟，不知他去了哪裡呢？朱大年憂心的彎了彎背脊，確定它仍舊是直挺的，不會再彎回去。

難道他真的可以不殺方瞬？

他覷了一眼方瞬，只見被綁在椅子上的男孩恐懼的望著他，用力壓抑自己的哭泣，以致於渾身發抖。男孩剛剛在死亡邊緣繞了一圈，接下來的任何一分鐘，隨時都可能是他的死亡時刻，他望了一下被綁在椅子上沒有動靜的母親，再望了一下他父親焦慮但無奈的黑影，他找不到生存的機會。

朱大年看著男孩的恐懼，心裡產生一股憐憫，男孩是他自己的前世，他何苦如此對待自己的前世？何必讓前世在充滿恐怖中死亡，再帶著可怕的記憶去轉世？他所做的事究竟是因還是果？朱大年已經搞不清邏輯。

「可是，」他鍥而不捨，告訴電話中的人，「事實證明，他們一死，我的身上就少一個問題，我身上的問題，都是前世們的死法，如果他們不死，如果他們不經歷死亡，我身上的問題是不會消失的！」

「張國棟沒死，」對方溫和的說，「你同樣好了。」

朱大年又覷了一眼方瞬，男孩用力的咳嗽，又不停在大口大口的吸氣，似乎呼吸很困難。剛才朱大年按壓在男孩喉結上的力道太大，造成男孩的甲狀軟骨陷下去一塊，男孩的喉頭很痛。同時，在朱大年掐住男孩的脖子時，也造成他兩側的頸動脈瞬時缺血，男孩的腦子暈糊糊的，整個人覺得像處於狂風巨浪中想要嘔吐的感覺。

朱大年覺得越來越緊張，通常他越來越緊張時，就會出現氣喘的症狀。

然而，他發現，這次他沒有氣喘。

「不管你們是誰，」朱大年的眼睛驟然流下兩行淚水，「救我。」

客廳的大門門把忽然傳來騷動，有人在用力轉動門把。

眼淚剛剛流下的大年大吃一驚，不知道是什麼狀況？

一陣喧鬧後，大門砰的一聲打開，三名男子闖了進來，立刻大喊大叫：「方中偉！方中偉！給我出來！」

「欠債還錢！今天你躲不了了！」

他們一進門就東張西望，期待看見他們預期會看見的人，但他們看見的是兩個被反綁在椅子上的人，一名男孩和一位婦人，完全不如預期！

他們面面相覷，不明白眼前發生了什麼事。

一人問道：「你不是說看見方中偉的嗎？」

「我說的是，他家有動靜，有一個人畏首畏尾的進來了，一定是方中偉。」

那人聽了，引頸嚷道：「方中偉！你在裡面吧？給我出來！」

朱大年退入廚房裡面，不敢發出一點聲音。

廚房通往陽台的門是關住的，陽台外面是裝上鐵欄柵的，鐵欄柵上有道用鎖頭鎖起來的小門。

也就是說，朱大年完全沒有退路。

話說回來，他的人生打從一開始就沒有退路。

他能夠活到現在，是因為他堅持不死。

在危急之中，他不禁回想起上班的第一天。

打從上班的第一天，他就被盯住了。

大年長得如此醜陋，不論相貌或身體都令人不忍卒睹，在許多人眼中，他是活該被欺侮的生物。

他在孤兒院裡長大，並不是因為父母不詳，而是因為父母實在不願意養他，所以把他寄養在孤兒院，寧可每月繳錢，也從來沒探望過他。

他天生左臂扭曲、額頭大片紅斑、聲音難聽、微帶氣喘、身上常常長爛瘡而發出惡臭，加上背上大塊硬皮，以及脖子總是疼痛，造成身形佝僂，曾經還因為氣喘送醫，在驗血時查出有缺鐵性貧血。

如此身形醜惡的他，從小被其他院童欺凌，要不是半夜被人從床上拖下地面，就是吃飯時被人在飯菜中撒泥沙，或是洗澡時被集體毆打。院童們成群結黨，宛如一個小社會，身材較高大的小孩自稱老大，各黨之間還會互相攻擊，而他是誰也不想要、誰都可以欺負的人。

有時他很懷疑自己來到這個世上的意義是什麼？他很想去死，卻又不甘心，如果他死了，對欺凌他的人而言，只不過有如螻蟻消失在世間，微不足道，想到這一點他就更不甘心了。

只有院長好好為他考慮過他的未來。

院長是位慈祥的中年婦人，她知道他被欺負，但院長也沒法子二十四小時保護他，所以有時故意召他進辦公室，讓他在角落幫忙整理文件，讓他暫時遠離外頭那群怪物。

有時，院長會在辦公桌旁工作時，忽然冒出一句：「要好好長大呀。」

他聽見了，但院長沒抬頭，也沒看著他，不知道是不是對他說的。

其實對他而言，幫院長整理文件並不是一件輕鬆的事。

他的左手臂扭曲，使用起來很不方便，尤其一些需要兩手協調的工作。

他的手臂是在出生時弄壞的，由於母親難產，醫生用大鉗子伸進母親的陰道夾住他，本來要夾頭的，卻不慎夾到手臂，把他的左手臂硬生生夾彎了。

沒想到，長年的文件整理工作，讓他學會了如何使用扭曲的左手。

當他快要十八歲的時候，院長告訴他：「大年，我幫你想到一個好工作。」一個不需要面對眾人，一個可以在大街上穿梭，而又不會因身體和面貌而受人矚目的工作，「我安排你去學開車，你以後可以去送貨。」

他很感激院長，即使是親生父母也對他毫無恩情，只有院長會考慮他的未來、安排他的未來，院長才是他的再生父母！他發誓要以行動來報答她！

他很用心學習，努力考好駕駛證照，在院長推薦下進入一家運輸公司，成為年輕的實習駕駛者。

但這依然改變不了大年被欺負的命運，上班的第一天，他就被盯住了，尤其是帶領他的駕駛員，身材孔武有力，常常威嚇他，每天還要大年用薪水買食物和飲料供奉他。

「忍耐就好，忍耐就好……」大年告訴自己，「我會長大的。」都好不容易長得這麼大了，沒有在這個時候放棄的理由。

工作將近一年時，發生了一場車禍意外。

他們在深夜運貨時，在交通燈轉彎時，把一輛一起轉彎的機車捲入輪底，機車女駕駛當場慘死。

大卡車的輪子卡到了機車，整部車子激烈頓了幾下，他們察覺有異狀，趕忙停下大卡車，兩人下車觀看。大年驚恐萬分的望著輪底的女屍，除了從身上衣服可以認出是女子之外，已經分辨不出面貌。

年輕的他害怕得不停發抖，他害怕面對警察，害怕被關去監牢，害怕失去工作，害怕眼前身形扭曲的屍體，害怕愧對院長，一連串的害怕令他喉頭緊繃，呼吸漸漸急促，他害怕氣喘會在此刻發作，一旦被公司知道他有氣喘，鐵定會被解聘的！

他極力抑制氣喘發作，偷偷用鼻子大力呼吸，讓空氣隨著呼吸的節奏大量灌入，撫平氣喘的情勢，這方法他曾經試過，但不是每次都靈光。

他正忙著控制氣喘的當兒，令他驚奇的是，不知何時，他的左臂已經變直變正常了，絲毫沒有殘障扭曲過的跡象。而輪下的那具女屍的左臂，正好折斷扭曲得跟他之前的形狀一模一樣，他非常熟悉那個形狀，因為那是他每天都能從鏡中看到的。

當時，大年還不知道，兩者之間的巧合，存在有何種意義？

他也不知道，那名女生跟他一樣是十九歲。

大卡車的正駕駛誣賴是大年在開車，卻當場被一位刑事人員拆穿謊言。大年非常感激這位刑事人員出言相救，但他同樣不知道，十九年後他將會殺死這位恩人。

他沒有失去工作，反而是誣賴他的正駕駛從此沒來運輸行上班了。

手臂恢復正常後，平日也必須要抬貨物的他，工作起來更方便了。數年下來，他也因為天天抬重物而練就了上半身的肌肉，只不過彎曲的背部依然很不方便。

大約六年後的某一晚，大年作了個惡夢。

夢中的他是個小孩，在農田旁邊迷迷糊糊的走路，然後一個不小心掉進路邊的糞坑。

惡臭的屎尿灌入鼻腔、口腔和耳道，他在恐懼中跳下床來，醒來時還在揮動雙臂，試圖從深深的糞坑裡游上來。

渾身冷汗的他走去上廁所，順便拿了條毛巾要抹去身上的汗水時，發覺皮膚上的爛瘡已然消失，身上的惡臭也同時消失了。

百思不得其解的他，隱約覺得這個夢好神奇，卻又說不出道理來。

直到十多年後，已經在運輸行獨當一面的他，某日運貨完畢，回公司停車時，同事告訴他：「有一位美女找你，她等了你很久了。」

年近四十的他，從來沒有女人緣，而坐在運輸行辦公室等待他的少女，白白淨淨的一位女大學生，長相斯斯文文的，張著一雙黑白分明的眼睛望著他，是一位從未見過的女孩。

他臉紅了，耳朵都熱了起來，他怯生生的問少女：「小姐找誰？」

「找你，」女孩溫柔的聲音微微帶著一絲緊張，卻在急促的語調中帶著堅毅，「你叫朱大年，沒錯吧？」

「是……是啊。」他很肯定他看到少女鬆了一口氣的表情。

「初次見面，我叫莊雪筠。」少女站起來，朝他伸出手，示意要握手。

大年從來沒握過女性的手，更何況是長得這麼好看的女孩子：「為……為什麼？你找我什麼事？」原來女孩子的手是那麼柔軟的。

「說來話長，」莊雪筠的眼神迸現出興奮的光彩，「我需要一個很長的時間來向你說明。」

「說明什麼？」

莊雪筠深呼吸了一口氣，才說：「輪迴是一場又一場的惡夢，只希望這場惡夢趕快結束。」

x＝9大年

清冷的水面上，浮著人們隨手從橋頭扔下來的塑膠瓶、飲料杯等等垃圾，老流浪漢隨手撿起飄到身邊的垃圾，投入垃圾袋中，打算收集夠了，就拿去換一點小錢。

寒流正在肆虐，天冷水枯，橋墩下的河流水位變低，露出河岸淺灘，他如去年一般在橋下堆起紙箱，搭了個躲風避雨的小房間。這裡近水，空氣濕冷，其他流浪漢不會有興趣來爭他這小片地方，他可以無憂無慮的度過冬天。

雖然政府在天寒時有安排地方給他們暫住，也有提供熱食，但那地方條規很多，他不喜歡受到約束，所以遇到社會局人員尋找流浪漢時，他就迅速躲開，移居到這座橋下的秘密基地。

但是，今天水面上來了位不速之客。

一具屍體被徐徐流動的河水帶到他身邊，屍體面孔朝下，染成黃褐色的頭髮在水面上散開，像低頭朝拜一般向流浪漢飄來。

流浪漢凝視了屍體一會兒，喃喃道：「昨天還沒見過你呢。」看來這個地方是不能待了，他彎身拉著屍體的衣領，把他小心拖上岸，然後自個兒走上斜坡，橋邊有個公共電話亭，他希望還能使用，他記得公共電話報警是不用錢的吧。

半個小時後，兩名派出所的警員來到了，流浪漢配合他們記錄口供。

「昨天還沒見到嗎？」警員把外套衣領拉高一些，好擋住漸漸增強的夜風，「是從上游流下來的吧？」

兩名警員合力把屍體翻轉過來，用手電筒照射，只見死者的臉孔被河水泡得蒼白，半邊臉被強烈撞擊得凹陷下去，臉上、額頭上有許多傷痕，發脹的嘴唇腫成兩片海參的樣子，眼球白濁，一點也看不出生前的模樣。

「是男的吧？」

「嗯，暫時算是吧。」兩人心照不宣，現下的世道可難猜呢。

「先生，」他們轉向流浪漢，「有聽到什麼可疑的聲音嗎？」

「沒有，」流浪漢緊閉著嘴，懶洋洋的搖頭，「我搬來一個星期，安靜得很。」

「你要繼續待在這兒嗎？」

「可以嗎？」流浪漢不抱希望。

「如果你待著，我明天中午帶便當給你，不過你得幫我看管著現場，萬一你想起了什麼，或有什麼新發現，明天告訴我，好嗎？」

流浪漢揚揚眉，輕輕點頭，忖道：「很公平。」

「待會其他同事抵達時，你先避開一下好了。」

流浪漢一邊點頭，一邊回到橋墩的窩，把一些必需品裝進塑膠袋帶走。

其實他沒說實話，他的確聽到了一些動靜。

前天晚上，有一輛機車在橋上停了挺久，機車沒熄火，引擎的震動聲在暗夜裡十分清楚，嗆鼻白色車煙飄到橋下，污濁了清淨的空氣，他反應式的想咳出臭氣，卻選擇憋氣，免得橋上的人知道下方有人。

不過，他沒聽見爭執聲，沒聽見落水聲，甚至沒聽見談話的聲音。

他心念一動，爬上橋邊的斜坡，穿過鐵橋——因為他聽見機車是往那個方向開去的——橋邊的山林有一條小路，似是有人經常走動而開出來的捷徑，他轉入小徑，沿著河邊坡岸，朝上游的方向走去。

流浪漢小心翼翼的踏在滿地落葉和枯枝上，遙遙俯視橋下兩名守在屍體旁邊的警員，他盡量不製造聲音，不讓他們發現他在山坡上。

黑夜的林徑很可怕，尤其在這種寒夜，他壯著膽子走了一段路，兩名警員在暗夜中也遠得身影不清楚了，流浪漢果然在小徑旁邊找到一輛輕型機車。看見機車的當兒，他胸中一陣酥麻，心中有些興奮，忍不住再望望遠方的鐵橋。

說不定機車旁會跳出一個人，不會吧？

沒有，冬天的山林，安靜得很，連蟲兒也不求偶，沉悶得只有稀落的風聲。

流浪漢走到機車旁，只見鑰匙仍然插在鎖孔，他東摸西摸了一陣，才打開坐墊下的儲物箱，當他摸到一個厚厚的信封時，整顆心都快跳出來了。

果不其然，信封裡裝了厚厚的一疊錢！他展開信封口，手指伸進去發著抖數錢，他看不清楚面額，但如果每張是一千元的話，他猜想這裡至少會有五萬元！他好久沒見過這麼多錢了！回想以前當小開的時候，一個晚上的揮霍就差不多這樣子。

所以這個人沒理由死！他有五萬元，估計他沒有遺書，所以他極可能是被人推下去，或失足掉下去的，但若是被人推下，這筆錢也應該會被拿走才是吧？

可是，為什麼死者要把機車開到這條小徑中呢？他當時究竟在想些什麼？

流浪漢把信封收入外套內側的暗袋中，關上坐墊儲物箱，不忘用外套邊緣擦拭可能遺留在坐墊上的指紋，再沿著來時的路線悄悄離開。

他知道這會妨礙辦案，他猜想這會令警方迷失方向，因為他拿走了一個關鍵證物，不過去他的，老子有錢花了。

運輸行的辦公室有一個角落，簡單的擺放著一張小几，上面有保溫杯、電湯匙、碗筷等簡單餐具，在這個樸素簡單的辦公室中毫不起眼，其實那就是朱大年的棲身之處。運輸行老闆見他做事勤奮，他不想也不能再住在孤兒院，所以乾脆叫無家可歸的他住在公司，權充守夜。

朱大年用電湯匙煮了杯熱水，倒了一包三合一咖啡粉進去，用茶匙攪了攪之後，遞給莊雪筠：「招待不周。」

莊雪筠講完了所有她覺得她知道、她認為的事情，頓時感到全身無力，連眼神都失去了光彩。她擔心朱大年不相信，把她當成瘋子轟出去，但朱大年給她咖啡，著實令她寬心不少。

「我也有我的故事，」朱大年擔心雪筠聽不清楚他走調的怪聲音，因此減慢講話速度，「我的手臂，原本不是這個樣子的……」

聽完了大年的故事之後，雪筠很肯定的說：「馬玄祐。」

「是的。」大年點點頭，兩人陷入了沉默。

他在聆聽雪筠述說所有前世後世的大略時，聽到馬玄祐那一世，心裡忽然像暗室鑿了個洞一般，一切霍然明白了。

所以，他們兩人的經驗有了個交集。

「那麼，你想怎樣？」大年打破沉默，舔了舔因緊張而乾燥的嘴唇。

「事實很明顯，跟我想的符合了。」雪筠也很緊張，她呷了幾口熱咖啡，才能溫暖漸漸發冷的身體，「每一世的死亡印痕，全部在你身上顯現了。」

「為什麼是我？」大年平靜的說，「為什麼是我這一世？而不是前一世？或其他世？」

雪筠搖搖頭：「我不知道，不過，我猜想——根據已經發生的事——如果你的前世死掉的話，依照你身上的印痕死掉的話，你身上的印痕就會消失。」

「包括你。」大年頷首不敢直視雪筠。

雪筠把滾燙的咖啡一口氣喝光，將杯子擺好在小几上，才說：「包括我。」

大年搖搖頭：「不，你看起來很好，你長得漂亮，你讀書讀到大學，你熱心幫人，你是個很好的前世，不值得這麼早死，反正你遲早會死，你結婚、生子，然後老死，然後照樣投胎，反正輪迴一定發生，我一定會誕生——因為我已經誕生了，已經在你眼前了，所以，荒謬，你不應該死。」

「我想死。」

「為什麼？跟我比起來，你有什麼不滿足？」

「我的人生，早在十四歲那年就結束了。」雪筠說，「我爸死了，我媽跟了一個有錢的男人，這男人願意供我所有的花費，媽媽要我學鋼琴、上美語班、跳芭蕾舞，所有的費用，他都願意出，條件是，他一見媽媽不在，就強暴我。」

大年瞪大眼睛：「你媽不知道？」

「我不想讓她再傷心一次。」

「你的男朋友……」

「他不會知道。」雪筠堅定的說，「他以為我跟他是第一次。」

「他也是我的前世，你的後世。」

「是的。」

「所以你們有……發生關係。」

「是的，」雪筠毅然抬頭，「你想『發生』嗎？你應該還是處男吧？」

大年別過頭去：「別開這種玩笑。」

「我沒關係的，」雪筠聳聳肩，「又不是第一次跟自己做愛，我也不擔心懷孕，因為我打算在今年就走完這個人生。」

大年合起眼搖搖頭：「你想怎麼樣呢？」他仍然沒辦法想像，他曾經是這個女孩子。

「我擬定了計畫，還有很多細節，需要你幫忙完成，」雪筠從小背包取出紅色的記事本，「我們討論一下，如何讓前世們加速死亡，這樣對你有好處。」

大年想不通：「為什麼要加速？」

「如此的話，你會迅速變成另外一個人，你的臉、你的身體全都會在短時間內很快改變，變得所有認識你的人，一夜之間都不再認得出你。」

大年深吸一口氣，恍然大悟，他真的沒想到這一層。

「所以我們還得計畫，殺完了所有前世之後，你想要如何展開你全新的生活？」

高大極抵達運輸行的時候，所有的貨車都開出去工作還沒回來，偌大的停車間空蕩蕩的，只有辦公室亮著燈，舊式的日光燈管在大空間下昏昏暗暗的。

他推門進辦公室，身材肥胖的老闆正在辦公桌後方嚼著檳榔講手機，在看到高大極亮出的警員證件之後，慌忙結束通話，有點不悅的問：「警官有什麼事嗎？」

「我想詢問有關朱大年的事。」

「不是告訴你們了嗎？他不在，」老闆從紙盒倒出最後一粒檳榔，將空盒隨手扔到桌子一角，「休假一個星期，我也很頭痛呢，從來沒休過假的人突然休假，很難調動班次呢。」

「你知道他會去哪裡嗎？我如何可以找到他？」

「我也不知道他還可以去哪裡？」老闆指著辦公桌對面的牆角，「喏，他沒有家，就住在這邊，那個角落就是他的全部家當，我沒去查，不過好像一件也沒帶走。」

高大極心中一驚：原來朱大年就住在這兒！

「我可以查看一下他的東西嗎？」

「隨便，我看也沒啥好查的。」

「謝謝。」

「等一下，」高大極正要走過去時，被老闆叫住了，「是跟女孩子有關係嗎？」

「什麼女孩子？」

「幾個月前，有個正妹突然找他，兩個人還在這裡聊了很久。」

「哦，有這回事？」高大極裝成一臉不怎麼感興趣的樣子。

「大年沒有親人的，那正妹跟他聊到我們全部回家了都還沒離開，都不知是什麼關係，你是查這件事嗎？」

「或許是，」高大極扭扭脖子，掩飾自己在乎的表情，「那女生什麼名字？」

「他沒說。」老闆聳聳肩，「我要叫外賣，警官要不要也來一份？雞腿便當不錯的。」

「謝了，不用了。」高大極走到角落，坐到角落的小沙發上，以朱大年的角度審視眼前的東西。

然後，他戴上乳膠手套，把每一樣東西仔細查看，保溫杯內的刮痕和茶漬、電湯匙上硬化的礦物質、字紙簍中揉成團的紙張……翻查了半個小時，沒看到可用的線索。

高大極抬起頭，看見老闆已經在喝啤酒吃便當：「他的薪水，你怎麼給他？現金嗎？」

「不可以啦，這裡很多人進出，我叫他去開戶口，每個月匯進去的。」

「郵局嗎？還是銀行？」

「郵局吧，提領比較方便，兩條街外就有分局。」

可是高大極沒找到任何存摺，更沒有身分證、沒有駕照，沒有任何證件的痕跡。

高大極呢喃說：「可能不會回來了……」

「什麼？」老闆耳朵尖。

「沒事，」高大極站起來，脫掉手套，「謝謝你的幫忙，如果有朱大年的消息，請打電話給我。」

經歷一番工夫，馬守義終於弄到了幾個電話號碼。

他趺坐在草地面，疲倦的張開眼睛，看見真心的身體仍在幻彩變化，在黑暗中十分美麗，但他需要休息片刻，才有力氣站起來。

立行師用手機記下了電話號碼，說：「守義，你先守住這女孩。」守義無力的點了個頭，立行師則飛奔回寮中，夥同其他僧人，動用所有的手機，打電話到方瞬的家中，最後還是朱大年本身的手機接通了。

立行師接過手機，跟他對談了沒多久，立行師忽然不說話了，臉色轉為凝重。

「怎麼了？」其他僧人問他。

「朱大年有危險，」立行師說，「你們快去把守義兄和那女孩帶回寮裡來。」僧人應諾了一聲，正欲啟步，立行師又叫住了他們：「那女孩不能亂動，用手推車送她回來。」出家人不能碰觸異性身體，是以立行師會如此吩咐。

他繼續聆聽手機中的聲音，朱大年那端沒掛斷，讓立行師可以聽見電話那端有人在遠處叫囂的聲音，也聽到朱大年的沉默。

「怎麼辦？怎麼辦？」立行師正焦慮的當兒，庵中的電話響起了。

一名出家人趕忙跑去拿起電話，應對了一陣，抬頭小聲說：「找馬守義的。」

立行師一面將手機貼緊耳朵，一隻手掩住收音麥克風，用嘴型問：「誰找他？」

出家人又問了對方一下，才回答：「她說是吳滿月，馬守義的同門師妹。」

立行師迅速將眼睛半合，輕輕吸氣，再如細絲般更慢的呼出，腦中霎時浮現出一個屏幕，跟他的視覺重疊。他久經修行，早已具有天眼通，但出家人避忌談論神通，平日不隨便提及，親近的人也心照不宣，這種危急時刻，他是不得不使用了。

他看見朱大年了，正瑟縮在廚房冰箱後方的一個小角落中。

他緊接著打開另一個屏幕，一如電腦螢幕上的子母畫面般，他看到吳滿月身邊尚有兩個人，憑直覺就知道那個男人很重要。

「問她，她身邊的是什麼人？」

他從屏幕中看見吳滿月驚訝的表情。

「他是刑警。」

刑警嗎？就是今天張國棟跟李真心提起的那位刑警林重吧。

立行師看得出來，林重也具有後天修習的初級天眼，他是相信的，是可以溝通的。

立行師不發出聲音，走到接電話的徒弟身邊，在電話旁邊的便條紙上寫下一個地址，向徒弟指了指便條紙，悄聲說：「告訴林重。」

徒弟用力點頭：「請林重接聽好嗎？」

對方換人之後，徒弟馬上嚴肅的說：「請聽清楚，師父要我告訴您，朱大年現在很危險，師父要我把地址告訴您，請您立刻過去，好嗎？」

惡夢，不是夜晚的專利。

自從雪筠擅自中斷觀落陰之後，就不斷在眼前看見前生的事件。

她看到了她一連串的前生和後世，不論在大白天，或在睡夢中，這些影像都可以無預警的出現，嚴重干擾她的生活。

更悲傷的，是她知曉每一生的悲痛事件，只有悲痛，沒有快樂，她沒有見到一個快樂的人生。

於是，她開始計畫。

一次又一次，雪筠都在運輸行下班後才找朱大年，討論計畫的細節，從來不碰見其他運輸行的人。

「下毒嗎？你哪來的毒藥？」大年問她如何實現下毒的計畫。

「我長期關心的一位獨居老人，退休前是藥劑師，以前開藥店，很多存貨都還擱在家中，他常常向我吹噓他私藏了什麼毒藥，我都知道存放的位置。」

大年不能理解：「他私藏毒藥幹嘛？」

雪筠說：「他說，哪一天他無法自主行動時，他要使用最後一次的自主權，結束自己的生命。」

大年很難想像，活得好好的人怎麼會有這種想法？

最後，他們討論到雪筠死亡的那一部分。

「我很熟悉那個地區，」她決定好自己死亡的地點，「里長的辦公室，我進去過，整個里的監視器畫面都在裡面。」從聆聽老人間的談話，她也知道了很多秘密，「里長的兒子每星期都會召妓，而且他很孤寒，常常利用爸爸的辦公室開房，這一點可以利用。」

雖說是討論，其實大年只有聽的分兒，一切計畫其實已在雪筠腦中成形，他只是幫手執行的人。

有一次，雪筠幽幽的說：「我的腦中一直出現一個畫面，在我死後，我沒有立刻離開，我飄在空中，俯視著自己，我看到李飛鵬，我看到你……」她一時興起，說：「不如這樣？你把我的證件放在長椅旁邊的花盆底下？」

「為什麼？不會冒險嗎？」大年不希望細節太多，他記性不夠好，也免得節外生枝。

「我看見的，李飛鵬會去拿，他知道，他知道耶，表示他記得一些我的事，這不是挺有趣的嗎？」

有一次，雪筠進來運輸行辦公室時，一副下定決心的表情：「我的前世，念念不忘，一直想穿在身上的衣服，原來就在她現在工作的地方。」

「你去探望你的前世了？」

「嗯，她在百貨當櫃台小姐賣衣服，有一件很漂亮的白色大衣，很貴，她是買不起的。」

「你買不起，我也買不起。」

「其實，有關這件事，我想了很久。」她咬咬牙，拿出手機：「你看我怎麼辦吧。」她按下號碼之後，打開播音，讓大年也聽得到對話，她指指大年：「我們沒有秘密。」

響了很久，手機才被接聽：「喂？」是一把很謹慎的男人聲音，「什麼事？這麼晚才打來？」

「這是我最後一次跟你要錢，以後你不必再付我學費，一切一切，只要這次你給了我，我一分錢都不會再要。」

男人猶豫了一下：「多少？」

「一百萬。」

「搞什麼……？」

「你有的，我知道，對你來說不算多。」雪筠一邊說，大年留意到她的眼珠子開始泛紅，眼角流出淚水，「給你一個星期，從此以後，我不再見到你，也不再見到我媽媽，我永遠、絕對，不會告訴她。」

「為什麼？小雪。」男人的聲音變溫柔了。

「答應我，我就答應你。」

男人猶豫了更久，才以近乎呢喃的聲音說：「你知道我對你的想法的。」

「求你，別再說了，答應我。」雪筠用堅強的聲音壓住她快要爆發的哽咽。

男人嘆了一口氣：「好，我答應你。」

雪筠馬上掛斷手機，緊抱著大年，放聲大哭起來。

大年不知所措，只好也緊抱著她，輕撫她的背部，希望能緩和她的情緒。

良久，雪筠才停止哭泣，大年遞給她一盒紙巾，她用了一大堆。

她邊擦眼淚邊說：「我有錢買衣服了。」

「一百萬呢，」大年被這個數目嚇壞了，「他肯給你？」

「這是計畫費，剩下的，全部放進你的戶頭。」

大年更加吃驚：「怎麼行？」

雪筠擦乾淚水，堅定的直視他：「給你，給所有的我們，一個全新的開始。」

如今，在他的未來還沒有開始以前，便要面臨結束了。

朱大年躲在冰箱後面，要被外頭追債的人發現，只是遲早的問題，那些人不是追他的債，他們的對象是方瞬的爸爸，但他該如何向他們解釋那兩個被綁起來的人？還有他的存在？他沒預算會面臨這種情境，雪筠詳盡的計畫裡並沒包括這種突發狀況。

正在危急的當兒，外頭客廳的電話響了。

緊接著，外頭有一部手機也響起了。

大年心裡動了一下：莫非手機那端的人在救他？

他把手機舉到耳邊，聽到另一端的人在說話：「大年，我們在幫忙，你乘他們不注意，衝出去。」

他知道他的反應不能慢了！他悄悄的走到廚房門口，只見外頭有三個人，一個正步向沙發旁的電話，一個正在搜索方瞬的媽媽的手提袋，一個背向廚房，正要轉身。

大年再也沒有猶豫的時間，他一個箭步衝出去，孔武有力的他先撞倒背對他的人，減少一個追兵，其他兩人聞聲轉頭時，他已經衝到大門。

他打開大門，用力朝後關上，立即跑下樓梯。

但是，並沒有人追過來。

三個追債的人都逗留在客廳，被撞倒的人錯愕的爬起來，生氣的嚷道：「哇，什麼事呀？」

另外兩人面面相覷：「那個是方中偉嗎？」

「不是，搞不好是強盜，綁他們母子的人吧？」

「警察問起來，惹到我們就不好了，走吧。」

「就這樣走？」

「不然怎樣？」

「這小孩看到我們了。」

一名貌似領頭的男子不耐煩的嘀咕了幾聲，走近被掩住嘴反綁在椅子上的方瞬，迫近他的臉，說：「小弟弟，冤有頭，債有主，這不是我們幹的，你也瞭解吧？」

方瞬用力點點頭。

「我不會幫你解開繩子，我要把現場留給警察，我會報警，說我聽到怪聲請警察來查看，小弟弟你千萬別說我們來過，這樣子就算是報答我了，好嗎？」

方瞬當然點頭。

「好，拜拜，」那人轉身招呼同伴離開，「小弟弟等好消息吧。」

眾人離去時，其中一個人早就留意桌上的菜餚很久了，經過飯桌時，隨手拿了兩塊鹽酥雞，立刻送進口中：「咦，好吃耶。」

「真的嗎？」另一人也虎視眈眈很久了，聞言便回頭取了一塊進嘴。

為首的叱責道：「嘿，別貪吃，會留下手尾！」

方瞬見狀，慌張的大叫，但他只能發出沉悶的聲音，他們也沒理會，便頭也不回的開門離開了。

方瞬焦慮的坐在椅子上，無奈的繼續等待。

等了好久好久，外頭的天空完全暗了下來，客廳內本來就開了一盞燈，還讓方瞬可以看得到周圍，他扭動身體，讓椅子一點一點的轉動，終於可以面對同樣被綁在椅子上的媽媽。

媽媽仍然低垂著頭，看不出是否還活著。

方瞬凝視著媽媽，屏住鼻息，暫時停止呼吸，因為他聽說若要知道別人有沒有在呼吸，必須自己停止呼吸才看得出來。他試過這一招，當電影中有人扮演躺著的死人時，只要鏡頭夠久，方瞬試著不呼吸，就能看出演員其實掩不住腹部微微的起伏。

媽媽有呼吸。

可是為什麼媽媽不醒來呢？

等了好久好久，其實只有三十分鐘。在這半小時內，天色慢慢黑了，客廳裡又沒開燈，只有窗外遠遠的路燈斜照，所以他感覺時間格外的長。

進入天黑後不久，終於有人扭動大門的門把，大門輕輕打開，在敞開的門後面，一位膚色很深的男子警戒的貼在門邊，朝屋內探頭查看。

他的一手按在腰間的槍枝上，一雙眼睛不放鬆的掃視屋子裡面。

他在門邊打開客廳的燈，輕步走到方瞬跟前，一手掀開遮住他嘴巴的布，小聲的說：「我是警察，還有其他人躲在裡面嗎？」

方瞬用力搖頭。

警察馬上繞去他背後，替他解開繩索，口中說道：「我叫林重，你可以放心了，待會慢慢告訴我發生了什麼事。」

「桌上的菜有毒。」方瞬大聲說。

「什麼？」林重錯愕不已。

「桌上的菜有毒，不能吃！」說出來之後，方瞬大大鬆了口氣，豆大的淚珠頓時像關不住的水龍頭般流個不停。

「停止了。」馬守義說。

靠坐在牆緣的李真心，身上的彩色板塊業已消失，只有零星的光點在閃爍，她像剛剛跑過田徑的選手，疲憊不堪的合上眼睛，不停沉重的喘氣。

立行師兩眼不放鬆的凝視真心，直至看著她的身體恢復正常，不再變化為止。

「什麼時候恢復的？」立行師問馬守義。

「剛才，半途中，就開始漸漸褪下來，褪得還挺快的。」剛才馬守義把真心抬上手推車，讓僧人將真心推回庵中。其他僧人看不見，只有馬守義和立行師看得見真心身上的奇妙現象。

剛才在真心身上持續很長時間的炫麗彩色拼塊，在把真心送回藥食庵的途中忽然減弱，在抵達門口的時候幾乎完全消失了。

立行師在心裡默數了一下，真心身上的現象，應該是差不多是他在電話中聽到大年逃離時減弱的。

「守義兄，你覺得那是什麼？」

「我覺得是什麼，只能說是揣測，可能都是錯的。」

「所有的理論都從假說開始，你當然可以提出假說，我也有一個假說。」

「你先說。」

「我覺得是時空，扭曲的時空連續體。」

馬守義搖搖頭：「我覺得不是扭曲，我們的一個『當下』時間感是時空連續體在時間坐標上的切面，而真心身上是另一個角度的切面，在她身上呈現的不是一個『當下』，而是含有多重時間的切面。」

「呵，有道理，說不定她是在瀏覽，在真正的時空連續體中洄游，而在我們三次元的肉眼，看起來就這樣子。」

「肉眼看不見。」守義提醒他。

「呵呵。」立行師摸摸光滑的頭頂。

「只是揣測。」

「假說。」立行說，「我還有一個假說，這位小姐，是整件事情的關鍵。」

「何以見得？」

「她姐姐第一次看見身上的現象，是從跟莊雪筠見面開始的。」立行師說，「剛才——如果沒錯——可能是最後一次出現。」

「因為鍵接被打斷了？」

「因為因果關係修正了。」

旁邊的僧人聽他們兩人一來一往，聽得一頭霧水，只覺得每一句話和話之間都必須加上層層的注解才能弄明白。

立行師瞟了一眼手機，對守義說：「他快要找我了，我們進房。」

兩人走進大堂後方的小室，是立行師的小型辦公間，存放單據和帳本之用的。果然才剛進房，手機就響了。

立行師打開播音，讓馬守義也聽得見對話。

「你是誰？」手機那一端的朱大年劈頭就問，但語氣軟化了許多，「為什麼幫我？」對方的說話聲一頓一頓的，顯然正在走路。

「這樣說好了，」立行師說，「我是和尚，還有我的朋友是道士。」

大年沉默了一下，才說：「和尚和道士，是外號嗎？」

「是真的，我是出家人。」

「你們想怎樣？」

「我們想找個時間跟你聊聊，因為你的情況，不管怎麼看都挺有意思的，你有空嗎？」

大年又沉默了一下，才問：「既然你是和尚，也瞭解我的狀況，我想請教一下，殺死自己的前世，會不會有報應？」

「有的。」

「我殺的是自己呀！難道把自己殺了，也會報應嗎？」

「你的雖然比較特別，但原則並沒有不同，比如說自殺吧，也是殺死自己，也會有果報。」

「殺自己的前世，跟自殺不同吧？至少心情就完全不同了。」

「大年呀，」立行師一呼喚他的名字，他的精神頓時就放鬆了一些，「重要的是，你是否動了殺念、起了殺意，那殺心就是地獄呀。」

大年不說話了，他仍然在急促的走路，立行師聽見四周的噪音忽然減少，大年顯然是從室外走進了一個室內空間，手機中傳來播報班次的聲音，立行師才知道他走進火車站了。

「我會再找你，謝謝。」大年掛斷了。

馬守義望著安靜的手機：「他會再打來嗎？」

「會的，」立行師信心滿滿，「因為他渴望答案。」

三天前，星期六的晚上，他們的計畫開始執行。

逛完百貨公司之後，雪筠叫國棟先回宿舍：「不需要送我了，你不是還有功課要趕嗎？」

國棟想跟雪筠待久一點：「我不會做的啦，反正明天還有時間。」

雪筠完全猜透他的心思，便對他微笑說：「我也累了，你早點回去吧。」雪筠的心裡在計算時間。

「可是……」

「拜拜了。」雪筠斬釘截鐵的說。

當她這麼說時，國棟就明白不用再說了。

雪筠拉住他外套的衣領，把他拉近，抬頭湊上他的嘴唇，深情的吻了他很久。國棟感到靦腆，不安的左右看顧行人，他們平常都不敢在大庭廣眾這麼做的，不懂今天雪筠為何如此放得開？

只有雪筠知道，這是最後一次見面了，這吻也是最後一次親密的肉體接觸了，下一回她再度跟國棟見面時，她就是國棟本人了。

「我乘捷運回去。」雪筠轉身離去，過了馬路之後，再回頭朝國棟搖手。

其實她是為了要確定國棟真的離開了。

果然國棟尚未離去，他遙遙呆望著雪筠，他也要確認雪筠真的下去捷運站了。

雪筠走進捷運站，步下樓梯，一直到底層了，她再回頭觀望了一陣子，才再度步上電動手扶梯，上到站外的地面。

這次國棟不在了。

雪筠經過斑馬線，回到百貨公司門口，打烊的音樂正在百貨公司內響起，顧客們魚貫走出大門，有一對對挽著手的情侶，也有一看就知道相處了很久的夫妻，雖不如年輕的情侶熱情，卻互動得非常自然，令雪筠忍不住直盯住他們，心中油然生起一股羨慕。

漸漸的人少了，大門外只剩下警衛和幾個等人的人，玻璃大門一一鎖起，只留下一道門有警衛守著。

不久之後，百貨公司的員工們陸續出現了，他們從唯一開啟的玻璃門出來，大多數直接往捷運站走去。雪筠靠在不遠的牆邊，微微垂首，實際上兩眼不停在注視出來的人。

大部分員工離去後，才有一名櫃台小姐拎著個滿滿的大紙袋——印著百貨公司標誌的——匆匆的走到門口，向警衛說了聲抱歉，然後快步走向捷運站。

雪筠跟上她的腳步，尾隨她進入捷運站。

「曉柔曉柔……」雪筠口中默念，似是要再次確認對方的身分。

她們都上了捷運，雪筠坐在曉柔對角不遠的座位，從人群的間隙中監視曉柔，不讓視線稍微離開她。

在搖搖晃晃的人群中，曉柔突然抬頭，跟雪筠的視線接觸了一下下，雪筠趕忙轉開眼神，曉柔的嘴角偷偷在微笑，神色有些得意。

她知道曉柔在得意什麼，但曉柔不知道的是，她紙袋中的白色大衣是雪筠精心安排的煙霧彈，用來滿足自己，也用來混淆辦案方向的。

雪筠還知道曉柔將在哪一站下車，為免曉柔覺得有異，雪筠假裝低頭小憩，直至抵達曉柔要下車的站，雪筠才故意先走到曉柔前方，比她先下車，再邁步走到曉柔要出站的方向。

她探訪過這裡好幾趟了，曉柔住的公寓樓下有一間有桌椅的廿四小時便利商店，曉柔進去買了盒飲料，坐在大玻璃牆的位置，正好可以看見公寓入口的動靜。

不久，她看見曉柔男友抱著百貨公司的大紙袋下樓，那男子染了一頭黃褐色的頭髮，穿著窄身的皮革外套，眉宇間流露著痞子氣，一眼看去就很不可靠的樣子。

曉柔的男友行色匆匆，他騎上機車快速離去之後，雪筠馬上走出便利商店，步入公寓樓下的入口。入口十分窄小，只有一盞短短的日光燈管照明，又是個開放的空間，沒有門，任何人都很容易進出，電梯旁有個守門員的櫃台，守門員也下班了，沒人在看守。

雪筠按了電梯，抵達曉柔居住的樓層時，她的手心禁不住泌出厚厚的汗澤，她趕忙在外套上用力擦手，免得待會手滑，然後又將長髮紮起來，免得待會被拉扯或弄髒。

終於，她舉手要敲門，但仍是遲疑了一下，才伸手試試輕輕的扭了扭門把。

門沒上鎖！

雪筠輕輕一推，門緩緩的滑開，露出正在收拾房間的曉柔，她的百貨公司制服尚未換下，鼻梁上架了細絲眼鏡，她察覺到門開了，但並沒轉過頭來，仍然低著頭問：

「你回來啦？」

哦，她誤以為是男朋友回來了吧？

雪筠大步走過去，用盡力氣把手中的小刀插進曉柔的耳朵下方。

曉柔正在收拾東西的手停頓了一下，又再作勢要去拿起亂丟的啤酒罐，雪筠只好把小刀抽出來，再插進同一個部位附近，血水這才像水龍頭一般流出，曉柔的腦袋很快就流光了血液，聯繫眼球的視覺區馬上失去功能。

她往前仆倒在床上，脖子的洞口仍在不停的冒出血泡，把整張床單灌成一方血池，曉柔的臉很快就被淹沒在血水之下了。

雪筠驚魂未定，用力的喘氣，把剛剛那一刀插下之前所屏息的所有空氣重新吸入。

她殺人了！這是她生平第一次，也是最後一次殺人，不過沒關係，死的是她自己，她是為了自己更好的未來鋪路！

雪筠很快讓自己冷靜下來，她低頭看看染滿鮮血的衣服，於是把衣服、內衣和鞋子全部脫下，扔到床邊的地上，讓血衣跟紊亂的房間合為一體，她記得國棟告訴她，國棟喜愛的武俠小說家寫過：藏一片樹葉最好的地方就是樹林。

她走進浴室，把小刀洗乾淨，把身上和頭髮的血跡清洗乾淨，再小心的踏出浴室，抬高腳尖，避開地面的血泊，從曉柔的衣櫥中翻出適合的衣服，回到浴室去穿好了，才準備要離開。

她打開小套房的窗戶，讓寒風吹入，好吹淡濃烈的血味。她走到門口，試試穿上曉柔的鞋子，稍微寬了一點，幾乎合腳，只要不影響走路就行了。

雪筠反鎖門鈕，輕輕帶上門，下電梯，回到清冷的夜街，走向下一個計畫。

曉柔的屍體靜靜躺著，從窗口灌進來的冷風令屍體迅速降溫，不久以前仍在滿腦子各種思緒的曉柔，而今只剩下無生命的一團冷肉。

凌晨時分，有人插入鑰匙，套房的門再度敞開，曉柔的男友手中提著一塑膠袋的啤酒和雞排消夜，眼前赫然映入大片血色，令他暈眩了一陣，差點腿軟跌倒。

他站在門口發愣了一會，心裡混亂得無法思考，最後決定輕輕拉回門。

他剛剛把那件高級大衣交給一個駝背的男子，得到一筆他意料不到的可觀佣金，幾乎等於那件大衣的價錢。他興奮得很，心裡馬上湧起了各種計畫，各種他以前從來不敢想像的計畫。

他計畫明天去買戒指，向曉柔求婚。

他計畫做攤販生意，前幾天跟一位朋友談論過了，朋友在夜市的攤販要頂讓，他過去在朋友的老婆生產時幫忙過他的攤位，幫朋友做平日他太太做的處理食材等工作，所以也實習過了，他覺得這個工作他做得來。

他計畫開始全新的生活，讓曉柔放心的跟他建立家庭。

他計畫帶曉柔去實現他常常提起的小旅行，不遠，第一次旅行就先到墾丁的沙灘去好了，他要買泳衣給曉柔。

可是當他興匆匆回到家時，看到的是慘烈的命案現場。

他腦子暈陀陀的步入電梯，也沒顧及房門完全合上了沒。

他騎上機車，下意識的開到他以前常去的地方，以前他跟朋友的秘密基地，那裡有許多青春時代的回憶，他也曾經把曉柔帶去那兒，把機車停在河岸山坡的林徑中，把曉柔裙下的內褲脫下，叫曉柔弓腰，兩手按住機車，他在陽光透過林葉的大量小光圈中，從後面進入了曉柔。

今夜，他把機車停在寒夜的橋上，俯視夜色下的河水，粼粼的波光顯示河水正緩緩流動，他無意識的抽了一根又一根菸，直到把整包菸抽完為止，才重新跨上機車，把它騎入林徑，那個曾經和曉柔唯一一次野合的回憶地點。

機車開進林徑，他將它停好，打算冷靜的思考下一步，如何面對警方？如何安排不在場證明的說辭？那筆錢的事應該不用提及吧？

其實他無須考慮這麼多。

他轉身扶正機車時，背對著河面，磨平已久的鞋底在被夜露沾濕的草地上一滑，他往後跌倒，後腦勺先撞到山坡上一塊凸出的堅石，令他的意識瞬間進入半昏迷狀態，接下來的翻滾和數十次的撞擊、刮傷全在意識不清下發生，然後他整張臉撞入河水中，飽含微生物的河水灌進他的呼吸道，裝滿原本用來交換氣體的肺泡。

他在無法自主下迎接死亡，距離曉柔的死亡大約三個小時。

雪筠乘計程車回到她的小雅房，放下小背包，只攜帶可以證明身分的證件，置入外套的口袋中，帶了刺殺曉柔的刀子，就步出雅房。她再回頭望了一眼這間住了一年多的房間，便合上門離去。

樓下，一輛休旅車在等候它，一見她現身，休旅車立刻發動，她拉開後座的門，坐進有防曬黑鏡的後座。「開車吧。」她對坐在駕駛座的朱大年說。

「哦。」大年應了聲，將休旅車滑出馬路，「怎樣？」

「你告訴我呢，怎樣？」

「脖子不痛了，剛才不久而已，就那麼突然。」大年撫摸脖子長年都會莫名疼痛的部位。

「所以，這證明了我們的推論沒錯。」雪筠漠然說道，「待會我死了，你的貧血便會消失，你會更有活力，等你把每一個在你之前的人都處理掉之後，你就會是全新的一個人，再也沒人認得出你。」

大年專心的握著方向盤，留神前方的路況，雖然深夜車輛稀少，他仍然不敢掉以輕心。

「胡伯伯那邊怎樣了？」雪筠問他。

「剪了。」他剛才偷偷去剪斷胡天雄的有線電視線。

「好，」雪筠點點頭，「他明天不能看見新聞，對他太刺激了。」

「你還可以選擇放棄，」大年忽然說，「我已經習慣了這副身體，不改變它，就這樣過完一輩子也沒關係。」

「不，命運早就已經決定了，如果他們不這樣死，你身上也不會有這些問題，所以說，他們的死，是在這之前就已經決定發生的事。」

大年歪歪脖子，再試試它會不會痛。「我讀書少，聽不懂你說的話，不過沒關係，我聽你的，你隨時都可以喊停。」

「謝謝你，」雪筠低垂睫毛，「不過我不想繼續用這個身體活下去了，請你成全我吧，成全每一個在我之後痛苦的生命，讓我快點過渡到你的生命吧。」

大年不說話了。

按照計畫，雪筠給他一筆錢去租了這輛休旅車，做為他這幾天的行動工具，車上還放了雪筠從退休藥劑師家裡弄來的酒精、氯仿、氰化物、安眠藥、維生素等等藥品，還有電油、球棒、繩索、工具箱、布條等等殺人工具。

他把休旅車開到汽車旅館，在入口接待處把車窗放下一點，付清房間的費用，取了鑰匙，直接開入房間前方的泊車間，放下了電動捲門，把外頭隔離開來，裡面馬上變成隱密的空間，雪筠這才開門走下車。

大年一看到她，感覺快要窒息了。

雪筠在車上已經把衣服脫下，折疊好放在座位上，她全身一絲不掛，只有一雙鞋子包裹兩足，不令泥塵沾污腳底，渾身雪白的肌膚，在迴盪著車煙味的車房中，清麗脫俗得彷彿剛剛來到人間的仙人。

她口中嚼著清涼薄荷糖，一手握著裝薄荷糖的小盒，一手握著小刀，走到房門，叫大年開門：「鑰匙呢？」

看傻了的大年這才回過神來，慌忙跑去開門，在開門時，紅著一張臉，生怕手肘會碰到雪筠的裸體。

雪筠在門內脫鞋，走進房間，先到浴室去開水裝滿浴缸，還特地把水溫調高一些，因為這樣泡澡才會令血液循環變快。

在等待水滿的時候，大年把等下要換穿的衣服平鋪在白淨的大床上，雪筠瞄了眼那件白色大衣，忍不住用手輕撫大衣上柔軟的細毛，然後乾脆把大衣拿起來，小心翼翼的穿上，包裹她因寒冷而起疙瘩的皮膚。

她走到有整面牆壁那麼巨大的落地玻璃鏡前，轉動身子觀看自己，對鏡中的自己感到很滿意。

她聽到水聲戛然而止，轉頭望去浴缸時，只見大年正默不作聲的將水龍頭扭緊，水滿了。

雪筠會意的點點頭，她將綁頭髮的兩條毛線圈子解下，順手放入大衣口袋，再倒了數顆薄荷糖進嘴，順手把盒子放入大衣口袋。此時她摸到口袋中有一張紙，拿出來一瞧，見是一張發票，又順手將它塞了回去。

浴缸是大型的落地圓形按摩浴缸，可以整個人舒服的泡進去。雪筠脫下白色大衣，步入浴缸，將身體沒入溫水，把小刀擺在浴缸邊緣，合上雙眼，往後仰首睡在浴缸邊。

「準備好了嗎？」大年的聲音自朦朧的霧氣中穿進來。

「嗯。」雪筠輕輕的應了一聲。

大年把手中沾了氯仿的厚布輕輕覆蓋在雪筠的鼻子上。

雪筠由始至終沒有動靜，大年也不知道她究竟昏迷了沒有。

他把雪筠的手從溫水中舉起來，手臂完全沒有抗力，像垂掛在屋簷下的風鈴一般。

大年拿起小刀，將雪筠的手移近水面，然後用銳利的刀鋒將手腕深深切割，雪筠教過，必須連同韌帶切斷，才能割破血管，果然，鮮血立即湧出，大年趕忙把手放回水中，讓鮮血流進水中，不沾染到浴缸之外。

他提起雪筠的另一隻手，也如法炮製切割手腕。

雪筠被溫水泡得紅嫩的臉龐，血色迅速褪去，臉色逐漸蒼白。

不知是心理作用還是怎樣，隨著雪筠的血液流失，大年的確覺得身體內部越來越有活力，每個細胞都像漸漸充飽了電力，似乎雪筠的血並不是流失，而是流進了他的身體。

浴缸的水位因大量血液的流入而慢慢高漲，大年按下放水的按鈕，同時把水龍頭扭開到最大，把整缸血水稀釋沖入下水道，再打開花灑沖洗雪筠身上的血污，確定她不再流血之後，再用海綿和沐浴乳把雪筠全身每一寸清洗乾淨。

大年將雪筠抱出浴缸，把她輕輕放到鋪了一層防水塑膠布的床上，擦乾她的身體，用吹風機吹乾她的頭髮，用一大把棉花泡酒精擦拭全身，清除剩餘的血跡，再依雪筠的指示，要在屍僵發生之前，手腳關節仍可轉動的時候，為她穿上事先準備好的衣服，尤其是那件重頭大戲——昂貴的白色大衣。

準備好了，大年把雪筠抱起來，像抱著新婚的公主一般，將她抬回休旅車，讓她端坐在後座上。很快的，雪筠全身的肌肉會暫時僵硬，所以待會行車時只要扣好安全帶，就不容易倒下來了。

大年把她擺放好之後，再睥視雪筠的臉，她安詳的表情彷彿只是睡著了，像是隨時都可以喚醒的樣子，所以大年想瞧瞧看她是不是還會醒來。

他回到房間，看看手錶，四點半，是時候了，他取出雪筠交給他的手機，撥打預先記錄在內的電話號碼。

等了一陣，對方錯愕的接起電話，不明白誰會在凌晨還打電話，一定不會有好事。

大年舉高雪筠事先寫好的講稿，讓它與視線平行：「嘿，又帶女人去你老爸的辦公室開房了嗎？」

這句話十分有效，對方馬上屈服了。「如果不想你老爸知道，你把服務處當成賓館，就乖乖照著我的話做，你早上六點，記住，六點，一分不差，不可以早也不可以晚……」

威脅對方的談話時間很短，也不難說服他乖乖服從，這些老早就在雪筠的預料之中，但大年感覺卻像度過了一整天的時間，心臟緊張得撞擊胸腔，比剛剛切割雪筠的手腕還緊張，差點兒就要氣喘。

部署完畢，一切正如雪筠計畫的一般進行。

他再次確定雪筠坐得穩穩的之後，便發動休旅車，把它開離汽車旅館，用時速六十公里往雪筠指定的社區開去，因為那兒有許多認得她的人，她的身分將會很快被確認。

時間不能早也不能遲，必須剛剛好，雪筠瞭解那條街道上的動靜，有一位愛穿粉紅色緊身褲的婦人會在幾點開始晨跑，拉著堆滿回收資源的木車的老人會何時經過，只要沒有意外，這些人物的出現就如同預設的時間表一般準確。

大年事先在一條小巷子下車，把一塊偷來的車牌用雙面膠貼在現有的車牌上，即使其他監視器真有拍到什麼，也會模糊視聽。五點十五分，休旅車抵達社區旁的小公園，大年把車燈熄掉，輕輕踩油，讓車子緩緩滑進小公園旁的小路，這裡平日是單行道，但在這種大家都在熟睡的時刻，不會有人理會。

他用車身擋住公園，在面對公園那一側將雪筠搬下車，雪筠的身體十分僵硬，或許也是件好事，這樣方便他快速將雪筠的姿勢擺好，然後快速離去。

五點半，他把休旅車開到小公園外的大路旁，那個角度正好可以望見里長辦公室的入口。他將引擎熄火，再打了一通電話給里長的兒子，然後觀察他有沒有履行指示，就可以扔掉這部手機了。

確定里長兒子有聽話之後，他還數度走下車，徒步經過公園，確定雪筠的姿勢沒有倒下來。

雪筠買了件寬大的外套給他，讓他的駝背不至於太明顯，他還戴上帽子，盡可能掩蓋他臉上的特徵。天氣預報寒流會來，看來提早來了，尤其凌晨時分特別又冷又濕，他兩手不停搓揉著暖暖包，希望手心的暖意能傳遍全身。

冬日的早晨來得較遲，昏暗的天空邊緣漸漸發白，晨跑的婦人即將現身了。

大年把休旅車開到附近巷子裡，尋常警察不會注意到的地方，他平日送貨常常就需要這麼做，所以很瞭解該如何不惹來居民的抱怨。

他漫步走到公園，躲在雪筠指示的一個角落——連這點細節她都顧慮到了——等待婦人的出現。

哦，來了，粉紅色的緊身褲在不遠處的轉角現身了。

大年忍不住捏緊暖暖包。

週日上午九點半，曉柔驚奇的打開眼睛，眼前是百貨公司三樓女裝部門，她正站在櫃台前方，一時不知該做什麼才好。

「奇怪……」曉柔心存疑問，「我什麼時候來上班的？」今天早上起床、吃早餐、乘捷運等等的整個過程，她一點都記不起來。

主管經過她前方，瞥了她一眼，她趕忙低頭假裝整理。

主管走過時，心裡困惑了一下，她剛剛從員工打卡的櫃台過來，剛才稍微瀏覽了一下打卡機旁的卡片架，看誰遲到的，記得石曉柔也還沒抵達呀？沒事。她甩甩頭，告訴自己，或許看錯了吧？

尾聲

時間會凝固在心

x＝10 真如

晴空萬里，毒辣辣的太陽肆無忌憚的烤熱著柏油路，要不是長途巴士的輪子不停在轉動，說不定會被高溫的路面烤得熔化。

長途巴士在農田旁邊稍事停靠，馬上又啟程上路，生怕停久一些就會被黏在路面似的。國棟在巴士短暫的停車時下車，他拖著個小行李箱，從開著強烈冷氣的車廂進入炎熱的世界，汗水立刻冒個不停。

不過，這兒畢竟比大城市好多了，夏天的城市熱得像蒸籠，只要出門走幾步，衣服都會被汗水黏在皮膚上。反之這裡空曠而風多，放眼皆是翠綠景色，還有噪翻天的蟬鳴，氣溫和環境都很像國棟的家鄉。

他走到路旁的樹蔭下站了一會，等長途乘車的昏沉感慢慢消失了，才沿著農田走到半公里外的「藥食庵」大門。

農田旁有戴著斗笠的出家人在忙碌，他們看見有人大熱天拖著行李箱走路，抬頭望了望，便紛紛向國棟招手。他們都認識國棟，當他背部被火焰燒傷時，就是他們用大黃水幫他搶救的，事後國棟還靜養了一個星期才離開。

國棟跟立行師說好，暑假來庵中幫忙，是以夏天一到，他就動身前來了。

剛踏入藥食庵，溫度馬上就降了一度，國棟站在前院享受了一下涼快，就見到立行師從門口走出來迎接他。

立行師剛剛應該在忙，他在脖子上掛了一條毛巾，正努力的用它擦掉滿頭汗水。他笑著對國棟說：「來啦？裡頭有人在等你呢。」

「咦？誰？」國棟心裡忖著，一面恭敬的朝立行師點了點頭：「我來打擾師父了。」

自從雪筠的事件後，國棟發現自己有一些變化。

每當他接近李真心時，他會感覺到一股奇特的吸引力，就像兩塊磁石相逢，不由自主的會有一股被對方拉過去的隱形力量，這種感覺，實際上跟他每次跟雪筠在一起的時候很相似，但又有著微妙的不同。

或許，這其實不是性的吸引，他跟雪筠之間說不定不是真正的愛情，雖然會互相吸引，但說不定……只是輪迴中的聯繫將他倆牽在一起而已。

如今，這種感覺又回來了。

不過這次很不一樣。

屋厝中有一股很強烈的力量，像要把他吸進去裡面，像要把他體內的生命力牽引出來，國棟在大熱天下打了個寒噤，忽然間有點不太想進去。

不會是李真心在裡面吧？不，不會是，不一樣。

立行師走過來，拍了拍他的背後：「進去吧，大家在等你。」

大家？

立行師這一拍，國棟的恐懼感驟然消退，彷彿他從來沒有恐懼過。

國棟進到屋厝中，見到有個穿背心的男子，背對他蹲在地上，兩手正忙著處理一堆稻稈，從背後見他兩臂孔武有力，背心濕透了汗水，可看出厚實的背肌隨著擺動的肩胛骨而蠕動。

聽到國棟進門的聲音，那男子回頭望了一眼，立刻站起來面對國棟，他手中握著把小刀，見到國棟驚愕的眼神，他再度蹲下身將小刀放回地面，才對國棟笑著伸手：「你好，張國棟，對吧？」

國棟吃了一驚，這人素未謀面，為何知道他的名字？驚疑不已的他也伸出手回應，兩人的手才一握上，國棟馬上感到對方手心產生一道吸力，他手臂的肌肉瞬間萎縮了一下，手臂血管內的血液彷彿剎那之間被抽空了。

國棟毛骨悚然，趕忙要抽回手，但對方比他更快掙脫他的手，還快速倒退幾步，困惑的凝視自己的手，然後蹙眉對國棟說：「我們兩個還是離遠一點比較好。」

「你是誰？」國棟只覺剛握過手的右手麻痺得疼痛，如今血液重新灌入血管，把血管沖脹得很痛。

那人比他高一點，年紀四十上下，面貌俊俏，體型精壯，聲音沉厚且帶有迷人的磁性，那雙吃驚的眼神，似乎在哪兒見過？

見過！是的，見過！

他回去大學後，刑警林重幫他向校方證明，他失蹤一個星期是在秘密協助警方辦案，解決了他最擔心的曠課問題。事後，林重給他看一個人的照片，問他：「莊雪筠有見過這個人嗎？」

照片中的人長得慘不忍睹，教人不忍心多看幾眼，他額頭上一大片猙獰的紅斑，脖子歪一邊，整個人畏首畏尾的模樣。

是的，眼前這人的眼神，就跟林重給他看的照片中人一樣！

「你是……」國棟幾乎要想起他的名字了。

「我是朱大年，你的下下一世。」那人坦然說道，「如果你想活著，還是別碰到我比較好。」

國棟頓感不寒而慄，忍不住瞄了眼地上的小刀。

「放心，他不會殺你。」背後傳來立行師的聲音，國棟回頭只見馬守義也隨同走進來，不禁放心了許多，「你也不必怕他，他就是你呀！」

話雖如此，但國棟望著大年時的感覺就是很詭異。

「他是未來你，你是過去他呀！」立行師大聲說，「你死後就是他，知道自己的未來，還有恐懼的嗎？」

馬守義站去兩人中間，左顧右盼的對兩人說：「待會，吳滿月和真如真心都會抵達，你們先放心的聊，今晚，咱們再好好談一談。」

「大年，謝謝你幫忙我們工作。」立行師邊說邊彎腰撿起地面的刀子，將它遞給身邊的出家人：「這兩個人需要好好談一談，你們進去涼快的地方，喝點涼快的飲料吧。」

國棟忍不住一直觀看大年的臉，他很難想像這是他的未來。

這表示他的未來已經決定了，因為他的未來已經發生了。

是的，他很渴望坐下來談談，正如立行師所言，他有太多的問題想問。

但是，當他們真正坐下來單獨面對面時，他想問的問題只剩下一個。

「雪筠是怎麼死的？」

兩人之間隔著一張桌子，誰也碰不到對方。

對於國棟突如其來的問題，大年認真的想了一下，才說：「我必須先說在前面，她的死，是她一手計畫的，我負責執行。」

國棟仍然不放過他似的死盯住他：「她已經死了，隨你怎麼說。」

大年聽了，慍道：「我們在談自己卻像在談別人一樣，別忘了，她是你，也是我，她的計畫就是我們以前的想法。」

「好，就當你沒騙我，那她有計畫殺我嗎？」

大年凝視著國棟，思量了很久才說：「好，你比較特別，她給了我兩個版本，一個是親手殺了你，埋伏在你的大學，在你騎踏腳車回宿舍經過一個偏僻的角落時，突擊你，淋上汽油，然後馬上點火，這是第一個版本。」

國棟的兩隻手緊緊握在一起，緊得微微顫抖，淚水盈滿了眼角。

「但是，她預料到你可能改變路線，因為雖然她能看見未來的輪迴，但對於還沒發生的部分，有時會看到不同的版本。」

「嗯。」

兩人都吃了一驚，才發覺馬守義正在旁邊聆聽，剛才那一聲「嗯」是他發出的，見大年停止說話，馬守義向他揚揚手：「繼續，請。」

大年吞吞口水：「她看見，無論如何你都會被火燒，即使我不動手，你也會發生的。」

國棟不甘心：「但是，她忍心傷害我。」

「記住！你要搞清楚，她傷害的不是你，她不是這麼想的，她傷害的是她自己！」大年感到有點混亂，忍不住抓抓頭。

「所以，我沒死，現在還需要死嗎？」

大年搖頭。

國棟鬆了口氣，這才放鬆了緊握的雙手。

「有趣，」馬守義在旁邊呢喃著說，「看來最後，時間還是發生了效用。」小聲得他們聽不到。

「我還是不懂，」國棟緊皺眉頭，「為什麼她要選擇這麼做，是為了成全你嗎？」

他向大年展了展手，「可是她在能夠窺看轉世之前，根本不認識你呀。」

大年噤聲不語。

「她跟你說過這麼多，你知道為什麼嗎？你知道她的動機嗎？」

大年搖頭：「她主動找我的，我被她說服了，就這樣。」他答應過雪筠——答應過自己好幾個之前的前世——不告訴國棟的，但他忍不住暗示了一下，「如果你能看到你身為雪筠的前世，不就知道了？」

國棟苦笑：「可能喝過孟婆湯，忘記了吧？」

大年嘆了一口氣：「今天晚上，我會把我知道的都告訴你們。」但他仍然會信守對雪筠的承諾。

夏天的傍晚來得遲，太陽還在徐徐斜滑入地平線時，藥食庵已經開飯了。以往戒律嚴格的寺院遵守「過午不食」，但藥食庵的僧人每天使用很多勞力，晚餐還是要吃的，這一餐被當成醫治身體的藥物，所以稱為「藥食」。

大家排排坐在長桌，打好飯菜之後，由立行師帶領僧人唸祈願文和咒語，祈願其他的生命皆得飽食，並唸咒給餓鬼令他們能吃到食物。

當他們在唸的時候，真如真心兩姐妹也在低聲跟著唸，吳滿月聽到她們喃喃細語，好奇的小聲問道：「你們會？」她是到佛教團體經營的孤兒院領養這對姐妹的，說不定她們唸過。

真如一邊點頭，口中一邊不停的跟著唸咒，真心側頭對吳滿月小聲說：「小時候每天唸。」吳滿月頷首表示瞭解了。

大家在安靜中用完餐後，立行師把眾人引進藏書的房間，那邊很安靜，包圍在書本之中，即使有七個人待在裡頭，空氣依然比外面涼快。立行師吩咐其他出家人去做各自的功課或事務，完成後自己去睡，不必等他，隨即關上房門，不讓其他人聽到裡頭的談話。

大家的焦點都聚在朱大年身上。

朱大年知道今晚他是主角，所有人都期待他即將說出的話。

他清清喉頭，開始娓娓道出：「感謝立行師父、感謝馬師父兩位邀我前來，今天我可以站在這邊，也要感激大家的體諒，我今天願意前來，應該跟大家的目的相同——究竟發生了什麼事？」

他對今晚要說的話準備了好久，在心裡打過幾篇腹稿，一旦要開口了，之前的腹稿全盤忘記，過去的種種經歷和想法便自然而然從口中流出了。

「我出生時，就把父母嚇了一跳，他們不想要留下我，把我送去孤兒院，付錢叫人養我，我相信，他們希望我死掉，如此他們就不必再付錢，也卸下心頭大石。」大年把手蓋上左邊的額頭：「我這理有一大塊紅色胎痣，我背後有一大塊又硬又厚的皮，令我的背直不起來，我的左臂很奇怪的扭曲，像被折彎的樹枝一般，你說，如果你是我的父母，你會不會要我？」

他的語氣輕鬆，像在談別人的事一般平淡。

「孤兒院的院長待我很好，他在我十八歲時幫我找了一份開卡車的工作，可是，才剛工作沒多久，卡車就撞死人，」大年搖搖手，「車不是我開的，那時我只是位跟車的實習，而且我相信你們都知道我撞死誰了，溫美儀，跟我一樣十九歲，她慘死，奇怪的是，她死的時候，我從小彎曲的左手突然間好了，」他抖了抖左臂給大家看，如今他的手臂強壯有力，一點也不見過去殘障的痕跡，「我當時很害怕，但是也注意到，溫美儀的左臂斷掉了，而它屈折的樣子跟我原本的左臂一模一樣。」

李真如忽然想要發言，但是她才剛舉手，吳滿月就伸手制止了她，讓大年繼續說下去。

「我當時完全沒辦法理解，也沒有人可以跟我討論，所以只把這件事放在心上。」大年繼續接下去說，「我身上問題很多，我皮膚有治不好的爛瘡，全身散發惡臭，怎麼洗也洗不香，直到溫美儀死了幾年後，我作了一個很奇怪的夢，我是一個走路搖搖晃晃的小男生，不知怎地掉進一個很臭的洞，那個夢很恐怖，我吞掉很多屎尿，我被糞便嗆死了，很可怕的夢，但是，那場夢過去之後，我身上的臭味也自動消失了。」

說完這段之後，他環顧了一下所有人，看看有沒有什麼發言。

馬守義偷偷用手指刮了一下眼角，說：「那時候你明白了沒有？」

大年搖頭：「直到十多年後莊雪筠來找我，我才明白。」

「她怎麼找你的？」吳滿月問。

「有一天下班以後，她就在辦公室等我了——順便一提，我就住在辦公室——她一開口就跟我說：『輪迴是一場又一場的惡夢，只希望這場惡夢趕快結束。』」

眾人沉默不語。

良久，吳滿月才問：「你還記得那一天是哪一天嗎？」

大年想了想，從褲後袋抽出一本掌心大小的記事本，小小記事本破破爛爛的，是他自己記錄送貨地點、買東西等事情的小書。他翻了幾頁，把本子壓平，遞給滿月看：「我這麼寫的。」

吳滿月也從隨身布袋取出知返堂的登錄簿，她翻開雪筠最後一次來訪的紀錄，兩相對照之後，說：「一個月，莊雪筠最後一次出現後一個月，她才去找你。」

吳滿月向眾人解釋道：「莊雪筠來要求看前世，但那天正好我們沒幫人看前世，她就改成觀落陰，可是沒有成功。後來她又來了幾次，都是觀落陰，最後一次來的時候，她說了一句話，把我嚇了一跳，我不相信，很抱歉我情緒失控，把她嚇跑了，之後就沒再回來。」

李真如乘吳滿月停歇的空檔插嘴道：「其實應該先說我的事，莊雪筠第一次出現時，我就頭痛得很厲害，而且看到妹妹全身出現很恐怖的現象，妹妹的身體就像電視雪花那樣的畫面，每次莊雪筠出現都會這樣，吳媽媽知道跟她有關，但搞不懂為什麼，所以一直答應幫她觀落陰，那天當她說出那句話時，吳媽媽就被嚇到了。」

「她說了什麼？」國棟忍不住問了。

「她說真心的前世是她。」吳滿月說，「當時我很錯愕，怎麼可能？太荒唐了。」

滿月一直對真如真心的狀況十分擔憂，每次雪筠來到都令她很緊繃，「她逃跑了，我還來不及唸一個咒語，那是一個讓她回到現實中的咒語，我沒唸到的話，莊雪筠就應該跟靈界的聯繫還沒中斷，她仍待在那個靈界中，說不定就這樣，她可以看見自己的前後世。」

「其實……」國棟大聲說，好引起注意，大家也轉頭注視他，「她早就看到了，她騙你的。」

「什麼？」滿月感到錯愕。

「她不敢告訴你，她想自己探索，不過是在……不是最後一次，而是再之前一次，她告訴我：『今天我終於看到了，看到很多樹，有我的名字，也有你的名字，還有其他不認識的人的名字，下一次我要問問看那些到底是什麼？』然後她就告訴你了。」

吳滿月沉默了，不再說話。

「有些事她也放在心裡不告訴我，她是這樣的一個女孩，很多她的事我也不知道。」國棟嘆了口氣，請大年繼續說下去。

「好，」大年想了一下，才再開始說，「莊雪筠告訴我，她看得到前世還有未來世，她看到好幾棵樹包圍著一棵樹，那棵被包圍的樹就是我，上面有寫我的名字，由於她看得見我的過去，所以知道該去哪裡找到我。她說，所有的樹都跟我有著像血管一樣的聯繫，我們是一群，也是同一體，我們分享血液，我們分享生命，只要一棵樹死了，我就會更強一點，因為分享的人少了，我就茁壯了。」

吳滿月緩緩的用力頓首，這解釋了刑警林重所看見的樹叢。她望望真如，看她也明白沒有？因為真如曾經借助林重的眼睛見過這一幕，真如跟她對望，也輕輕點頭。

大年環顧眾人，掃過每個人的眼睛：「這是莊雪筠細心觀察她所看見的景象之後，所作出的結論。我告訴她在我身上發生的兩件事之後，溫美儀的死和馬玄祐的死，更加證明了她的想法。」他停頓了一下：「我第一次見到她的時候，她已經計畫了大部分的細節，她缺乏一個執行的人，而她認為最好由我來做。」

「因為最後受益的是你？」馬守義問。

「不，是因為我不容易被逮到，如果她的計畫無誤，如果速度夠快，我會在短短幾天內脫胎換骨，完全換成另一個人的樣子。」大年說，「沒有一個曾經認識我的人會認得出我。」

馬守義望著年約四十歲的大年，不禁質疑道：「一個十九歲的少女怎麼會想出這麼周密的計畫？」

「她的肉體是十九歲，她的靈魂可不是，」大年說，「別忘了我們每個人都活過不只一次，她很聰明沒錯，別忘了她的下一世更聰明。」她的下一世是李飛鵬。

朱大年說話條理分明，思路快捷，如果見過他以前的照片，知道他過去在孤兒院長大且沒受過足夠的教育，不會相信這真的是他。莫非當其他人死亡的時候，回到他身上的不僅僅是生命力，還有其他的東西？

國棟說話了：「可惜我不夠她聰明，或者說，我不夠我的前前前世聰明。」他嘆了一口氣：「告訴我們吧，她如何計畫殺死每個人的？」

朱大年停頓了一下：「你們要有很強的心臟，因為在我心裡，我殺的是我自己，不關別人的事，所以我下手的時候，心裡想的是：我是為他好，我是為他好。當然，也是為我自己好，所以你們可能會覺得我冷血，但請相信我，如果叫我殺一個不相干的人，我是絕對不會動手的，而且，如果可以選擇不殺，我是寧可不殺的，即使是莊雪筠，我在幫她之前，也曾再三的問她，如果她不想死，我就馬上停手，我是不在乎我自己長得好不好看的，反正我也習慣了。」

大家靜靜的望著大年，沒人說一句話。

「好。」大年說。

然後他開始敘述，雪筠如何安排自己的死亡，如何想穿那件大衣，如何安排買大衣，然後親手殺死石曉柔，再到汽車旅館去，在昏迷中放乾血液……

國棟忽然打斷：「等等，這些都很費錢，她的錢從哪兒來？」

大年早有準備：「她跟她爸爸要的。」

不等國棟反應，大年繼續述說，不讓國棟有發言的空隙。他敘述他如何擺置雪筠的遺體，但跳過了里長兒子那一段，然後如何騙李飛鵬的太太叫他吞下毒藥，還有騙胡天雄吃下安眠藥，再用球棒打死。

接著是如何埋伏張國棟，但功敗垂成，他只好修改計畫先去找方瞬，因為雪筠告訴他，如果不讓方瞬被揑死，其實他也會被媽媽毒死。對於國棟和方瞬，她看到幾個不同版本的結果，她也感到很困惑，所以給了大年應變的計畫。

「不同版本？」立行師喃喃自語，感到很有興趣。

「我不知道你們是怎麼辦到的，」他向立行師和馬守義兩位伸出手，「但謝謝你們幫了我，我不需要殺死張國棟和方瞬，是的，張國棟還是被火燒了，方瞬差點被我揑死，但他們都沒死，我身上的問題也依然可以消失。所以……」他朝兩人深深鞠了個躬，「謝謝你們，這也是為何我答應立行師父，今天願意前來，跟你們大家坐下來『討論』。」

聽完他平靜敘述殺人的過程後，每個人的身體都涼了半截，不由自主的顫抖。

「好吧，我還是不明白一件事，」馬守義說，「即使是這樣，什麼原因令她去計畫把每一世殺死，去讓你這個未來世更好？難道她不怕死嗎？沒有人不畏懼死亡，什麼原因令她可以連生命也願意放棄呢？」

大年沉默了很久，似乎考慮很久，才說：「莊雪筠說，她所看見的前生和後世，全都是悲慘的生活，沒有一個是快樂的，所以她想讓每個悲慘的生命結束，快速過渡到我這一世，尤其是我身上的各種缺陷，更加加重了她的信念，所以，她其實也曾經計畫，如果我覺得我這一世不夠好的話，不如也盡快自殺。」

「那為何你不自殺呢？」立行師溫和的問道。

「因為她看不見我之後的下一世。」大年很快回應，「她沒有把握叫我這麼做。」

「說不定，在你之後，就沒有之後了呢？」

大年立時毛骨悚然：「什麼意思？」

立行師轉移話題：「原來如此，她只看見悲慘的部分嗎？」

大年點頭：「我不明白，為什麼呢？至少我知道那位李飛鵬的生活就不悲慘呀，他聰明，還留美讀書，一生受人敬重，難道雪筠看不到嗎？」

立行師嘆了口氣，道：「強烈的情緒，經常會在記憶中留下強烈的印記，因此當你回溯一段生命史時，特別容易注意到這些印記。」他頓了頓：「那麼，什麼才是強烈的印記呢？恐懼，是最強烈的，然後是悲傷、憤怒等等，幾乎都是負面的情緒，這就是為何新聞喜歡報導負面事件，因為比較容易挑起大眾的情緒。」

「那麼快樂呢？難道我們不會記得快樂嗎？」

「會，當然會，只不過快樂的情緒不夠恐懼來得強烈，很容易被負面情緒掩蓋過去，被推到記憶的背景之中，」立行師淡然說，「這就是為何我們必須不斷提起正念，不停用正面的態度去面對每一件事，讓負面沒機會生起。」

大年聽了，一臉茫然，愣愣地說：「所以……」

「所以她看錯了，看得不夠完整，她只看到情緒最強烈的部分，就下了結論，輪迴不是這樣看的，生命不是這樣解讀的。」立行師說，「說不定，如果她有緣遇上我，找我商量的話，每個人都不必死，你也不必被警方通緝。對呀，她不是遇上馬師父了嗎？」

大年感到很沮喪，原本站住的他，無力的坐回椅子上。

「對不起。」李真心怯生生的舉手，眾人立刻望向她，「問一下，你們的計畫之中，不包括我嗎？」

大年抬頭凝望著她：「你是……？」

「我是李真心。」真心睜著一對大眼點點頭：「剛才似乎沒提過我，基本上，我是你的前世呢。」

「莊雪筠沒提起你，」大年皺著眉說，「從剛才我就一直很困惑，你們說莊雪筠去觀落陰，然後說她是你的前世，但是，她沒提過你，她有提起觀落陰，但沒說你的事。」

真心也覺得很錯愕，她望望姐姐、望望吳滿月、望望全場的每一個人，最後她問：「不是嗎？」

整個藏書室的熱烈氣氛，忽然安靜了下來。

「看來，」立行師輕輕拍手，重新喚起了大家，「今天可以告一段落了，你們還有什麼問題想互相問對方的嗎？」

立行師掃視了一下，只見每個人似乎都有問題要問，但每個人都欲言又止。

「好，」立行師說，「諸位，今天邀請大年前來，是為了要釐清各位的疑惑，你們每個人心中各有各的疑問，我本身也不例外，所以我答應過他，雖然他是通緝犯，但我們不會向警方透露他在這裡，待會他也即將離開，我們也不再過問他的行蹤，希望你們同意，這樣的話，未來我們才有可能繼續討論。」

立行師確認每個人都點頭同意了，說：「等一下我會親自送走大年，你們還有什麼私下想問他的，就請把握時間吧。」

國棟馬上迎上前去：「朱大年，有一件事我很在意。」

「嗯。」

「你現在過得好嗎？」

「挺不錯。」他點點頭。

「聽著，我到現在還是不敢相信我的未來會是你，可是如果這是真的，我希望你活得很好，我也不希望你被警方逮到。」

「謝謝你。」大年移開身體，避免碰到他，「莊雪筠給了我一大筆錢，我可以做點小生意，過得還不錯，其實我的心還不踏實，因為轉變來得過於突然，我還沒適應過來。」

「這是我的電話，」國棟把一張紙條放在桌面，讓大年去拿，「萬一有什麼需要我幫忙的，至少還有這個。」

「我希望不會用上，」大年還是把紙條收起來了，「我感覺到，因為你沒死，所以有些應該發生的事還沒完成，所以只要你碰到我，你的能量就會被我吸過去，如果我們接觸的話就太危險了。」

「也是。」國棟點了個頭，轉過身去躲在一個角落，若有所思的望著真心，不禁想著：「如果大年去碰碰真心，又會如何呢？」

立行師打開藏書室的門，向大年招手：「來，我送你。」

在他們出去的時候，吳滿月悄悄伸手進布袋中，把從進藏書室開始就一直都在接通中的手機掛斷。

手機的另一端，遠在兩百多公里外的林重，聽到手機掛斷後，也放下手機，摸摸因施壓過久而發燙的耳朵，才走去廚房倒杯白水。

吳滿月答應讓他「旁聽」這場聚會，條件是不問地點、不問參與者、不追究、不辦案。

「你要破案？還是要知道答案？」吳滿月這麼問他，「只可以選一個。」

林重選擇了答案。

可是這答案令他陷入了更深更深的思考，一杯水抵在唇緣，久久未吞下一口。

藥食庵外，運菜用的貨車已經隆隆的發動好引擎在熱車，柴油燃燒的臭味在涼快的夜晚中迴盪，立行師登上駕駛座，叫大年坐在他旁邊唯一的座位。

上路後，立行師溫和的告訴大年：「你知道嗎？你並不只傷害你的前世，你還傷害了其他人。」

「我不知道，」大年已經沒有力氣反駁了，「我有嗎？」

「石曉柔的男朋友也死了，跟她遇害的同一天晚上，她男朋友墜下溪中，警方猜想是自殺。」立行師一邊在黑暗的鄉間馬路開車，一邊說道，「李飛鵬的太太傷心過度，中風了，已經躺在醫院一個月，他們還有個大學快畢業的兒子，家裡快入不敷出了。」

大年沉默不語。

「那位小男生方瞬，跑進他家那幾個討債的，有兩位中毒，在醫院搶救一天後死亡，然後他母親腦部有瘀血，現在會常常暈眩，工作就更有問題了。你以為你只傷害了自己，殊不知也傷害了其他生命，他們都各自有自己的輪迴，但都被你插手干擾了。」立行師說，「世間的人與事，千頭萬緒，冥冥之中自有聯繫，我們尚未成佛的人，是無法看清究竟的，你企圖改變時，就會造成干擾，所謂牽一髮而動全局，結果會越來越變得未必如你所料……」立行師停頓了一下，忽然呵呵笑道：「我忽然想到，在物理上這叫做『測不準定理』。」

「師父，」大年低垂著頭，「我該怎麼做？」

「想得正面一點，你還能夠彌補些什麼？能幫他們什麼？只想好的事，別再想不好的事。」

大年微微的點頭，車窗之外，兩側的農地在黑夜中安靜得很，只有貨車在馬路上呼嘯的低吼聲。

吳滿月母女三人走出藏書室，當遠離其他人時，真如有些抱怨的小聲問吳滿月：「剛才為什麼不讓我說呢？」

「我不想你說，時機不巧。」吳滿月憂心的說，「尤其在朱大年面前。」

「為什麼？」

「因為他是殺人犯。」吳滿月的語氣嚴厲，「一個會動手殺人的人，是不值得信賴的。」

真如低頭不語，當他們走近馬守義時，吳滿月說：「你們自己告訴師伯吧。」

馬守義怔住了：「怎麼了？」

「到外頭去。」吳滿月說。

四人在月色下走到農田旁邊，雖然是晚上，蟬兒依然在樹上聲嘶力竭的叫著，為傳遞基因做最後的努力，呼喚著沒有結果的愛情。

「你們要告訴我什麼？」馬守義急切的問道，「剛才不能說的嗎？」

真如說：「師伯，我要告訴你，我們是怎樣被親生母親拋棄的。」

「嗯。」馬守義很認真的回應。

「雖然當時年紀很小，但記憶是有的。」真如說，「尤其是最近，我們精進修行之後，很多畫面就答答答的現出來了，看得一清二楚。」

馬守義等她說。

真如舔了舔嘴唇，盡可能用簡單的語句說出：「那年我們四歲，媽媽帶出門時，我們穿了一樣的衣服，花格子有領的洋裙，我還看見房間裡面的擺設，房間常常暗暗的，有一扇玻璃窗，下午會有陽光。」真如蹙了蹙眉頭，說：「那天不知為什麼，媽媽很晚才帶我們出門，我們去逛百貨公司很開心，一直逛到百貨公司休息，我跟妹妹都累垮了，想睡覺了，可是媽媽仍然帶我們在街上逛。」

真心嫌姐姐說得慢，急著插嘴：「然後很大一聲巨響，嚇壞了我們。」

「對，聲音好像就在身邊，有一輛大貨車停在路邊，雖然很晚了，還是很多人跑過去看，我們被嚇呆了，回過神來的時候，才發現牽著手的媽媽不見了。」真如說到這裡，忽然呼吸急促，彷彿回復到當年的心情，「我牽著妹妹的手，四處哭喊找媽媽，然後，我覺得牽妹妹的手怪怪的，我回頭看她，那就是我第一次看到妹妹全身變得像七彩拼圖板的樣子。」

「第一次？」馬守義瞪大了眼睛。

真如急著說：「我原本忘記了這件事，但那天我在修行時，看到了這一幕當年的景象，畫面清楚得很！」

吳滿月表情嚴肅的幫忙解釋：「所以我去查了資料，去查她們倆被孤兒院收留的時間，查警察發現她們的時間和地點，結果是……」

「溫美儀的車禍現場？」馬守義馬上猜。

「是，」吳滿月用力點頭，「這表示說，同一個現場，溫美儀、朱大年、李飛鵬、真如和真心，全部都在。」

「為什麼李飛鵬也在？」

「他本來就是警察呀，」吳滿月說，「那位跟我合作的刑警，有給我看當年警察的調查報告，李飛鵬的確有在現場，而且報告中夾有幾張現場照片，我們還很湊巧的看到遠處有兩個小女孩手牽手的身影，很模糊，但我相信就是真如和真心。」

馬守義陷入沉思：「他也在現場。」這代表了什麼意義？或者，這存在有意義嗎？

「師伯，」李真如把馬守義從沉思中喚回來，「那是我第一次看到真心出現那種現象，我覺得有涵義。」

「你覺得有什麼涵義？」

「我不很清楚……」見馬守義反問，真如反而退縮了，「師伯您比較厲害。」

「直覺是最可靠的，」馬守義說，「你所看到的，就用你的直覺去辨識，你一定比我清楚。」

李真如呼出一大口氣，才說：「這個世界沒有偶然。」

馬守義點點頭，等她說。

「也沒有必然。」

馬守義揚了揚眉。

「師伯曾經說過，吳媽媽並不是只想收養我而不收養真心的，這句話，您只輕輕帶過，可是我一直都放在心上，直到這一次看到二十年前的畫面，我才明白。」真如說得很快，「我把他每一世的輪迴畫成圖表（請見下一頁 QR CODE），列出他們的出生年份、死亡年份和死亡方法，再跟朱大年所說的身上缺陷比較，隱約能夠看出，他們每一世都會做一些『校正』。」真心從褲袋中拿出一張摺成小張的紙，她把紙展開，再把皺巴巴的紙遞給馬守義。

馬守義打開手機螢幕的光線，一邊看一邊不停頓首。

「我和真心負責校正，我是眼睛，真心是一道門，是時間的關鍵，我們是一對，也是一個。」

馬守義關上手機燈光，把紙折起來，舉在真如面前：「我可以收起來嗎？還是你要收住？」

真如綻開笑容：「師伯留住好了。」

馬路上遠遠照來車頭燈，是立行師的貨車回來了。

本書輪迴順序一覽表（涉及情節設定，請閱讀完全書再觀看）

〔後記〕

本故事產生的諸因緣

通靈人：日常不可思議

打從中學時代寫《雲空行》開始，我就建立了一種世界觀：今人視為妄談的神奇事件，古人乃視為日常事件，雖然覺得不可思議，但不會隨意以迷信等語來直接否定之。

這種觀點，是大量閱讀古籍之後的體會，因為我觀諸《山海經》、《太平廣記》等先秦或宋朝以前的記載，每當提及鬼神、神通、怪事等故事時，並不帶有貶低的語氣，也不懷疑其真或假，更不爭執其可信與否，而是直接思考故事所帶來的教訓，從中體會人生哲理。

我從小對科學很有興趣，大學畢業後有幸在李嗣涔教授主持的超能力實驗中幫忙，從李教授的實驗方法，更加確定何謂「科學精神」：許多自許很科學的人，對於現代科學無法解釋之事，立即以「不科學」、「迷信」否定之，其實這種態度就不是一種探索求知的科學精神，反而是另一種違背科學精神的迷信。我親眼見到有些人一開始就抱著否定的心態來觀看李教授的實驗過程，即使事實已經擺在眼前，他們仍舊被自己所學所知所障礙，沒有勇氣去探索眼前的事實，甚至說：「如果這件事是假的，那早在我預料之中；如果最後證明是真的，那會違背我的信念。」這不叫鴕鳥叫什麼？

我們接觸得越多，就越不把這些事情等閒視之，尤其當我自己身上也遇上了這些事情，且得到這些人的協助而得以解決時，我已經跳過「相信－不相信」的階段，而是在探求「為什麼」的階段了。現代的科學無法圓滿解釋的話，那我們就大膽尋求答案以建立未來的科學，這不就是科學進步的過程嗎？

這幾年來在我身上發生了很多事，令鬼魂、輪迴、法術等事不再僅僅是發生在紙上的文字，而是親身體驗。認識了好些低調的通靈人士，也認識以科學方法追溯前世的有趣團體，他們令我對這些事情的認識從間接變成直接，甚至有機會去理解這些人的內心世界。他們有能力，但他們的能力卻不見容於俗世，只能默默的服務眾生，如果活在先秦時代，他們可能是神巫合一的酋長或君王，或是君王身邊重要的人物。

再者，我注意到很多小孩都有這種能力，卻被父母貶低、壓抑、辱罵，也被周圍的人視為怪胎，只好避而不談，自我封鎖這種能力（我也算是其中之一），甚至有位婦女告訴我，她是小時候被父母帶去找高人幫她封閉能力的。如果周遭沒有迫他們噤聲的壓力，小孩會自在的侃侃而談，告訴我許多精采的見聞。

有各種能力的人多得是，比如一位數學奇才，普通人也無法輕易理解他所理解的世界，比如一位音樂家、醫生、律師、建築師，都掌握有不是任何人都能隨興理解的專業，但我們並不會畏懼他們。同理，一位擁有通靈能力的人，又何須敬而遠之？

我在故事中描寫了幾種通靈人，一種是天生具有能力的，如吳滿月、李真如、方瞬；一種是後天學來的，如林重（立行法師和馬守義是先天或後天，我沒特別說明）；一種是法術得來的，如莊雪筠；一種是死後中陰身狀態時即有的能力，如李飛鵬；一種死後復生仍保有能力的人，本故事沒這種角色。

孔子不語「怪、力、亂、神」，並不是否定它的存在，只是不語，因為他老人家無法理解，所以無法討論。若能以平常心去理解他們，以平常人去看待他們，以生活的日常去認識所謂靈異事件，只不過是回歸百年前的古人觀點，且我們現代有更好的利器去分析它們，這把利器就是科學。

因果同時：至少以四維看因果

同樣是由於這幾年身心上的折騰，令我無法把小說順利完成，也令我不斷思考死亡和輪迴這些大題目，因此開始動手把一些靈感寫下，寫了《我們活過的時代》、《第八個再見》等好幾篇作品，以及本小說的原型《12：殺人程序》，卻都在半途夭折，沒有力氣再續。

為了重新找回寫作的筆感，我寫下個人的經驗《啊～請張嘴：張草看牙記》，寫個人經驗比較不費神，下筆如飛，十分爽快，重新建立寫作的信心，也找回了感覺，於是，幾經思考，決定把《12：殺人程序》完成。（最後改名成《f(x)＝殺人程序》）。

先前身心極疲時，過去幾個未完成的故事逐漸在我腦中匯集、糾結、融合、開展，讓我動念想要詮釋這個我寫過兩次、且想再度深入詮釋的概念，這是一個假設：「如果輪迴不依照時間線進行」，擴大應用之，則變成「因果可以不依時間線」。要達到以上假設，則必須以更高維度觀察時間。沒想到，找資料一查，原來時空理論早已進展到這個地步，可以借來建構理論雛形了。

我首次假設「輪迴不依時間線」是在一九九八年寫下的極短篇〈賽跑〉（收錄於二〇〇五年出版《張草極短篇2：很痛》中），隨後又進一步在科幻小說「滅亡三部曲」中多次提出「因果不依時間線」這個觀念，認為：以四維（或更高）的空間中，把時間視為一種空間，那麼因果在上面運作時，可以不依照時間線。

如此，時間旅行故事中常指出「想回到過去改變未來卻往往徒勞無功」，就可以用這個假設來詮釋。依照這個假設，「因」和「果」在時空連續體（Space-time continuum）上是可以同時發生的，亦即佛法所說的「因果同時」。由於因和果同時建立，所以不是回到過去就能改變未來的，因為它跟時間線無關。

那麼，是不是未來就絕對無法改變，而成了有負面涵義的「宿命論」呢？我邊寫小說邊思考，得到「不」的結論，但條件是仍然必須在高維度空間上執行，我們這些被困在時間線上的三維空間生物是無力改變的，除非存在有四維或更高空間的生物，佛、菩薩們應該就屬於這一類。

進一步擴大，佛教的破除無明、開悟等等修行目標，在過程中就會突破了空間障礙（產生天眼、天耳、神足諸神通）和時間障礙（產生宿命通），不過，有的人天生就擁有其中某些能力，所以有這些能力未必與修行有關，所以才說「不究竟」。

佛教認為心念能影響時空、改變時空，突破障礙的人甚至能覺察到別人的心念（他心通），是否也是對時空細微變化的一種感知？心念足以改變時空，進而改變命運，從更高層次去改變命運，並不是不可能的。

待達至「漏盡通」的時候，也就是大阿羅漢的境界，是否連肉體都能夠突破時空呢？抑或要更高的境界才能達到？即使在「滅亡三部曲」中的正思，也依然困在時間線中，無法在時空之中自在遨遊。

時空切割：本書的最終解說

我在美國加州大學哲學教授 Craig Callender 的文章上讀到「切割時間」的概念，覺得十分適用。

引而用之，在四維的「時空」（spacetime）中，由於時間和空間同樣是維度之一，所以兩者不應該仍然具有時間或空間的獨立特質，而應以「類時間」（timelike）及「類空間」（spacelike）來看待之。

當把四維的「時空」視為三維的麵包來切割時，切割的方法不同，我們看到的結果也不同。例如以ABCDE順序發生的事件（見圖一），當切割在與時間線呈直角的平面上時，我們會看見時間的切面，也就是「當下」的一刻，只能看到ABCDE的其中一個。（見圖二）

但是，若與時間線呈平行切割時，我們會看到ABCDE在同一平面上出現，也就是所有不同時間的事件會同時看見，就會造成「因果同時」的現象。（見圖三）

如果從其他任何角度切割，我們會看見各種混合的情況出現，甚至有「果先於因」的怪現象，比如咖啡喝完後才沖泡。（見圖四）（不過前提是：我們依然是困

圖一

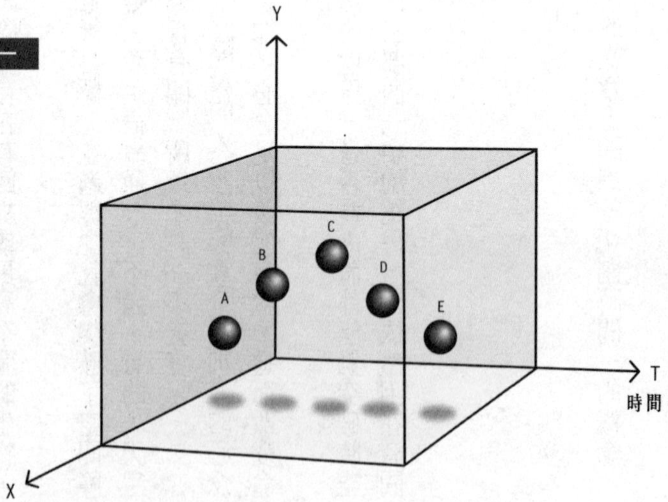

圖二

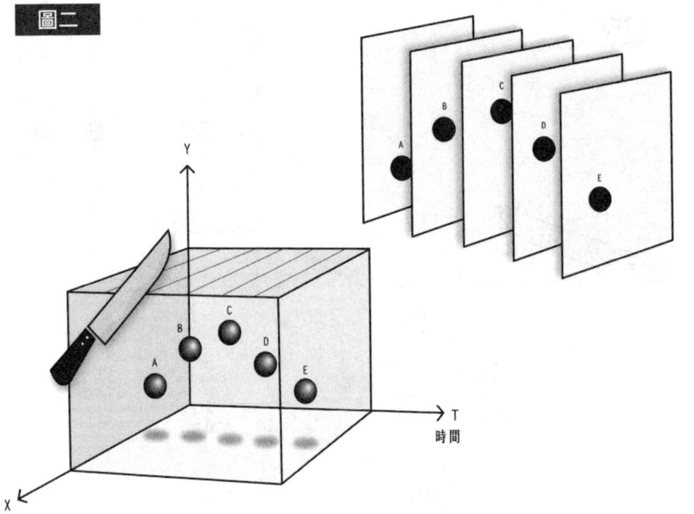

圖三

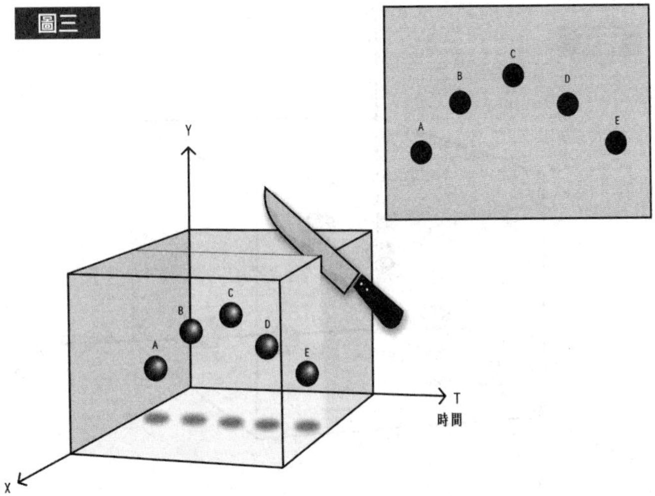

圖四

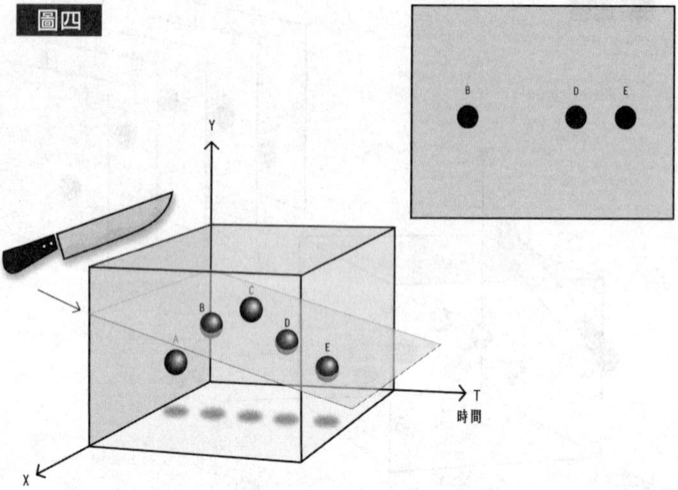

圖五

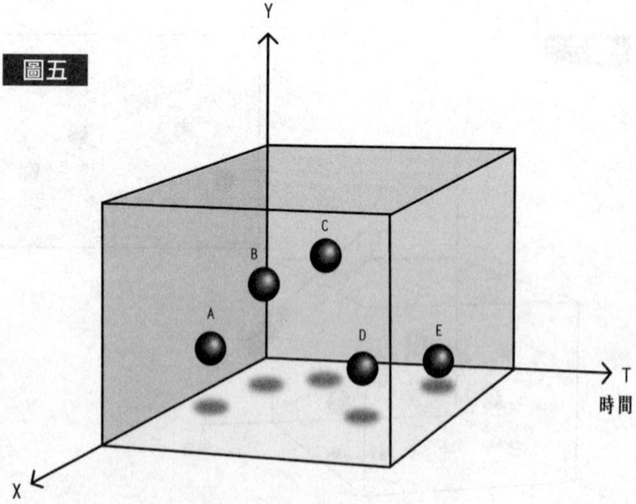

在三維空間的生物，我們的肉體時間感依然只能有當下，所以我們看不見這種現象）

我推想，如果非關切割，若在四維時空中，（類）時間線可以在四面八方的方向進行，而未必與我們的時間線平行，時空現象就會產生更複雜多樣的變化。（見圖五）不過這個在四維時空中正常的現象，在我們的世界則會是異常現象了（比如憑空消失或出現）。

這種時間現象，還可以想出很多種「如果」，如果改日靈感和興致來時，我就會因果同時，再寫一部小說，不過在時間線的當下，我得開始另一部計畫了。

丁酉年大年初二酉時七刻於亞庇書房

國家圖書館出版品預行編目資料

f(x)=殺人程序 / 張草著.--初版.--臺北市：皇冠.
2017.10
面；公分（皇冠叢書；第4657種）
（張草作品集；03）

ISBN 978-957-33-3335-7（平裝）

857.63 106015699

皇冠叢書第 4657 種
張草作品集 03

f(x)=殺人程序

作　　者—張草
發 行 人—平雲
出版發行—皇冠文化出版有限公司
台北市敦化北路 120 巷 50 號
電話◎ 02-27168888
郵撥帳號◎ 15261516 號
皇冠出版社（香港）有限公司
香港上環文咸東街 50 號寶恒商業中心
23 樓 2301-3 室
電話◎ 2529-1778　傳真◎ 2527-0904
總 編 輯—龔橞甄
責任主編—許婷婷
責任編輯—平　靜
美術設計—王瓊瑤
著作完成日期— 2017 年 06 月
初版一刷日期— 2017 年 10 月

法律顧問—王惠光律師

讀者服務傳真專線◎ 02-27150507
電腦編號◎ 563003
ISBN ◎ 978-957-33-3335-7
Printed in Taiwan
本書定價◎新台幣 380 元 / 港幣 127 元